싱가포르
유리벽 안에서 행복한 나라

싱가포르 유리벽 안에서 행복한 나라

1판 1쇄 인쇄 2018년 6월 1일
1판 1쇄 발행 2018년 6월 8일

지은이 이순미
펴낸이 김현정
펴낸곳 도서출판리수/책읽는고양이

등록 제4-389호(2000년 1월 13일)
주소 서울시 성동구 행당로 76 110호
전화 2299-3703
팩스 2282-3152
홈페이지 www.risu.co.kr
이메일 risubook@hanmail.net

ISBN 979-11-86274-36-1 03810

※책값은 뒤표지에 있습니다.
※잘못 제본된 책은 바꾸어 드립니다.
※이 도서의 국립중앙도서관 출판시도서목록(CIP)은 서지정보유통지원시스템 홈페이지(http://seoji.nl.go.kr)와 국가자료공동목록시스템(http://www.nl.go.kr/kolisnet)에서 이용하실 수 있습니다. (CIP제어번호 : CIP2018015882)

싱가포르

유리벽 안에서 행복한 나라

탐사지선 S

이순미 지음

책읽는고양이

프롤로그

어쩌면 인간이 만든 모조품 에덴일지도

싱가포르 창이공항 출입구의 유리벽을 기억하지 못한다면, 아무리 여러 번 방문했다고 해도 싱가포르를 안다고 할 수 없다.

싱가포르는 창이공항의 깔끔한 시설이 무색할 만큼 성급하게 달려드는 습한 열기와 발작하는 땀내 등 화끈한 남국의 이미지로 시작된다. 그러나 진짜 싱가포르의 성품은 공항 세관과 대기실 사이에 있는 듯 없는 듯 가로막힌 투명 유리벽에 깃들어 있다. 단순한 유리벽이지만, 내가 잠깐 살았던 미국이나 영국, 잠시 거쳐 갔던 몇 나라의 공항에서는 볼 수 없는 독특한 출입국 구조다.

그 투명 유리벽 덕분에 입국자들은 출입국 신고를 마치자

11
IMMIG
COUNTER CLOSED
ALL PASSPORTS
ALL PASSPORTS
ALL PASSPORTS
COUNTER CLOSED
ALL PASSPORTS
COUNTER CLOSED

세계적인 환승 공항으로 발돋움하고 있는 창이공항 내부. 창이공항은 실내의 모든 벽과 문이 유리로 되어 있어 깨끗하고 투명한 느낌을 준다.

마자 마중 나온 사람과 유리벽 건너로 눈인사를 할 수도 있다. 인천공항에서처럼 해외로 친지를 내보내는 안타까움이나, 해외에서 돌아오는 친지를 기다리는 설렘 때문에 출입구 안쪽을 들여다보려고 유리 문틈으로 기웃대는 진풍경을 연출하지 않아도 된다.

"우린 싱가포르를 방문하는 외국인을 위해 출입국에서부터 꽤 신경 썼습니다."

"우리 싱가포르는 구태에 빠지지 않고, 실험적이고 파격적으로 새로운 시도를 모색하는 젊은 나라랍니다."

마치 투명 유리벽이 눈을 빤짝거리면서 싱가포르 방문객에게 인사를 하는 것 같다. 맞아, 굳이 공항 문을 꽁꽁 싸매 감출 필요가 없지. 공항 안의 면세점 풍경이나 출국 신고를 하는 가족의 뒷모습을 보여준들 공항의 품위에 크게 해가 될 건 없으니까.

1981년 12월 창이공항(Changi airport)은 증가하는 해외 노선을 해결하기 위해 기존의 파야레바공항(Paya levar airport)에 이어 첫 개항을 했다. 싱가포르의 동쪽 끝의 강과 바다의 매립지에 6년에 걸쳐 국제공항으로서의 입지 조건을 완비했다.

현재 100여 개의 항공사들이 330여 도시들과 80여 국가를 운항하는 동남아 최대의 허브 공항으로 자리하고 있다. 이미 2000년대 초부터 연간 5,000만 명의 승객과 환승객을 맞이하고 있다. 창이공항은 500여 차례 이상 세계적인 공항으로 수상하고, 2015년에만 '세계 최고의 공항'으로 20여 차례 수상했다고 자랑한다. 2017년에 완공된 터미널4와 2025년 완공 계획인 터미널5까지 포함하면 창이공항의 규모는 더 커질 것이다. 터미널4와 터미널5는 1억 이상의 공항 이용객을 예상하고 계획한 프로젝트다. 그에 비해 한국은 올해 들어서야 5,000만 인구와 맞먹는 승객과 환승객이 인천공항을 찾아오기 시작했다.

세계 각국의 선박과 화물을 다루는 항구 싱가포르. 이제는 창이공항으로 하늘 무역항을 꿈꾸는 것일까? 싱가포르에서 7시간 비행 거리 안에 살고 있는 20억 세계인. 그 주요 도시를 연결하는 비행 시스템의 완비는 하늘의 실크로드를 꿈꾸는 것이 분명하다.

투명성. 그것은 싱가포르 정부가 창이공항의 투명 유리벽을 통해 외국인에게 쉼없이 보내는 신호였다. 싱가포르에 살면서 종종 마주쳤던 유리벽들을 기억한다. 독재라는 소문이 싱가포르와 나 사이에 유리벽으로 존재했고, 그 유리문을 나가면 많이 불편했다. 너무 덥고, 냄새는 지독했으며, 철저한 규제의 위협이 도사리고 있었다.

유리벽 안에만 있으면 싱가포르는 멋진 나라, 볼 만한 나라, 즐길 것이 많은 나라다. 유리벽 안에서는 세계 어느 곳보다 편안하게 지낼 수 있다. 얼마나 살기 좋은 나라인지, 싱가

유리벽 안에만 있으면 싱가포르는 멋진 나라, 볼 만한 나라, 즐길 것이 많은 나라다. 유리벽 안에서는 세계 어느 곳보다 편안하게 지낼 수 있다.

포르에 한번 발을 디딘 서양인은 절대 싱가포르를 떠나지 못한다는 말도 있다. 싱가포르는 덥고 보잘것없는 작은 나라인 데다 제약이 많은 국가임에도 넓고 기후 좋은 서양의 자유 국가를 내버려두고 온 백인들이 어슬렁거리며 배회하는 모습을 흔히 볼 수 있다. 무엇이 그들의 발목을 싱가포르에 묶어놓은 걸까?

첫 해외 여행을 계획하고 있다면 따뜻하고 안전한 싱가포르로 가라고 권하고 싶다. 또 과년한 딸이나 아직 철없어 보이는 자녀들이 배낭 여행을 고집한다면, 선심 쓰는 척 싱가포르로 보내주면 안심할 수 있다. 무엇보다도 막 영어를 배운 학생들이 자신감을 가지고 영어 회화 연습을 안전하게 할 곳은 세계에서 싱가포르뿐이다.

영어뿐만 아니다. 진정한 남녀 평등이 있는 자유의 땅으로 가길 원한다면, 자유 국가 영국이나 미국이 아니라 싱가포르로 발길을 돌릴 것을 권한다. 미국이나 영국은 아직까지 여성에게는 자유 국가가 아니다. 이건 외국 주부들과 남편 험담, 시댁 험담으로 온갖 수다를 떨어본 아줌마가 전해주는 특급 정보이므로 의심 말고 믿어주길 바란다.

뿐만 아니라 학회나 국제 회의, 비즈니스 등을 하러 오는 외국인은 언제나 특별 대우를 받으며, 다국적 기업을 위한 무노조에 원스톱 서비스가 준비되어 있다. 세금은 한국과는 비교도 안 될 정도로 적고, 투자를 위한 법적인 절차와 진행이 간단하다. 세미나든 뭐든 운영 경비가 세계 어디와도 비교할 수 없을 만큼 저렴해서 국제적인 회의를 열기 적당하다.

그러나 유리벽 밖의 싱가포르는 조금 다르다. 나도 4년 간 싱가포르에 머물면서 유리벽 밖의 생활을 많이 한 것은 아니다. 열린 유리문 밖으로 짬짬이 나가 살짝 보고 즐기고 들어온 정도의 경험이다. 호기심에 이끌려 종종 유리벽 밖으로 나가보기는 했지만, 싱가포르에서 제공한 유리벽 안에 지내는 게 더 안락했다.

더 재미있는 사실은 싱가포르 정부는 심각한 사안이 아니면 그 문을 열고 나가든 말든 개의치 않는다는 것이다. 언제든 나갈 수 있으니 기를 쓰고 나가야겠다는 반항심도 생기지 않았다. 묘했다. 감춘 것은 아닌데 감춰져 있었다. 또 두렵기도 했다. 싱가포르에 머무는 동안 심상찮은 징후가 나의 그런 호기심을 조금 잠재웠다.

독재에 대한 소문만으로도 무서웠는데, 집 전화는 혼자 울리다 말곤 했고, 새 전화기인데도 이상한 잡음이 났다. "우린 특별한 사람이 아니라고," 남편은 내가 너무 과민 반응을 보인다고 다독였으나, 그 이상한 잡음도 내가 원고 보내기를 그만둔 후부터 잠잠해졌으니 도청이 틀림없다고 믿었다.

〈SK 사보〉 등 몇 군데 보내던 싱가포르 관련 원고를 쓰기 위한 자료 수집은 누가 옆에서 지켜보다가 도와주듯이 척척 진행되는 게 더 수상했다. 그런데 이런 식으로 싱가포르가 의도하는 대로 만들어진 글을 쓰는 것은 재미가 없었다.

그래서 시사 주간지인 〈시사저널〉 일을 시작했는데, 세 번째 원고를 보내고는 접어버렸다. 지레 겁을 먹은 탓도 있었다. 〈시사저널〉에서 원고 독촉 전화가 몇 번이나 왔지만 전화로 이유를 설명하기가 두려웠다. 웬만한 나라에는 다 파견된 조선일보나 중앙일보, 방송국 특파원조차 싱가포르에 없는 이유가 단지 작은 도시국가여서일까?

싱가포르 정부는 벌금, 조선시대에나 있었던 태형, 비밀경찰 따위의 몇 가지 협박을 교묘하게 내놓았다 감췄다 하면서도 외국인을 포함한 국민들에게 신경 쓸 필요 없이 그냥 즐기라고 한다. 별일 아니다, 애써 신경 쓰지 말라고 한다.

먹으면 안 되는 사과 몇 알 외에는, 싱가포르 정부의 통제는 안전하고 편안한 삶을 보장하기 때문에 국민들이 굳이 그 그늘에서 벗어날 이유를 못 느낀다. 저항하는 사람들의 목소리가 맥없이 묻힐 수밖에 없다. 어쩌면 싱가포르는 인간이 만든 모조품 에덴일지도 모른다.

개인의 자유보다는 공공의 선(공익, commonwealth)과 유교적 도덕을 우선시하는 싱가포르식 사회민주주의와 국민을 통제하는 정부임을 당당히 밝히는 그들, 그리고 싱가포리안의 묵시적 동의, 이런 것들 속에서 혼란스러움은 이방인만의 몫인지 모르겠다. 인간의 일인지라 모조품 에덴도 언젠가 그 한계를 드러내겠지만, 현재까지는 그 안에서 편안하다는 서민이 더 많은 걸 어떡하겠는가.

유리벽 안의 싱가포르와 유리벽 밖의 싱가포르 두 종류가 있다면, 나의 싱가포르 이야기에서는 유리벽 밖의 싱가포르, 더위와 냄새, 다민족, 통제 속의 싱가포르를 만나게 될 것이다. 딱 3일이면 누구든지 넉다운시킬 수 있는 대단한 더위와 지독한 땀 냄새, 소문과 심증 속에서만 존재하는 비밀경찰에 대한 두려움, 영국인마저도 당황하게 하는 싱글리시 등등. 어쩌면 유리벽 밖의 싱가포르는 싱가포르가 감추고 싶은 비밀일지도 모른다.

그러나 나는 알고 있다. 싱글리시, 더위, 냄새, 통제, 그 모든 것이 숨어 있는 유리벽 밖이 인간적으로 훨씬 멋있다는 것을. 그리고 확신한다. 그동안 늘 해왔 듯이 더위와 냄새, 통제 속에서 왈츠를 추는 싱가포르를 보여주면, 세상이 싱가포르에 호감을 가지고 다가올 것을….

차례

1부

불모지를 찾고 싶은 곳으로 만드는 힘

© Kim Hyunjung

섬 전체를 전구로 친친 감은 나라

밤이 되면 싱가포르는 꽤 매혹적으로 변한다. 싱가포르의 밤이 매혹적인 이유는 싱가포르 섬을 덮다시피 한 작은 전구들 때문이다. 높다란 빌딩이나 야자수는 물론 가정집 정원의 풀잎도 전구로 장식되어 있다. 밤마다 불빛에 시달리는 열대 나무와 야자수들은 힘에 겨워 초록이 옅어졌지만, 싱가포르의 야경만큼은 예술적이고 낭만적이다.

섬 전체가 전구를 친친 감고 있어 싱가포르는 '크리스마스 트리' 라고 불린다. 또 어디서나 볼 수 있는 작은 전구들의 요란함 때문에, 싱가포르는 일 년 열두 달이 크리스마스라고도 한다.

그런데도 싱가포르 정부는 무엇에 쫓기는 사람처럼 해마다 서둘러 크리스마스 장식을 한다. 공식적인 크리스마스 트리 점등식은 매년 11월 10일경이지만, 크리스마스 장식은 그보다 한참 빨리 한다. 날짜를 앞당기다 못해 몇 해 전에는 9월 말부터 오차드 거리에 요란스러운 전구를 달았다.

"설마! 벌써 크리스마스 준비를 했을 리가 없어." 오차드 거리에 나온 사람들은 황당한 눈빛으로 크리스마스 장식을 바라보았다. 그렇잖아도 크리스마스 장식을 하면 너무 촌스럽다느니 어쩌니 말이 많았는데, 그해엔 12월이 될 때까지 사람들이 크리스마스 장식이 아니라느니 하리라야 축제 장식을 채 걷지 못한 것이라느니 하며 다툴 정도로 시기가 너무 일렀다.

그러나 크리스마스 시즌이 가까워올수록 사람들은 올해는 정말 일찍 크리스마스 준비를 시작했다는 것을 깨달았다. 10월 초에 있는 말레이계 싱가포리안의 축제인 하리라야 장식에 크리스마스 장식을 덧붙이다보니 그렇게 됐다. 소수민족에 대한 싱가포르 정부의 배려가 빚은 촌극이었다고 사람들은 결론지었다.

아무리 열대 지방의 크리스마스라고 해도 갖출 것은 다 갖춘다. 쇼핑의 거리가 시작되는 탕린 쇼핑몰에서부터 오차드 로드의 탕 백화점, 이세탄 백화점, 위즈마 백화점, 다카시마야 백화점을 지나 로빈슨 백화점, 그리고 남동쪽으로 휘어 내려와서 래플즈 쇼핑 센터와 차임스 성당, 조금 더 내려가서 해변 가까이에 있는 선텍시티까지 쭉 이어지는 도로를 따라 줄지어 꾸민 화려한 크리스마스 장식은 그야말로 환상적이고 장관이다.

크리스마스 장식은 쇼핑의 중심지 오차드 로드와 탕린 로드가 만나는 사거리로부터 시작된다. 탕린 로드에서 시작해 오차드 로드와 브라스 바사 로드까지 쭉 훑으면 싱가포르의 쇼핑가는 다 돌아보는 셈이다. 물론 절대로 걸어갈 수 없는

섬 전체가 전구를 친친 감고 있어 싱가포르는 '크리스마스 트리' 라고 불린다.

거리다. 오차드 로드가 4km이고, 스탬포드와 테마섹 블르바드까지 포함하면 도합 6.4km에 달하는 길이다. 그 먼 길을 장식한 전구는 길이만 해도 10만 미터에 달한다고 하니, 그 규모와 비용은 말할 수 없을 정도다.

그렇잖아도 들뜨기 쉬운 12월인데 화려한 불빛과 장식이 줄지어 있는 길을 따라 걸으며 쇼핑을 하고 구경하는 것만으로도 세계 각지에서 온 쇼핑객이나 관광객들은 흥겨워진다. 시즌이 되면 화이트 크리스마스 기분을 최고로 살리기 위해서 쇼핑의 거리 가장 서쪽 끝에 있는 탕린 몰 앞에서는 저녁 시간에 인공 눈을 뿌린다. 눈부신 불빛을 받으며 흩날리는 적도의 인공 눈은 옷깃에 와 닿기도 전에 녹아버리지만, 적도 사람들은 감격에 겨워 어쩔 줄 모른다. 적도 지방에서 그 정도면, 정말 돈을 들일 만큼 들인 최고의 성탄 무드다.

싱가포르가 그렇게 세계 최고, 최초의 크리스마스 트리 점등국이 되려고 애쓰는 데는 이유가 있다. 세계적으로 소문난 오차드 거리의 크리스마스 장식은 겨울 쇼핑 고객을 따뜻한 나라 싱가포르로 확실히 불러 모았고 흥겨운 쇼핑 분위기를 조성했다.

관광객을 불러들이는 솜씨는 다른 곳에서도 위력을 발휘한다. 다민족을 존중한다는 의미로 각종 신들의 축제날을 싱가포르의 국경일로 정한 덕분에 싱가포르에서는 일 년 열두 달이 흥겨운 축제고 잔치다. 그들의 달력을 보면 세계 요리 축제, 악공의 축제, 싱가포르 강 축제 등 온갖 축제로 가득 차 있다. 1월에는 신정과 회교도의 축제인 하리라야 포사, 2월에는 구정 행사인 싱가포르 강 홍바오 · 칭게이와 힌두교도의 타이푸삼, 3월에는 소더비 경매, 4월에는 중국인들의 칭밍과 세계 요리사들의 모임인 세계 미식가 회의, 5월에는 불교의 베삭데이(석가탄신일), 6월에는 싱가포르 대세일과 센토사 샌드세이션, 7월에는 싱가포르 음식 축제, 8월에는 독립기념일과 중국의 걸신 축제, 9월에는 회교도의 하리라야 하지와 중국의 월병 축제, 그리고 크리스티 경매, 10월에는 원숭이신의 탄신일 · 나바라티리 축제 · 도교 신자들의 쿠수 섬 순례 · 싱가포르 보석 축제, 11월에는 힌두교의 디파발리와 티미디, 12월에는 크리스마스가 있다.

싱가포르의 축제 기간은 음력과 이슬람 달력에 의한 날짜의 변동이 있으므로 매년 축제 일자를 확인해야 한다. 일 년 중 축제가 없는 달이 없다. 게다가 정부나 기타 단체에서 행하는 갖가지 행사, 싱가포르 전통 유산 축제나 포퓰러 원 레이스 등을 더하면 축제가 겹치기 일쑤다. 그러니 싱가포르를 방문하기 적당한 시기를 따로 알아볼 필요가 없다. 싱가포르에서는 언제든지 쇼핑과 축제 그리고 맛있는 음식을 즐길 수 있다.

무역항으로서의 역할은 싱가포르 경제의 원동력이 되었다. 물도 없는 황폐한 섬이었지만 무역항이 되기엔 최고의 조건을 갖췄다.

버려진 땅을 동남아시아 최고의 나라로 세우다

아무리 멋있게 꾸미고 맛있는 음식으로 각종 축제를 연다고 해도 싱가포르는 확실히 버려진 섬이었다. 1965년 말레이시아의 수상 툰쿠 압둘 라만(Tunku Abdul Rahman)이 싱가포르를 연방에서 탈퇴시켰기 때문이다.

이슬람 국가에서는 남편이 아내를 버릴 때 '탈락(talak, 이혼하자)' 을 세 번 외치면 무조건 이혼이다. 리콴유 수상은 그의 자서전에서 이슬람 식으로 '탈락' 을 세 번 당한 아내처럼 싱가포르가 정당한 이유도 없이 탈퇴를 강요당했다고 썼다.

자의 반 타의 반으로 탈퇴를 선언한 리콴유 수상은 기자회견을 하다가 눈물을 쏟고 말았다. 우여곡절 끝에 말레이시아 연방에 합류했는데, 2년 만에 쫓겨났으니, 엄동설한에 월세방에서 쫓겨난 처지나 마찬가지였다. 동남아의 섬 하나를 지키기 위해 사방팔방으로 뛰어다녔을 건장하고 젊은 지도자의 눈물을 보는 순간 그의 진심이 내 마음에 전해졌다. 그가 싱가포르를 위해서 얼마나 열심히 뛰었는지 알 수 있어서 더 마음이 짠했다.

그날 젊은 지도자의 눈물은 세계 정상들의 마음을 움직였다. 수십 년 지났지만 지금도 국경일 즈음이면 그가 눈물을 흘리는 장면이 텔레비전에 상영되어, 싱가포리안의 심금을 울리면서 결속을 다짐하는 각성제 역할을 한다.

나도 싱가포르에 있는 동안 텔레비전으로 그날의 눈물을 여러 번 보았다. 그 젊고 활기찬 정치인이 눈물을 흘리는 장면은 식상한 스토리임에도 불구하고 이방인인 내 가슴을 뭉클하게 하곤 했다.

얼마 전 디스커버리 채널에 방송된 싱가포르 소개 프로그램에도 여지없이 리콴유 수상이 눈물을 흘리는 장면이 나왔다. 반 세기가 지났지만, 그의 눈물은 솜씨 좋게 또다시 그 방송을 본 많은 세계인의 감동을 얻어냈을 것이다. 하지만 리콴유 수상보다 말레이시아 수상 툰쿠 압둘 라만이 눈물을 더 많이 흘렸을지도 모른다. 툰쿠 수상이 눈물을 머금으면서도 싱가포르를 내버린 것은 리콴유 수상과 싱가포르에 있는 화교 때문이었다고 한다.

말레이시아 연방에 합류한 싱가포리안은 여러 가지 면에서 말레이시아 정부를 힘들게 했다. 말레이 민족을 특별 대우하는 데 반대했고, 말레이인을 위한 말레이시아 연방이 아니라 말레이시아인을 위한 말레이시아 연방이 되어야 한다고 주장했다. 그 외에도 툰쿠 수상은 정치, 경제적인 문제 등으로 많은 역경과 갈등을 겪었다.

말레이 화교의 수완을 익히 알았던 툰쿠 압둘 라만 수상과 말레이시아 정부는 싱가포르의 화교가 말레이시아 본토까지 간섭을 해오는 것이 두려웠다. 말레이시아가 화교에 의해서 장악될지도 모른다는 불안감, 그는 차라리 싱가포르를 떼어내어 화교가 말레이시아 본토를 장악하는 것을 막아내려 했다. 현재 말레이시아 인구 중 화교는 30%에 지나지 않지만, 화교의 국부는 70%를 차지한다. 그나마도 쿤쿠 수상의 노력으로 그 정도에서 그치게 되었는지도 모른다.

싱가포르는 그렇게 버려진 땅이었지만, 그 이전부터 싱가포르라는 황폐한 섬이 필요한 사람이 있었다. 말레이 반도 끝에 달려 있는 한 작은 어촌에 불과했던 작고 황폐한 섬의 가치를 찾아낸 사람은 영국인 스템포드 래플즈 경이었다. 싱가포르 시내에는 래플즈 경의 이름을 딴 도로와 건물이 있다.

당시엔 네덜란드(홀랜드)가 동남아의 무역항인 말레이시아 말라카 해협의 요지를 다 장악한 상태여서 영국이 중국과의 교역이나 동인도 회사의 경영에 많은 불편을 겪었기 때문에 대안이 될 다른 영토가 필요했다.

이때 영국인 래플즈가 발견한 곳이 말레이시아 남단에 있는 섬 싱가포르였다. 식수도 없는 황폐한 싱가포르 섬을 무역항으로 선택했다는 것은 오히려 싱가포르 섬이 무역항과 요새로서의 조건은 잘 갖추고 있음을 반증한다.

리콴유 수상은 말레이시아에서 떨어져나온 싱가포르를 정말 힘들게 가꾸었다. 정적이 싹을 내지 못하게 누르고, 게으른 백성은 에어컨으로 일으키고, 무법자들은 태형으로 다스리며 싱가포르를 이끌었다.

래플즈는 싱가포르 섬에 요새를 설치하고 무역항으로서의 기반을 다졌다. 그래서 1800년부터 싱가포르 섬은 인도의 아편과 중국의 차, 향신료 등의 중계 무역항으로 자리잡게 되었다. 해상의 실크로드로서 역할이 본격화된 것이다.

범선으로 물건을 운송했던 당시에는 모든 배가 싱가포르에서 계절풍(몬순)을 기다려야 했다. 싱가포르에서 배를 수리하거나 식량과 일용품, 식수를 보급받으며 중국으로 향하는 북동풍을 기다렸다. 그렇게 싱가포르는 중계 무역을 위한 요충지가 됐다.

그 버려진 땅이 필요한 또 다른 사람은 리콴유 수상이었다. 중국의 수많은 난을 피해 떠나온 화교의 후예에게는 싱가포르가 고향이었다. 그곳이 황폐하든 지독하든 어떻게든 붙들어야 했다. 그런데 말레이시아 연방에서의 갑작스러운 탈퇴는 싱가포르의 경제에 큰 타격이 되었다. 말레이시아의 자원을 조립하거나 가공해서 해외로 수출하던 중계업에 차질이 생겼고 국내에서는 정치, 종교, 경제적 문제가 불거졌다.

리콴유 수상은 말레이시아에서 떨어져나온 싱가포르를 정말 힘들게 가꾸었다. 정적이 싹을 내지 못하게 누르고, 게으른 백성은 에어컨으로 일으키고, 무법자들은 태형으로 다스리며 싱가포르를 이끌었다. 그래서 싱가포르의 역사는 리콴유 수상의 일대기라고 할 정도로 그의 일생과 함께 얽혀 있다.

다행히 무역항으로서의 역할은 싱가포르 경제의 원동력이 되었다. 물도 없는 황폐한 섬이었지만 무역항이 되기엔 최고의 조건을 갖췄다. 앞바다가 수심이 깊어 섬 가까이에 커다란 상선을 쉽게 정박할 수 있다는 점은 다른 항구에 비해 하역 작업을 신속하게 하는 싱가포르 섬의 장점이다.

싱가포르는 현대에 이르러 동서양을 가로지르는 비행기와 선박이 기름을 공급받는 중계항으로 발돋움했다. 창이공항은 공항 수속의 신속화를 위해 탑승장에 들어갈 때 짐검사를 하지 않는다. 일단 출국 수속만 밟게 하고 들여보내어 마음껏 쇼핑을 하도록 한 뒤 짐검사는 개별 탑승구 앞에서 하도록 만들었다. 창이 공항의 탑승구는 개개별로 짐검사를 하도록 시설을 갖추어놓은 것이다. 착륙 또한 신속하다. 착륙 20분 후 이민국 검열을 끝내고, 수하물을 찾을 수 있을 만큼 체계를 갖추어놓아 세계의 항공기들을 끌어모았다. 그러니 이제는 세계 속의 환승 공항이 되겠다는 꿈을 거의 이루었다고 할 만하다.

싱가포르는 그 외에도 많은 기적을 일구어냈다. 기름 한 방울 나지 않는 작은 섬이 세계 3대 정유 산업국으로 탈바꿈했다. 1970년대부터 세계에서 가장 완벽한 정유시설을 이용하여 중동에서 수입한 원유를 석유로 만들어 다시 중동 시장에 수출했다. 중동뿐만 아니라 인근의 수마트라나 인도네시아에서도 원유를 조달했다.

제조업, 금융업도 더 활성화되었다. 저임금에 숙련된 직원은 제조업에 활기를 불어넣었고, 싱가포르는 은행, 선박회사, 보험회사, 무역회사 들의 동남아 거점이 되었다. 싱가포르는 불안하기 짝이 없는 동남아에서 장사를 하는 장사꾼들의 본거지다. 동남아 지역의 본부나 은행은 다 싱가포르에 있다. 현재 싱가포르에 진출한 다국적 기업은 7000여 개이고, 그 다국적 기업들이 지역 본부를 두고 싶어 하는 나라 1위가 싱가포르다. 물론 그와 같은 결과를 얻기까지는 나름의 출혈과 노력이 있었다.

싱가포르에 있는 기업은 거의 무노조 환경이다. 싱가포르 정부가 다국적 기업에서 파업을 주도하는 노동자들은 다 해고하겠다는 원칙을 세웠기 때문이다. 강성 노조가 있는 나라를 선호하지 않는 다국적 기업의 입맛을 맞추기 위한 방책이었다.

뿐만 아니라 법인세 등 세금을 낮추었다. 2018년 현재 싱가포르의 법인세는 17%로, 세계 대부분의 국가가 20~30%인 데 비해 매우 낮은 편이다. 22~24%나 되는 한국 법인세에 비해 낮은 데다 법인세 세일과 파격적인 법인세 환급을 하니, 복지부동이라는 꼬리표를 단 한국에 비해 외국인이 투자하기 좋은 환경임에 틀림없다.

한국이 외환 위기를 맞았던 1998년에 싱가포르는 한국을 사들이기 시작했다. 싱가포르 국부 펀드 자금이 한국에 유입되어 강남과 서울 시내의 대형 빌딩이 팔렸다. 송파구의 시그마타워, 중구의 프라임타워, 강남의 파이낸스센터, 광화문의 서울파이낸스센터가 싱가포르 투자청(GIC)과 테마섹에 팔렸다. 1981년 설립된 싱가포르 투자청은 2014년 기준으로 3200억달러 자산을 보유한 세계 8위의 자산 규모를 가진 투자처다.

최근 들어 물류센터에 중점 투자를 하고 있다. 싱가포르 산업부에 의하면 2016년부터 10년 간 물류 산업에 집중 투자해서, 인프라 및 관련 인력을 확대할 계획이다. 유럽과 미국 등 세계의 창고 회사를 인수했다. 2014년에는 미국의 창고 보유 회사 '인드코어 부동산' 을 81억 달러에 인수했고, 2016년에는 유럽의 'P3 로지스틱 파크' 를 약 24억에 사들였다. 2016년에는 이집트의 카이로 동쪽에 물류센터를 개소했다. 한국에서는 2010년 이후부터 1조 원 이상을 투자하여 18개 이상의 물류센터를 사들이거나 개발 사업에 참여했다. 2015년에는 서울 신도림의 디큐브쇼핑몰을 인수했다. 2025년쯤에 완공할 창이공항 터미널5는 항공 화물 단지와 화물 회사를 입주시킬 계획까지 세웠다.

동남아의 최강국으로 약진해가는 싱가포르. 사람들은 종종 되묻는다. 만약 싱가포르가 말레이시아 연방에 그대로 남아 있었다면 리콴유 수상이 지금처럼 국민 소득 5만 3000달러(2015년 기준)의 나라로 만들 수 있었을까?

위기도 수차례 오고 갔다. 중국이나 주변국의 약진으로 싱가포르의 저임금이나 무노조가 별 효력을 발휘하지 못했다. 싱가포르의 경제 성장축인 전자와 화학 산업이 인건비가 싼 중국으로 넘어갔다. 2000년대에 들어서면서 싱가포르의 다국적 기업들도 떠나기 시작했다. GM, 필립스 등의 지역본부가 상하이와 홍콩으로 본부를 옮겼다. 또한 선박 회사인 덴마크의 머스크시랜드(Maersk Sealand), 대만의 에버그린은 싱가포르 항구에서 말레이시아의 탄중펠레파스(Tanjung Pelepas) 항으로 본부를 이전했다.

그래서 일부 학자들은 싱가포르의 경제를 거품이라고 한다. 자기 자본이 거의 없다시피 한 나라, 남의 나라 기술과 회사를 끌어들여 고용과 부를 축적하는 나라이기 때문에 그 기술과 회사들이 떠나버리면 그만이다. 말레이시아 연방에서 탈퇴당하듯이 그렇게 버려지면 끝이라는 것이다. 하지만 그들은 또 새로운 돌파구를 찾아내어 살길을 모색했다. 금융과 중계 무역만으로는 국제 경쟁에서 살아남기 힘들다고 결론짓고 바이오와 엔터테인먼트 분야에 뛰어들었다. 유교적 전통 때문에 금지해왔던 카지노 사업을 허용했다. 그래서 중국이나 홍콩으로 간 다국적 기업의 본부들이 공해와 삶의 불편을 거론하면서 싱가포르로 돌아오고 있다고 한다. 현재는 4200개 이상의 다국적 기업이 싱가포르에 지역본부를 두고 있다(홍콩 부동산 컨설팅 쿠시맨 앤 웨이크 필드 조사).

싱글리시의 힘

다민족 국가 싱가포르는 서로 언어가 달라도 상관없다. 그들에겐 싱글리시라는 새로운 모국어가 있기 때문이다. 싱글리시는 싱가포리안을 엮어주는 중요한 버팀목이다.

"피자와 중간 크기의 콜라 주세요.(One small pizza and one medium coke, please.)"

"뭐라고요?(Wha~~t?)"

"작은 사이즈 피자 하나와 중간 사이즈의 콜라 한 잔 주세요(I' d like one small size pizza and one medium size coke, please.)"

"Wha~~t?"

싱가포르의 로컬 패스프푸드점이나 가게에서 흔히 겪는 일이다.

나보다 더 희안하게 영어를 발음하는 싱가포르 점원은 도무지 못 알아듣겠다는 듯이 "Wh~~at?" 을 반복하며 짜증을 내거나 한숨을 쉬었고, 나도 다소 짜증 섞인 목소리로 주문 내용을 몇 번씩 반복했다. 싱가포르에서 겪은 황당한 일 중의 하나가 영어 발음 때문에 일방적으로 당해야 하는 무시였다.

물론 내 영어가 콩글리시인 것은 인정한다. 그래도 몇 년간 해외 생활을 한 덕분에 이제는 영어 본고장의 패스트푸드점에서도 별 불편이 없는데, 동남아의 싱가포르에 와서 이런 천대를 받으니 기가 막힐 노릇이었다. 이곳 로컬 가게에서는 'Please~', 'Would you~', 'And' 등의 허사(?)들은 다 빼버리고 간결하고 정확한 목소리로, 약간은 명령조로 "Pizza and Coke lah!" 라고 주문하면 만사 'OK!' 다. 그래도 점원의 표정이 떨떠름한 것 같으면 약간 얼굴에 힘을 주고 "오케이라?(Ok lah?)" 하고 외쳐 물으면 끝이다.

"문법을 싹 무시하라!"

"쓸데없이 길게 말하지 마라!"

"목소리를 높여라!"

드디어 '기초 싱글리시' 에 입문한 것이다. 이것은 유창한 영어 실력은 던져두고 초보자처럼 말하는 이곳 교민들을 통해 익힌, 싱가포르에서 영어를 사용할 때 주의해야 할 기본 사항이다. 나쁜 버릇은 빨리 배운다고, 싱가포르에 온 지 얼마 되지도 않았는데 간신히 혀끝에 달고 다니던 몇 가지 고상한 영어 문장이 하나둘씩 달아나기 시작했다. 그러나 '영국인에게 온갖 서러움을 받으며 간신히 익힌 영어를 이렇게 망가뜨려야 하나!' 라는 황당함도 잠시, 싱글리시는 문법을 무시해도 되는 점에서 한국인의 취향에 딱 맞았다.

"락사 원 라~ 잉~" 영문과를 나와서 각국의 뱅커를 상대하는 자칭 국제 신사인 남편도 호커 센터에서는 문법을 완전 무시한 채 단어만 몇 개 나열하는 싱글리시로 음식을 주문하면서 좋아라 한다. 그럴 때마다 히죽거리는 남편은 싱가포르 사람들과 작당하여 엉터리 영어를 쓰면서 내심 본토 영어에 대한 반역을 즐기는 것 같다. '봐라, 니네들의 문법과 발음 없이도 잘 되잖아!' 영국이나 미국에서 그들 식으로 발음을 못해서 서러움을 당해본 사람이라면 그 기분을 이해하고도 남을 것이다.

싱가포르를 이야기할 때 빼놓을 수 없는 싱글리시! 싱글리시는 영어를 주축으로 해서 호킨어, 말라야, 만다린, 인도어 등 좀 복잡한 경로를 가지고 있다. 그래서 가끔 암호처럼 들리는 싱글리시가 있다.

내가 아는 만다린 선생이 싱글리시의 몇 가지 어원을 설명해주는데, 화교인 그녀가 모르는 싱글리시도 꽤 많았다. 싱글리시의 어원이 단지 만다린에서만 시작되는 게 아니기 때문이다. 싱글리시에 관해서는 만다린 선생보다는 초등학교만 졸업하고 싱글리시를 유창하게 말하는 택시 운전사들이 더 많이 알고 있다.

싱글리시에 대해 이것저것 설명해준 한 택시 운전사는 "싱가포르에 사는 외국인은 말할 것도 없고, 커다란 배낭을 메고 택시를 타는 미국인이나 영국인 관광객들도 '라

Bes Bar
17
2
1819
MARTELL
THE
ALLEY

싱글리시는 영어를 주축으로 해서 호킨어, 말라야, 만다린, 인도어 등 좀 복잡한 경로를 가지고 있다. 그래서 가끔 암호처럼 들리는 싱글리시가 있다.

~~(lah)' 혹은 '엉클(uncle, 아저씨)'이라는 싱글리시를 사용할 줄 안다"면서 싱글리시가 세계적으로 알려진 언어라고 자랑한다.

특히 택시 운전사, 호커 센터의 상인, 일꾼, 가게 주인 등 싱가포르 아저씨들과 대화를 하려면 그 유명한 싱글리시를 알아야 한다. 그들의 싱글리시는 발음만 특이한 게 아니라 어순도 다르고, 영어 사전에도 없는 단어가 툭툭 튀어나온다.

한국인이 쓰는 영어를 콩글리시라고 하듯이 싱가포르 사람들이 쓰는 영어를 싱글리시, 말레이인이 쓰는 영어를 망글리시라고 한다. 그런데 싱글리시가 유독 관심을 끄는 데는 이유가 있다. 싱가포리안들은 싱글리시를 당당하게 사용하기 때문이다.

말레이시아의 경우 문자가 없어서, 신라 시대의 이두문자처럼 영어 알파벳을 차용한 문자를 사용한다. 그러다 보니 이상한 영어 스펠링이 많다. 발음이 이상할 뿐만 아니라 표기법도 이상하다. school을 schola로, coffee를 kopi로, camera를 kamera로 표기하는 등 많은 단어가 다르게 표기되어 있다. 영어에 자신들의 발음을 맞추다보니 그렇게 된 듯하다. 그래서 말레이시아인은 자신들의 영어가 잘못되었음을 아는 겸손한 말투를 사용한다.

그에 비해 싱가포리안은 영어를 꽤 오만하게 사용한다.

싱글리시가 국가 공용어이기 때문이다. 물론 싱가포르의 국어는 말레이어고 공용어로 말레이어, 중국어, 인도의 타밀어, 영어 등 4개 언어가 사용된다. 그중 영어가 공용어 중에서도 실생활에서 가장 많이 사용된다. 국가 공용어는 특별한 의미를 지닌다. 즉 영어는 이미 싱가포르의 국어인 것이다.

어느 민족이 자기네 나라 말을 하면서 문법이 틀리지는 않았는지, 발음이 이상한지 걱정하면서 머뭇거리거나 더듬겠는가! 그래서 싱가포리안이 엉터리 영어 발음이나 문장 구조에 대해 부끄러워하지 않는 것이다. 한 가정 안에서도 사용하는 언어가 다르다. 다른 인종끼리 결혼한 가정이라면 당연히 언어가 복잡할 것이고, 설사 같은 중국계 싱가포리안으로 구성된 가정이어도 언어가 다르다.

싱가포르에서 태어난 중국계 싱가포리안과 중국 본토에서 태어난 싱가포리안, 요즘 젊은 세대의 중국계 싱가포리안이 사용하는 언어가 다 다르다. 그래서 한 집안에서 어머니는 말레이 말을 사용하고, 자녀들은 영어를, 남편은 중국어를 사용하는 일이 허다하다. 게다가 중국의 각종 방언인 호킨어, 광동어 등등, 출생지에 따라 다른 중국어를 사용하는 할머니 할아버지까지 모이면 대화를 나눌 수 없을 정도다. 또 메이드들의 인도네시아어와 필리핀어까지 더해지면, 온 가족이 다 함께 의사소통을 할 방법이 없다.

그러니 언어가 다른 이민족끼리 대화를 나누며 장사를 하고 공부를 하고 일상 생활을 하자면, 영어가 필수일 수밖에 없다. 학생은 학생끼리 상인은 상인끼리 영어로 의사소통을 하면 그나마 일상을 해결할 수 있기 때문이다. 일상의 대화를 하는데 누가 망설이며 머뭇거리겠는가?

이상한 영어를 사용한다고 싱가포르 사람들의 영어 실력을 우습게 보면 안 된다. 거침없이 영어를 내뱉는 덕분에 싱가포르의 초등학교 졸업자의 영어 회화 실력이 한국의 웬만한 대졸자보다 낫다. 중등 교육도 제대로 못 받은 싱가포르 아저씨들도 싱글리시를 자신 있게 구사한다. 그러니 망글리시를 쓰든 싱글리시를 쓰든 무슨 상관이랴.

그들은 외국인과 영어로 대화할 때 우리처럼 경직되거나 더듬거리지 않고 오래된 친구를 대하듯 자연스럽다. 영어가 늘지 않는 이유 중의 하나가 주눅이 들기 때문 아닌가? 외국인 앞에만 서면 눈앞이 캄캄해지고 그동안 외워둔 문장이 하나도 생각나지 않는 암담함 때문 아닌가! 그러나 싱가포리안은 문법과 발음이 다 망가진 영어를 말하더라도 당당할 수밖에 없다. 모국어니까. 싱가포리안이 눈 하나 깜박하지 않고 어찌나 태연하게 싱글리시를 사용하는지, 처음 싱가포리안과 영어로 대화하는 한국인 중에는 자신의 부족한 콩글리시에 기가 죽어, 미국 사람과 대화할 때보다 더 경청하려는 자세를 보인다.

싱가포리안은 발음이 시원찮은 동양인은 물론이고 서양인의 발음까지 얕본다. 한 외국인이 패스프푸드점에서 주문을 하다가 못 알아듣겠다고 짜증을 내는 싱가포리안과 신경전을 벌이는 모습을 뒤에서 지켜보면서 속으로 웃은 적이 있다. 그 이후로도 많은 미국인이나 영국인이 자기 나라 언어를 말하면서도, 못 알아듣는 싱가포리안들 앞에서 몇 번씩 되풀이하는 모습을 종종 보았다. 앞음절이나 뒷음절에 악센트를 주기도 하면서…. 그렇게 영어가 타지에 와서 애를 먹고 있었다.

영어를 모국어로 선택한 효과는 그 외에도 크다. 더운 나라 싱가포르에 외국인이 모여드는 것도 언어의 불편이 없기 때문이다. 센토사의 초라한 레이저 쇼도 구성은 한국만 못하지만 영어로 진행되기 때문에 쉽게 이해가 된다. 싱가포르 동물원에서 벌이는 쇼는 원숭이나 앵무새가 훈련을 잘 받았다기보다는 영어로 진행하기 때문에 더워도 볼 만하다. 택시 운전사와 식당 아줌마까지 영어를 할 수 있으니 싱가포르의 여행이 부담스럽지 않다.

뿐만 아니라 길을 찾기도 쉽다. 모든 길과 건물 이름이 영어로 되어 있다. 빅토리아 스트리트, 노스 브리지, 래플즈 애비뉴와 같은 길 이름이나 시티홀, 빅토리아 시어터, 차임스 등 건물 이름, 안내도 영어로 되어 있어 싱가포르 시내를 돌아다니다보면, 마치 작고 깨끗한 런던 시내에 들어왔다는 착각이 들기도 한다.

중국계 싱가포리안이 80%가 넘는 나라니까 서점에 중국어 책이 있을 거라는 상상은 하지 마라. 싱가포르의 서점은 런던 시내 서점을 옮겨다놓은 것 같다. 오차드 거리의 보더스(Boarders)나 니안시티 3층에 있는 동남아 최대 규모의 서점 키노쿠니아(Kinokunia)에는 영어로 된 신간 서적으로 가득하다. 시내를 관광하다 말고 아무 서점에나 들어가서 자기 나라 언어로 된 신간 서적이나 잡지책을 배낭을 멘 채 서서 읽으며 에어컨을 쐬는 벽안의 청년을 종종 볼 수 있다. 그들이 적도의 땅 싱가포르를 방문하는 데 불편함을 느낄 이유가 없다. 그들이 부러웠다. 한글로 쓰인 책을 볼 수 있는 광화문이나 종로 거리의 서점에 못 간 지 몇 년째 되어 더 그랬던 것 같다. 책 읽기를 즐기지 않는 친구들도 오랜만에 귀국하여 교보문고의 서적들 사이를 걸으면 무척 편안하다고 한다. 자기 나라 언어로 된 풍경 속에 서 있는 기쁨은 신문도 텔레비전도 마음에 쏙 받아들여지지 않는 해외에서 사는 사람이라면 누구나 느끼는 감정인 듯하다.

그런데 나쁜 짓은 배우기가 너무 쉬웠다. 홀랜드 로드에 있는 한 주유소에서였다.

"50달러어치 넣어줘요!"

"뭐라고요!"

"50달러어치 넣어달라고!"

주유소의 아르바이트생은 내 말을 알아들으려고 안간힘을 썼지만, 내 기세에 눌려 말도 못하고 머뭇거리고만 있었다. 간단한 영어를 못 알아듣는 점원에게 한심하다는 표정을 지으며, 나는 손가락 다섯 개를 다 펴서 그의 얼굴 앞에 들이대면서 "오십!" "오십 달러 말이야!" 했다. 손가락 다섯 개를 보자. 그는 이제야 알았다는 듯이 "oh~ sorry~ fifty dollars"라고 했다.

순간 나는 흠칫했다. 나는 여태 그 아르바이트생에게 한국말로 "오십 달러 플리즈"라고 소리쳤던 것이다. 너무나 당당하게 큰소리로 윽박질렀기 때문에 그 아르바이트생은 내 말을 알아들으려고 안간힘을 썼던 것이다. 손가락 다섯 개를 펼치면서 한국말로 "오십 dollars"라고 하는 내 모습을 상상하니 기가 막혔다.

가끔 영어를 하는 도중에 너무나 자연스럽게 한국어를 한두 마디 섞어서 말할 때가 있다. 나도 한국어를 쓴 줄 모르고, 듣는 외국인도 그 한국어 때문에 말을 알아듣는 데 불편하지 않은 그런 때가 있다. 나는 그럴 때 영어가 가장 잘 된다. 영어란 그처럼 생각 없이 자연스럽게 나와야 한다. 이제 나도 싱글리시의 매력에 홀딱 빠져버린 것 같다. 그러고보니 싱글리시는 꽤 친근한 느낌을 주는 말이다. 얼핏 들으면, 짧게 말하기 때문에 무례하거나 거만하다는 오해를 일으키지만, 특이한 리듬과 질질 끄는 발음이 친근감을 주기도 한다. 그중 재미있는 표현 몇 개 정도는 알아둬도 좋을 것이다.

호커 센터에서는 커피 한 잔을 시켜도, 특히 블랙커피를 원한다면 '커피오'를 알아야 한다. '커피오'는 영어 '커피'와 한자어 '검을 오'를 합친 단어로 블랙커피를 뜻한다. 같은 나이 또래는 시스터, 젊은 여자는 미스, 중년 여성은 안티, 노인은 올드 안티라고 부른다. 쇼핑의 거리 오차드에서 귀엽게 생긴 싱가포르 청년이 "안티~(Antie)"라며 설문지를 쑥 내밀었을 때, '안티'나 '엉클'이 낯선 사람에게 거부감을 주지 않으려고 부르는 싱글리시라고 알고 있던 나는 청년의 그 소리가 싫지 않았다. 하지만 나중에 알고 보니 '안티~(Antie)'는 숙모라기보다는 아줌마를 뜻했다. 싱가포르에서도 여전히 나는 한국 아줌마 티가 흠씬 났던 것이다.

"디저트 맛 좀 보시겠습니까?(Would you care to sample our desserts?)"는 "디저트 먹을래 말래?(Want lizard, not?)"이고, "무얼 보고 있습니까?(What are you staring at?)"는 "뭘 봐?(See what?)"라고 말한다. 자못 시비조라 듣는 사람 기분이 상하기 쉽다.

반면에 그냥 "좋다(Yes, I can)"고 하면 될 것을 코맹맹이 소리로 "Caaaan(캐~~앤)"하거나, 숨이 넘어갈 만큼 다급하게 "Can Can Can(캔캔캔)"이라고 말하니, 어찌 싱가포르인과 미운 정 고운 정이 들지 않겠는가! 물건을 살 때에도 고상한 영어를 쓰면 귀찮아한다.

차라리 손님이 혀를 약간 꼬아서 가격을 부르며 "Ok lah!?", "C~an~?" 하면, 가게 주인이 "No lah", "C~an~not~!" 이라며 홍정이 오간다. 이렇게 밀고 당기다가 주인이 "C~a~a~an" 이라 하면 거래가 된다. 그 외에도 "No need lah(그럴 필요 없어), Orredy(벌써), Die die go(꼭! 꼭! 가야 해), Go where?(어디 가냐?) 등 재미있는 표현이 많다.

그러나 이 싱글리시는 싱가포르 정부의 아킬레스건이다. 그들의 영어 발음과 문장 구조가 망가져서 세계적인 이야깃거리가 되었지만 대책이 없다. 지금도 싱가포르 정부에서는 국민들의 싱글리시를 떨쳐버리려고 온갖 노력을 기울이지만, 영국식 발음이 되지 않으니 답답할 것이다.

일부 싱가포리안들은 아메리카 영어는 용납하면서 왜 싱글리시는 안 되느냐고 반문한다. 그들 주장대로 싱글리시를 말한다고 해서 싱가포리안이 공공 문서나 영문 문서를 작성하면서 '오케이라' 라거나 '캔캔캔' 이라고 하지는 않는다. 뿐만 아니라 외국인을 상대하는 직장인들은 유창한 영어를 구사하고, 싱가포르 학생들의 영어 시험 점수가 미국이나 영국의 학생들보다 높으니, 싱글리시를 쓴다고 놀릴 일도 아니다. 개인적으론 싱글리시가 영어의 사투리로 자리잡는 데 손을 들어주고 싶다.

느릿한 충청도 사투리, 끈적끈적한 전라도 사투리가 묻어 있어서 섬진강이나 금강 줄기가 더 애틋하듯이, 비음이 잔뜩

섞인 "조~조~ 좋아!(Can~Can~Can)" 같은 경쾌한 리듬의 싱글리시 없는 밋밋한 회색 도시 싱가포르가 무슨 매력이 있겠는가!

'안전한 나라' 라는 호들갑

옆집 탄 씨네 앞마당에는 25리터 크기의 하얀 사각 물통이 10여 개 나란히 줄지어 있다. 손잡이도 있어서 한국인들이 아침 운동 가면서 약숫물 받아오는 약수통 모양과 똑같다. 물이 나지 않는 싱가포르지만, 그래도 열대우림 어딘가에 싱가포리안들만이 아는 비밀스러운 약수터를 알아낼 수 있겠다 싶어서 슬쩍 물었다.

"어디에서 물을 받아 와요?"

"물 한 방울 나지 않는 싱가포르에 물을 받을 곳이 어디 있어요?"

"그럼, 저 물통은 뭐에 쓰는 거예요?"

"아들이 언제 전쟁이 날지도 모르고, 어느 날 갑자기 말레이시아로부터 물 공급이 중단될지 알 수 없다고 해서 준비해 둔 거랍니다."

전쟁이라니… 분단 국가도 아닌 싱가포르에 무슨 전쟁이 난다고 저런 준비를 하나 싶어, 참으로 걱정이 지나친 사람이라고 생각했다. 탄 여사도 그런 약수통이 못마땅하겠지만, 아들이 하는 일이라 그러려니 하고 있는 것 같았다. 탄

싱가포르 바로 코앞의 섬들은 환태평양 지진대에 속해서 지진과 해일에 시달리지만, 싱가포르에만 지진이 없다. 또 동남아를 다 훑고 북상해서 한국까지 오는 태풍도 싱가포르는 비켜 다닌다. 물만 나지 않을 뿐 따지고 보면, 각종 자연 재해로부터 안전한 최고의 위치에 속한다.

씨만 그런 것이 아니다. 싱가포르는 이상하리 만큼 안전에 대한 집착이 강하다.

싱가포르의 안전에 대해 모르는 사람이 어디 있겠는가? 철저한 치안과 벌금, 태형 때문에 범죄가 드물고, 외국인에게 범죄 행위를 했을 때는 처벌이 더 무겁다. 휴대폰을 잃어버려도 되돌아오는 나라가 싱가포르라고, 싱가포르는 안전뿐만 아니라 도덕 관념에도 자신 있다고 떠들었다. 굳이 그렇게 떠들어대지 않아도, 싱가포르는 안정된 나라라고 이미 세상에 다 알려져 있다.

그런데도 싱가포르는 안전에 대해 강하게 집착했다. 무엇보다도 싱가포르는 지형적으로 안전한 나라다. 싱가포르가 물이 부족하고 자원이 부족한 척박한 섬나라이기는 하지만, 자연 재해로부터의 안전성은 세계 최고다.

2005년도에 일어난 쓰나미가 인도를 비롯해서 푸껫, 인도네이사, 말레이시아까지 싹 휩쓸어 폐허를 만들었을 때에도, 싱가포르 앞바다는 멀쩡했다. 동남아 다른 국가들이 쓰나미의 충격으로 생사의 갈림길에서 떨고 있을 때, 바퀴벌레들이 지진의 파동을 감지하고 어두운 데서 뛰쳐나와 난리를 피운 것이 싱가포르가 느낀 유일한 쓰나미의 징후였다.

부자 나라 싱가포르만의 특별한 재해 대비책이 있어서가 아니라 지질학적인 위치 덕분이다. 말레이시아와 인도네시아의 크고 작은 섬들이 활처럼 싱가포르 섬을 보호하고 있기 때문이다. 그 섬들이 거대한 해일을 막아주어 싱가포르에는 쓰나미의 피해가 전혀 없었다.

싱가포르 바로 코앞의 섬들은 환태평양 지진대에 속해서 지진과 해일에 시달리지만, 싱가포르에만 지진이 없다. 또 동남아를 다 훑고 북상해서 한국까지 오는 태풍도 싱가포르는 비켜 다닌다. 물만 나지 않을 뿐 따지고 보면, 각종 자연 재해로부터 안전한 최고의 위치에 속한다.

그럼에도 불구하고 싱가포르의 모든 건축물은 태풍과 지진 등의 자연 재해에 대비한 기공법을 이용해서 강도 높은 철근으로 지었다는 게 그네들의 자랑 거리다. 있지도 않는 태풍과 지진 등의 자연 재해에 대비한 건축물을 짓는 정도가 아니라, 핵전쟁과 화학전 같은 미래형 전쟁을 대비한 방공호가 있는 나라가 싱가포르다. 공공시설에 있는 방공호를 말하는 게 아니라 각 개인의 집에 있는 방공호다.

아파트의 각 층마다 혹은 각 세대마다 방공호가 지어져 있다. 1997년 이후부터 싱가포르는 새로 건축하거나 리모델링하는 모든 아파트와 주택에 의무적으로 방공호를 짓도록 법제화했다. 1997년 이전에 지은 낡은 아파트까지 방공호를 만들도록 독려했다.

일반 주택의 콘크리트 강도가 20grade인 데 비해 방공호의 콘크리트 강도는 30grade이고 강력 철근을 일반 주택보다 더 많이 사용하여 외부에서 오는 충격을 잘 견디도록 만들었다. 사면 벽 두께도 최소 20~30cm이상이어야 하고, 문틈에는 공기를 차단하는 특수 밀폐 장치가 되어 있으며, 방공호 내부로 연결되는 환풍기까지 있다. 화학전에 대비한 환풍기용 필터도 있다. 물론 언제 일어날지도 모르는 화학전 때문에 빈 방의 필터를 교체하는 낭비를 줄이기 위해 필터는 정부에서 유사시라고 판단할 경우에만 설치하도록 했다. 그렇게 짓다보니, 2~3인 가족을 위한 방공호 하나를 만드는 데 대략 4000싱가포르달러 정도가 든다.

싱가포르가 어떤 나라인가? 좁은 국토 때문에 지금도 쉬지 않고 바다를 개간할 만큼 땅 한 평이 아쉬운 나라다. 좁은 HDB(Housing & Development Board) 아파트(싱가포르 정부에서 지은 저렴한 아파트로 외국인에게 매매나 임대할 수 없다.)에서 부엌도 없다시피 사는 사람이 태반인데, 그런 나라에서 언제 쓰일지도 모르는 3㎡ 정도의 방공호를 좋아할 리가 없다. 싱가포르가 얼마나 부자라고 집집마다 방공호를 만든단 말인가?

싱가포르 해변 근처에 핵무기를 제조해서 세계적으로 지탄받는 공산 국가가 있는 것도 아니고 삼팔선도 없다. 심지어 어떤 시민들은 자기 집에 방공호가 있는지조차 모른다. 그러니 까다로운 건축 규제에 대한 반대의 목소리도 높다. 그래서 방공호 설치법이 몇 번이고 무산되기를 거듭하다가 1997년도부터 법제화된 것이다.

효용성을 위해 아파트 단지 안에 있는 공공 방공호는 수퍼마켓이나 액티비티 센터, 방과 후 교실로 우선 활용하게 했다. 어차피 핵무기나 폭탄이 터지면 방공호에 갖춰둬야 하는 물건이 식료품이니까, 수퍼마켓이 비상시 방공호로 바뀐다면 식료품이 충분히 완비된 방공호가 될 것이라는 계산이 들어 있다. 또 각 가정의 방공호도 다른 용도로 개조할 수는 없지만, 창고로는 쓸 수 있게 했다. 유사시엔 음식과 물이 있는 최고의 방공호가 될 테니까.

그런 준비가 어디 방공호뿐이겠는가? 한국에서 미군 철수를 외치며 데모를 하고 있을 때, 싱가포리안은 미군에게 싱가포르의 파라에바 공군 기지와 셈바왕 해군 기지까지 제공하며 미군의 주둔을 요청했다. 말레이시아와 태국 등 인근 국가들의 강력한 반대에도 불구하고 기어이 미군을 싱가포르에 불러들였다. 그리고 미국의 애리조나 주와 텍사스 주 등지에서 싱가포르군은 미군에게 군사 훈련까지 받고 있다. 미군 주둔 문제에 관한 시시비비를 떠나, 싱가포리안은 이익이 되는 일이라면 자존심이든 뭐든 별로 개의치 않는 나라인 것은 확실하다.

분단 국가가 아닌데도 싱가포르 남자는 모두 신체적 결함 여부와 상관없이 2년 간의 국방의 의무가 있다. 병역 기피는 꿈도 꿀 수 없다. 7만여 명의 작은 병력이지만 위력이 대단하다.

작은 땅 덩어리인 싱가포르에서는 언제든지 출동할 수 있는 공군이 반드시 필요하다. 공군은 싱가포르군 최고의 역할을 한다. 현 싱가포르 총리이자 리콴유의 큰아들인 리셴룽 수상도 공군 준장 출신이다. 싱가포르 공군 기지는 호주나 말레이시아 등지에도 있다. 작은 섬이라 적의 기습 공격 한 번이면 점령될 게 뻔하므로 먼 호주에 있는 공군 기지에서 재공격을 감행하기 위한 전략이다. 꽤 뿌듯한 방위력이다.

싱가포르가 호들갑을 떨며 방공호를 짓고, 군대와 국방에 힘을 쓰는 원래 이유는 주변국 때문이다. 싱가포르는 말레이 바다에 떠 있는 외로운 섬이다. 정치적 · 경제적으로 싱가포르만 못한 말레이계 나라인 인도네시아나 말레이시아는 규모로 보면 대국이다. 그런 나라들 사이에 있으니 조금이라도 약한 모습을 보이면 언제 공격해올지 모른다는 것이 싱가포르 정부의 말이다. 그러나 일부 싱가포리안들은 그런 전력에 대해 의구심을 드러낸다.

"아무리 둘러봐도 바다뿐인 싱가포르 섬의 적이 누구이기에 이렇게 군대를 양성하는가?"

"존재하지 않는 적을 향해 군대를 만들고 총을 겨누는 것은 싱가포르의 독재와 비리를 감추기 위한 위장술이다."

"과연 그 방공호가 핵폭탄을 견딜 수 있는가?"

싱가포르가 경제 대국이 되기 이전이라면 모르겠지만, 이젠 국민 소득 4만 달러인 강대국인데 누가 간섭할 것인가? 또 저 살기도 바쁜 가난한 동남아의 나라들이 무슨 수로 싱가포르를 넘보겠냐고 반대하는 사람도 적지 않다. 그러나 싱가포르 시민방위대(Singapore Civil Defence Force)의 담당자 림(Lim)은 방공호를 사용하게 될 날이 50년 후일지 100년 후일지 모르지만, 방공호에 대한 생각은 변함없다고 했다. "준비는 일이 언제 일어날지 예측할 수 없을 때 하는 것입니다. 비상시에 하는 준비는 준비가 아니지요."

그렇다. 가능성이 없을 때 하는 것이 준비라는 그 단순한 사실을 우리는 너무 오래 망각해왔다. 그렇다면 이런 군대와 방공호, 사회 질서에 대한 호들갑의 진짜 이유는 무엇일까? 핵폭탄이 터져도 버텨낼지 확실하지도 않은 방공호, 싱가포르는 세상이 무너져도 살아날 나라라는 이미지로 남고 싶은 이유가 무엇일까? 안전한 국가라는 인식을 세계에 심어주려는 것이 첫 번째 의도이다.

싱가포르는 중계항이다. 자원 하나 없는 나라에서 무슨 소득을 올리겠는가? 온갖 이벤트와 서비스를 제공하면서 열심히 누군가를 끌어들여야 하는데, 그 첫째 조건이 안전 아니겠는가? 그래서 싱가포르는 세계인들 사이에 청결한 나라라는 이미지보다 안전한 나라라는 이미지로 더 부상했다. 동남아 지역에서 재력만 뒷받침 된다면 노후 생활을 보내기에 가장 좋은 나라로 각광받고 있다. 뿐만 아니라 안전한 나라라는 소문 덕분에 생기는 소득도 꽤 많다.

그 첫 번째 효과가 바로 자금의 유입이다. 군대와 방공호의 효과는 유럽의 강대국들 사이에 끼여 있어도 세계 최고의 선진국으로 자리하는 스위스에서 이미 증명되고 있다. 대국들 사이에 끼여 있는 스위스는 집집마다 방공호가 있고, 유럽에서는 아이의 울음도 멈추게 한다는 그 유명한 용병이 있던 나라다. 프랑스 대혁명 당시 루이 16세와 마리 앙투아네트를 끝까지 지키고, 로마 황제로부터 교황의 목숨을 지킨 스위스 용병들의 충성심과 용맹함은 전 유럽이 알고 있다. 중립국가로서의 효력과 안전, 스위스 용병의 소문 덕분에 스위스 은행에 많은 자금이 모이고 있다.

싱가포르에도 스위스 못지않게 많은 자금이 모인다. 스위스 은행에 유태인의 비자금이 모인다면, 싱가포르 은행에는 화교의 비자금이 모인다. 중국에서 가까운 동남아 지역인 인도네시아, 말레이시아 등지에는 많은 화교가 있고 성공하여 재산도 많이 모았다. 그런데 동남아 대부분의 나라는 치안이 엉망이다.

말레이시아에서는 도로 변으로 걸을 수가 없다. 도로 변으로 걷다가 가방을 날치기당하는 사람이 수없이 많기 때문에 특히 싱가포르에서 온 여행객들의 주의를 요하는 보도가 연일 신문에 나곤 한다. 인도네시아의 치안 상태는 말할 것도 없다. 어떤 한국인이 차가 고장 나서 길 한가운데에서 멈

추자 지켜보던 인도네시아 사람들이 우르르 뛰어왔다. 도움의 손길을 주기 위해 달려오는 줄 알고 그들에게 감사하려는 순간, 백미러와 타이어 등 차에서 떼어낼 수 있는 것들을 다 떼어서 도망갔다고 한다.

소문의 사실 여부를 떠나 동남아의 치안이 좋지 않은 것은 확실하다. 치안이 엉망인 동남아 국가에서 번 돈을 안전하게 지켜주는 나라가 필요했는데 그곳이 싱가포르였다. 싱가포르 군이 스위스 용병만큼 용감한지는 알 수 없지만, 안전을 모토로 내건 싱가포르는 동남아에서는 제일 믿을 만한 곳이었다.

은행에 전산 시스템이 없던 과거에는 주말이면 싱가포르 공항엔 신문지로 둘둘 만 뭉텅이를 들고 입국하는 중국계 사람들로 북적였는데, 그 안에는 돈다발이 들어 있었다고 한다. 동남아에서 싱가포르 은행에 돈을 맡기러 직접 들고 왔던 것이다. 이제는 화교뿐만 아니라 세계 갑부들의 비밀 계좌를 유치하고 있다.

외국인 투자자들도 싱가포르로 모여들었다. 싱가포르는 대외 교역량이 GDP의 3배가 넘을 정도로 대외 의존도가 높다. 국내 총 투자액의 70% 이상되는 외국인 투자자들이 싱가포르로 몰리는 이유는 무엇보다도 안전이라는 남다른 메리트 때문이었을 것이다.

이제 싱가포르 창이공항은 돛을 달고 파도를 가르고 오

던 범선들 대신, 세계를 날아다니는 비행기의 경유지 역할을 하고 있다. 연간 수천만 명의 환승객이 싱가포르의 국제공항인 창이공항을 이용하고 있다. 그들이 잠시만 싱가포르에 머물러도 싱가포르 관광과 경제에 커다란 보탬이 될 것이다.

또 세계 굴지의 대학들이 싱가포르로 모여들고 있다. 싱가포르는 마약과 타락이 없는 안전한 도시로서, 교육의 허브가 되고자 한다. 동남아 쪽의 학생들을 굳이 멀고 비싼 미국이나 영국으로 보낼 필요 없이, 가까운 싱가포르로 불러들이겠다는 계획이다. 영어도 되겠다, 수준 있는 교사도 확보했겠다, 안전하겠다… 누가 싱가포르의 계획을 비웃겠는가?

클린 앤 그린 정책

이스트 코스트 파크웨이(ECP, East Coast Parkway)의 가로수에 얽힌 이야깃거리는 싱가포르의 과거부터 현재까지 이어지는 한 편의 드라마다.

싱가포르의 초대 수상인 리콴유 수상은 1968년에 '싱가포르 클린(Singapore Clean) 캠페인' 을 시작했다. 당시 산업화는 빠르게 진행되고 있는데, 싱가포리안들은 청결에 대한 의식도 별로 없었다. 거리는 점점 더 더러워지고 오염되어 갔다. 그에 반해 리콴유 수상은 결벽증이라고 할 만큼 더러운 것을 싫어했다. 그의 정부 각료들은 모두 청렴과 정직을 상징하는 하얀색 셔츠와 하얀색 바지를 입어야 할 정도였다. 공산주의자였던 과거를 털어내기 위해서라도 그는 공산주의자가 즐겨 입던 구겨지고 더러운 옷과 정반대의 차림새를 했었다. 더불어 그들 각료들의 하얀 옷은 깨끗함을 상징했다.

'클린 캠페인' 으로 집 주변과 거리를 청소했다. 나무도 심고 강물도 정화했다. 후에 이 캠페인은 1990년에 '클린 앤 그린 위크(Clean & Green Week), 2007년에 '클린 앤 그린 싱가포르(Clean & Green Singapore)' 가 되었다. 나무 심기

운동은 이미 1963년부터 시작되었다.

리콴유 수상은 나무 심기에 관심을 많이 두었다. 1978년에는 새로 짓고 있는 창이공항에서부터 도심까지 이어지는 20km의 도로, 이스트 코스트 파크웨이 도로변의 녹화 사업을 지시했다. 공항 도로는 싱가포르의 첫인상이며 마지막 인상이라고 생각했다. 그래서 해외에서 오는 투자자들이 싱가포르에 첫발을 딛는 공항에서부터 호텔까지의 도로에 공을 많이 들였다.

그러나 엄청나게 쏟아지는 폭우와 강한 산성 흙으로 척박해진 땅에 나무를 심기란 쉬운 일이 아니었다. 해외의 식물 전문가, 토양 전문가들을 초청하여 의견을 듣고, 국내의 식물학자들로 하여금 싱가포르 땅에 적합한 수종을 찾게 했다. 그리하여 싱가포르 기후에 적합한 2000여 그루의 나무와 야자수 관목들을 선택했다.

그중에서도 빨리, 크게 자라는 수종을 선택했다. 싱가포르의 동쪽 지역에는 레인트리(Rain Tree)를, 서쪽에는 앙사나(Angsana)를 심었다. 레인트리는 자라는 속도가 빨라서 일 년에 1m 내외로 큰다. 다 자라면 높이 20m, 넓이 30m 정도의 멋진 거목이 된다. 게다가 30m까지 옆으로 뻗치는 나뭇가지는 우산살처럼 넓게 펼쳐져 뜨겁게 달궈진 싱가포르 땅에 시원한 그늘까지 만들어준다. 현재 레인트리는 이스트 코스트 파크웨이 풍경뿐만 아니라, 오차드 도심에 3km짜리

이스트 코스트 파크웨이 공원 풍경. 창이공항에서부터 도심까지 이어지는 20km의 도로, 이스트 코스트 파크웨이 도로변의 녹화 사업을 지시했다. 공항 도로는 싱가포르의 첫인상이며 마지막 인상이라고 생각했다.

의 산책 명소를 꾸며주고 있다.

그러나 초록이 무성한 레인트리만으로는 부족함을 느끼고, 새들이 지저귀는 소리를 들을 수 있는 꽃과 열매가 있는 나무와 관목들을 추가했다. 이스트 코스트를 따라 들어오다 보면 거대한 레인트리와 야자수 사이로 부겐 빌레아(Bougainvillea)와 같은 꽃나무들도 있다. 현재는 얼마나 공을 들였는지 싱가포르 시내와 공항 길에 있는 나무들이 인조 나무라는 착각이 들 정도로 깔끔하다. 덕분에 싱가포르는 가든 시티(Garden City)라는 명성을 얻게 됐다.

리콴유 수상은 클린 앤 그린(Clean & Green) 정책 중에서 녹화 사업을 자신이 기획한 일 가운데 가장 효과적인 사업이라고 늘 만족해했다. 싱가포르 사람들은 리콴유가 아니면 가든 시티 싱가포르는 존재하지 않는다고 한다. 리센룽 수상은 그의 아버지 리콴유 수상을 '싱가포르 가든 시티'의 '수석 정원사'라고 지칭했다. 싱가포르에는 보타닉 가든을 비롯해 숭게이 부로 습지와 포트캐닝 공원, 맥리치 저수지, 마운트 페이버 파크 등 많은 공원이 있다. 특히 2011년에 만든 '가든스 바이 더 베이(Gardens By the Bay)'는 리콴유의 녹화 사업의 완결판이라고 할 만하다.

마리나 베이의 101헥타르(30만 평) 매립지에 만들어진 '가든스 바이 더 베이'는 기네스북 등 다양한 수상 경력을 뽐내며, 싱가포르 관광객들에게 새로운 명소로 등장했다.

'가든스 바이 더 베이'는 수퍼트리(Supertrees), 플라워 돔, 클라우드 포레스트로 구성되어 있다. 인공 정원이지만 물과 에너지와 태양의 순환 시스템을 이용한 친환경적인 공원은 다양한 볼거리로 가득하다. 특히 야경이 멋있다. 25~50미터 크기의 18개의 수퍼트리는 나무 모양으로 만든 수직 정원이다. 플라워 돔은 2015년 기네스북에 가장 큰 유리 온실로 기록된 지중해식 기후의 정원이다. 온실에서 지중해의 올리브 나무와 아프리카의 바오밥 나무를 볼 수 있다. 클라우드 포레스트는 안개에 가려진 35미터나 되는 인공산과 해수면 2000m의 열대 고랭지 식물, 인공 폭포로 유명하다. 리콴유 수상의 클린 앤 그린(Clean & Green) 정책이 '가든 시티(Garden City)'라는 명성과 '가든스 바이 더 베이'라는 긍정적인 효과를 보여준 좋은 예가 될 것이다.

아마도 리콴유 수상의 클린 앤 그린(Clean & Green) 정책은 앞으로도 더 많은 이야기와 역사로 업데이트 될 것이다.

2부

당근과 채찍이 춤추는 독재의 섬

싱가포르의 택시 운전사들은 말이 많다

"일본 사람~?" 아뿔사. 잠시 방심하는 순간 운전사와 눈을 마주치고 말았다. 운전을 하면서도 어떻게 해서든지 말을 붙여보려고 수차례 백미러로 나를 훔쳐보고 있던 택시 운전사는 눈이 마주치자마자 말을 퍼부었다.

"아뇨." 대답하고 싶지 않다는 의사를 표하기 위해 짧게 잘라서 말하고는 다시 차창 밖으로 시선을 돌렸다. 그러나 이미 늦었다. 일단 눈빛이 마주쳤으니 택시 운전사는 나의 의사는 전혀 개의치 않고 계속 말을 걸어올 것이다. 그는 이미 나와 대화를 나눌 작정을 했을 테니까. 매몰차게 끊을 수 없다면 별 수 없었다. 싱가포르의 택시 운전사들은 귀찮을 정도로 말이 많아 늘 조심해왔는데 또 걸려들었다.

"오~ 그럼 한국인이군요!" 이번에는 확신한다는 듯이 들뜬 목소리였다. 마지못해 대꾸를 하자, 신이 난 택시 운전사의 심문이 시작되었다. 도착할 때까지 스무고개를 치러야 할 분위기였다. "싱가포르에 온 지는 얼마나 됐습니까?" "싱가포르가 좋습니까?" 하는 일상적인 질문부터 시작해서, "지금 가는 곳이 당신 집? 아니면 친구 집? 애는 있어요?"

"싱가포르에서 무슨 일을 하십니까? 남편이 일하십니까?"
까지 상상을 초월하는 질문을 해온다. 사생활에 대해 취조하는 수준이다. 비밀경찰 놀이라도 하자는 건지….

서울에서는 시민들의 생각을 알아보려면 택시를 탄다고 하지 않는가? 나도 처음에는 싱가포르에 대해 귀동냥이나 해볼까 해서 말을 붙였다가, '옳다구나' 하면서 이것저것 되물어오는 싱가포르의 순진한 운전사들에게 완전히 코 끼인 적이 여러 번 있다.

질문이 많아지면, 역공으로 '싱가포르에서의 운전이 힘들지는 않는지' '요즘은 싱가포르 경기가 좋은지' 그런 것을 되물어보지만 거의 실패였다. 자신들의 일상사에 대한 대답은 정말 간단하다. 그러고는 그 따위 질문은 집어치우라는 듯이 다시 폭포와 같은 질문을 퍼붓곤 했다.

그렇게 한번 붙들리면, 비밀경찰에게 자백하듯 모든 사실을 털어놓아야 하는 지경에 이르기 때문에 골치가 아파서 얼마 후부터는 절대 먼저 말을 걸지 않았다. 그런데 운전사들이 어찌나 끈질긴지 대답이 없어도 계속 질문을 퍼붓는다. 그래도 대답이 없으면, 무시당한 서러움에 잠긴 듯 말이 없어지며 표정이 침울해진다. 그런 모습을 보면 좀더 친절하게 대해줄 걸 그랬나 하고 후회가 되기도 한다. 내가 마음이 좋은 사람이어서가 아니라, 싱가포르 택시 운전사들이 한국 택시 운전사들과 달리 매우 친절하기 때문에 매몰차게 대하

싱가포르의 택시 운전사들은 귀찮을 정도로 말이 많아, 눈을 안 마주치려고 애쓰곤 한다.

기가 어렵다.

싱가포르의 택시 운전사들은 극히 일부만 빼고는, 영어가 웬만큼 되고 정직하게 운전한다. 트렁크에 물건을 싣고 내릴 때마다 기꺼이 도와주고, 요금을 천천히 내도 불평하지 않는다. 한국에서는 거의 택시를 타지 않던 내가 싱가포르에 온 이후로는 아파트 현관문 앞까지 택시를 타고 들어갔던 것을 보아도 그들이 얼마나 친절한지 알 수 있다.

또 택시 요금도 그다지 비싸지 않다. 기본 요금이 2.50싱달러이고, 동쪽 끝에서 서쪽 끝까지 가는 경우가 아니라면 7~8싱달러 정도면 시내 웬만한 곳은 다 갈 수 있다. 한화로 5000~6000원 정도이니 택시 타는 일이 부담스럽지도 않다. 이렇게 더운 나라에서 식료품을 잔뜩 사들고 아파트 입구에 내려서 걸어 들어가는 것부터가 졸도를 자초하는 일이긴 하다.

마음 좋은 운전사들의 호의에 못질을 하면 내 마음도 편할 리가 없다. 그렇다고 그들 말에 일일이 대답해주노라면, 운전석 앞에 장식해놓은 조각상들 때문인지 마치 고해소에 들어와 있는 기분이 든다. 택시 운전석 앞은 정말 그럴듯한 제단의 모습을 갖추고 있다. 다양한 형상의 불상과 십자가, 인도의 신상들까지 교대 운전사의 기호에 맞게 꾸며져 있기도 하고, 어떤 경우에는 한 운전사가 여러 개의 신상을 올려놓기도 한다. 어느 나라 누구든, 운전석 앞에는 십자가나 불상,

딸아이의 사진 등 나름의 종교적인 표현들이 있게 마련이지만, 유독 싱가포르 택시의 운전석 앞 모습이 눈에 띄는 것은 싱가포르에 토속신이 너무 많아서다. 다민족 국가인 싱가포르를 종교 백화점이나 인종 백화점이라고 부르는 것은 당연한 일이다.

말을 붙여오는 택시 운전사는 그래도 약과다. "아이고 안녕하세요? 오랜만입니다." 전혀 기억이 나지 않는데, 나를 태운 적이 있다고 주장하며 친근하게 구는 택시 운전사를 종종 만난다. 심지어는 한 번도 아니고 여러 번을 태웠다는 기사도 있다.

"글쎄 전혀 기억이 나지 않는걸요."

싱가포르가 워낙 좁기는 하지만, 같은 운전사를 만날 만큼 그렇게 작은 도시국가는 아니다. 게다가 뒤통수에 눈이 달렸나? 뒤에 앉아 있던 그 많은 승객을 어떻게 다 기억하는지 알 수가 없다. 나뿐만 아니라 주변의 친구들도 비슷한 경험을 했다고 한다.

"지지난 주에 센토사에서 홀랜드빌리지까지 태워줬잖습니까?"

"헉, 센토사!"

나의 일상적인 동선까지 알아맞추는 것을 보니 거짓말은 아닌 게 확실했다. "그래서 싱가포르가 좁다는 거죠!" 드디어 한 건 올렸다는 듯이 신이 난 택시 운전사. 그렇게 얽혀들어가는 것은 정말 싫다.

도대체 몇 번이나 같은 운전사를 만났는지 모른다. 한 4년을 싱가포르에 살다보니, 나도 모르는 사이에 싱가포르에서 소문난 택시 손님이 되었단 말인가? 나를 아는 택시 운전사를 만나는 게 그다지 유쾌하지는 않다. 모르는 사람에게 나의 사생활이 노출되는 건 참 불쾌한 일이다. 그나마 안전한 나라 싱가포르이기 때문에, 싱가포르 사람들이 호기심이 많아서 그러려니 하고 넘어갈 수 있다. 다른 나라였다면, 나의 긴장감이 좀더 심각했을 거다.

"엄마~! 택시 운전사 아저씨가 우리 집에 들어오는 골목길을 너무 잘 알아! 엄마랑 나를 안대." 좀처럼 흥분하지 않는 딸아이가 꽤 많이 놀랐나보다. 한국인이고, 엄마와 함께 뉴턴 서커스 근처에 있는 한인 교회에 다닌다는 것까지 다 알고 있는 택시 운전사를 만났다고 딸아이가 헐떡거리며 전해줬다. 하굣길에 택시를 탄 딸아이까지 그런 소릴 들었다니, 불쾌감이 아니라 불안함이 엄습했다.

"그냥 넘겨짚은 걸 거야. 외모를 보고 한국인으로 추측했을 테고, 한국인이라면 대부분 교회를 다니고, 한국인이 다니는 제일 큰 교회는 뉴턴 서커스에 있는 한인 교회일 테고, 당연히 싱가포르에는 엄마와 함께 와 있을 테고…."

"아냐, 그 아저씨가 정말 아는 것 같았어 엄마. 엄마가 글을 쓰니까, 혹시 비밀경찰 아닐까?"

"설마… 네가 너무 예뻐서 수작을 거는 것일지도 모르지. 앞으로 누구든지 그런 식으로 말을 걸어오면 절대 대꾸하지 말고, 알았지?"

이유를 알 수 없는 우리는 온갖 추측을 하며, 입이 커서 설움을 당한 개구리 모녀처럼 착각에 사로잡혀 서로를 걱정했다. 우리 아이는 피부색이 까무잡잡하고 체구가 작아서, 첫눈에 한국인으로 알아보는 사람이 드물다. 요즘에는 조금씩 얼굴에 숙녀 티가 나면서 한국인 같아 보이지만, 그때만 해도 싱가포르에서 만난 새로운 친구들은 "중국 사람?" "타이완 사람?" "말레이시아 사람?" 등 동남아시아와 아시아의 여러 나라를 다 순회한 뒤에 제일 마지막으로 일본까지 들먹이고 나서 "그럼 한국인이란 말이야?"라고 말할 정도였다. 그러니 택시 운전사들이 쉽게 넘겨짚기를 할 얼굴은 아니었다. 너무나 다양한 민족이 있다보니, 처음 만나는 사람끼리 출신 나라 맞추기 게임을 하는 나라가 싱가포르다.

딸아이가 다니던 국제학교 UWC는 집에서 버스로 네다섯 정거장밖에 되지 않아 스쿨버스보다 택시나 버스를 타는 게 편했다. 버스로 가면 두세 번은 갈아타야 하기 때문에 종종 택시를 이용했는데 그러다보니 딸아이가 눈에 띈 것 같았다.

4년 간의 싱가포르 생활 동안 택시를 많이도 이용했나보다. 싱가포르 택시 운전사들 사이에 우리 가족이 알려진 걸

보면. 그걸 몰랐던 남편은 술이라도 한잔하고 밤늦게 택시를 타고 들어오는 날이면, 한국에서 하던 버릇대로 집에서 멀리 떨어진 큰길에서 내려 걸어들어왔다. 밤늦도록 이국의 호젓한 주택에 아내와 딸, 두 여자만 남겨두었다는 것을 남들에게 들키고 싶지 않아 그랬다지만, 소용없는 일이었다. 싱가포르의 택시 운전사는 이미 남편이 위 띠옹함 파크로드의 몇 번지 누구 집 주인장인지 다 알고 있었다.

싱가포르 택시 운전사들의 호기심을 비난하는 나의 글이 〈행복이 가득한 집〉에 게재된 후, '왜 싱가포르 운전사들은 말이 많은가' 라는 칼럼이 싱가포르의 조간 신문인 〈스트레트 타임〉에 실렸다. 그럴 때면 딱히 감시당하는 게 아니라고는 말할 수 없는 묘한 기분이 든다. 나의 궁금증에 답이라도 하듯이 그들은 요목조목 잘 분석해놓았다.

그들의 분석에 의하면 대강 이런 내용이다. 졸리기 때문에 졸음을 쫓으려고 손님과 말을 한다, 택시 안은 운전사의 직장이다, 손님과의 대화는 업무상 대화다, 친절하게 보이려고 일부러 그런다, 심심해서 그런다….

그러나 〈스트레트 타임〉에서 택시 운전사들의 수다에 대해 뭐라고 핑계를 대든 소용없다. 싱가포르에 있는 외국인들은 싱가포르 택시 운전사의 말을 믿으면 안 된다고 한다. "택시 운전사가 싱가포르가 좋으냐고 물으면 무조건 좋다고 대답해야 해요. 아님 큰일나요."

과거에는 택시 운전사들 대부분이 비밀경찰이었다고 한다. 멋모르고 택시 운전사에게 싱가포르를 비난하거나 정치적인 비판을 하는 뉘앙스를 풍겼다가 다음 날 조용한 곳으로 불려갔다고 한다. 이후 그 외국인은 추방되어 보이지 않거나, 사람이 좀 이상해져서 나타난다는 전설이 아직도 싱가포르의 외국인 사이에 떠돌며 불안을 조성하고 있다.

그런데 싱가포르 정부도 외국인들끼리 하는 이런 숙덕거림을 그다지 싫어하지는 않는 것 같다. 싱가포르 국민들이 정부의 통제를 받는 국가임을 자신만만하게 내세우는 것을 보아도 그런 소문을 싫어하지 않는 게 확실하다. 어쩌면 싱가포르 정부는 그들이 애써 만든 질서와 규칙, 청결함, 그런 것들이 외국인에게 무시당하고 파괴되기보다는 적당히 무서운 소문 속에서 존중되길 바라고 있는지도 모를 일이다.

더위 때문에 즐겨 탈 수밖에 없는 택시. 지금 생각해보면 나에게 싱가포르 택시 운전사들은 좀 귀찮으면서도 싱가포르의 삶을 심심하지 않게 해준 재미있는 친구들이었다. 내가 만난 택시 운전사들의 지나친 호기심이 과장되게 표현되어서, 비밀경찰이라는 소문이 난 것이었으면 좋겠다.

비밀경찰과 싱가포르식 채찍

"싱가포르에 비밀경찰이 있다던데 사실이니?" 싱가포르 관련 원고를 쓸 때 경찰 자료를 빌려주던 싱가포르 친구에게 물었다. 싱가포르에 대해 많은 이야기도 해주고, 내가 글을 쓰는 데 필요한 자료를 기꺼이 가져다주던 친구라서 스스럼없이 말을 꺼냈다. 그런데 잡담을 나누며 웃던 그녀의 얼굴색이 완전히 바뀌었다. 커피 잔을 든 손을 부르르 떨더니 커피 잔을 떨어뜨리면서 커피가 쏟아졌다. 내가 건네준 휴지로 커피를 훔치는 그녀의 손은 계속 떨렸다. 커피 잔은 제자리를 찾지 못한 채 그녀 손에서 달그닥거렸다.

"아니, 무슨 호랑이 담배 먹던 시절 이야길…. 한국도 과거엔 그랬잖아…. 살기 힘들었던 과거라면 몰라도 요즘에는 그런 일 없어." 한국의 과거까지 들먹이며 설명하느라 횡설수설하는 그녀의 이마에 땀이 배어났다. 정확하던 그녀의 영어 발음이 싱글리시의 늪으로 빨려들어가서 무슨 말을 하는지 알아들을 수가 없었다. 아, 그녀가 바로 그 비밀경찰이란 말인가?

〈시사저널〉과 잡지사에 보내야 할 원고 때문에 고민하자,

경찰서에 다니는 친구가 있다면서 자료를 구해다줄 때 알아봤어야 했다. 그녀가 비밀경찰이든 아니든 나는 그녀를 추궁할 수는 없다. 그들 나라에서 나름대로 질서를 만들어 살아가는 일에 내가 참견할 자격이 없지 않은가. 그러나 스트레스였다. 정체를 알 수 없는 감시 아래 사는 것은 마음 편한 일이 아니었다.

싱가포르에서는 소량이라 하더라도 마약을 소지한 사람은 사형에 처한다. 외국인이든 시민이든 상관없다. 범죄자에 대한 처벌이 매우 엄하다. 그런 점은 우리같이 선량한 서민에겐 고마울 뿐이다. 도둑이나 강도와 같은 범법자가 없는 세상에서 안전하게 살 수 있다는 것은 분명 고마운 일이다.

그러나 범죄가 아닌 경범죄까지 큰 벌을 받는 게 문제였다. 털어서 먼지 안 나는 사람 없다고, 누구나 한 번쯤은 쓰레기를 아무 데나 버려봤고 무단 횡단도 했고 신호도 지키지 않았을 것이다. 작은 죄를 범하지 않고 사는 사람이 있을까? 식당에서 입 닦은 휴지를 그대로 내버려두고 일어선 적이 한두 번인가? 특히 무의식적인 경범죄는 누구든 한 번, 아니 여러 번 저질렀을 것이다. 그런 것까지 일일이 신경 쓰며 산다는 것은 꽤나 피곤한 일이다.

싱가포르에 도착하자마자 나는 일간지 〈스트레트 타임〉에 경범죄자들의 사진과 신상, 죄목이 조목조목 실린 것을 봤다. 마치 새로 이사온 신참에게 경고를 하는 것 같았다. 벌금은 기본이었다. 경범자 유니폼을 입고 거리 청소를 비롯한 사회 봉사 활동을 해야 했다.

증명 사진 크기만 한 경범죄자들의 얼굴 사진이 조간신문에 빽빽이 실리기도 했다. 증명 사진뿐인가, 큰 죄도 짓지 않은 경범죄자를 체포하는 모습도 신문에서 볼 수 있다. 휴지를 버린 게 무슨 큰 죄라고 신문에 얼굴을 대문짝만 하게 싣는단 말인가? 식당에서 휴지를 남겨두고 나온 여학생부터, 거리에서 침을 뱉은 남자까지, 공공질서를 위반한 시민들의 사진과 이름을 보는 이방인은 가슴이 떨리지 않을 수 없다.

한 여학생은 자리에서 일어나면서 식탁에 둔 휴지가 바닥에 떨어졌다고 주장했지만 소용이 없었다. 오히려 그녀가 휴지를 던지는 장면을 지켜본 비밀경찰이 자초지종을 설명하는 모습과 기사가 더 크게 실렸다.

싱가포르에서는 경범자들이 떠들어봤자 망신만 더 당할 뿐이다. 당시는 사스가 돌아 국민 질서를 재정립하기 위한 특수 상황이라고는 했지만, 그 이후로도 잊어버릴 만하면 경범자들의 사진을 광고하듯이 신문에 게재하여 외국인 거주자를 긴장 속으로 몰아넣었다.

그런데도 싱가포르 환경청(NEA, National Environment Agency)의 보고에 의하면 쓰레기나 담배꽁초를 아무 데나 버리는 경범죄자가 매년 늘고 있다고 한다. 경범죄자를 잡아내는 비밀경찰의 솜씨가 뛰어난 건지, 벌금과 벌칙 아래에서도 싱가포리안이 좀처럼 나쁜 버릇을 버리지 못하는 건지….

리콴유 수상의 클린 앤 그린(Clean & Green) 정책이 '가든 시티'라는 명성과 '가든스 바이 더 베이'라는 긍정적인 효과를 준 반면, 벌금의 도시(Fines City)와 보모 국가(nanny state)라는 오명도 줬다.

1960년대에는 싱가포르 거리는 걸어다니기도 힘들만큼 더럽고 냄새가 났었다. 공공장소에 쓰레기가 나뒹구는 정도가 아니었다. 그가 국가 발전을 위해 새로 만든 아파트와 도로는 만들자마자 엉망이 되었다. 싱가포리안들은 새 아파트로 키우던 닭과 돼지들을 데리고 들어왔다. 아파트 안는 닭과 돼지가 소란을 피우고 있었고, 새로 건설한 도로 한 가운데에는 소가 드러누워 교통을 방해하고 있었다.

경제가 발전해도 국민이 바뀌지 않으면 아무 소용이 없다고 결론짓고 간단한 경범죄에 벌금을 부과하고 국민의 사생활에 간섭을 하기 시작했다. 심지어는 싱가포리안들의 이미지 미화 운동까지 했다. 리콴유 정부는 공손한 행동은 문화시민의 기본 행동이라고 주장하면서, 1979년에는 외국인에게 친절하게 행동하는 '공손 캠페인(National Courtesy Campaign)'도 벌였다.

1968년에 리콴유 수상의 클린 캠페인은 벌금 제도를 만들었다. 그 유명한 싱가포르의 벌금 제도는 클린 정책을 실천하는 방안이었다. 벌금의 도시(Fines City)의 시작이었다. 쓰레기 함부로 버리는 행위와 무단 횡단하는 행위, 아무 데나 침 뱉는 행위, 엘리베이터에 오줌 싸는 행위, 화장실 물 안 내리는 행위, 아무 데서나 담배 피는 행위에 대한 규제였다. 껌 뱉기에 대한 벌금은 지하철 문이 씹던 껌 때문에 수차례 고장이 난 후, 1992년부터 시행됐다.

이로 인해 리콴유 수상은 싱가포르 발전을 위해서 국토의 변화뿐만 아니라, 싱가포리안들의 정신 개조, 행동 개조까지 시도한 독재자라는 비난을 받았다. 그는 뉴욕 타임즈와의 인터뷰에서 "경제적인 발전을 위한 기반을 다지는 것보다 공공장소에서 침을 뱉거나 쓰레기를 버리는 행위를 고치는 것이 더 힘들었다."라고 자신의 고충을 말했다. 또 "싱가포리안의 행동과 삶을 바꾸기 위해서는 간섭을 하고 벌금을 매길 수밖에 없었고, 이런 이유에서라면 보모 국가(nanny state)로 불려도 상관없다."고 강조했다.

그리하여 조그마한 범칙 행위에도 벌금이 가해지는 벌금의 도시(Fines City) 싱가포르가 탄생했다. 그동안 노력의 결과 싱가포르는 클린 도시(Clean City)로 인정을 받게 되었다. 여행자가 다니는 도심은 너무 깨끗해서 무미건조하다는 느낌이 들 정도였다. 지금은 수많은 벌금 광고가 사라지고 지하철에서 담배를 피우면 1000달러, 음식을 먹거나 음료수를

식당에서 휴지를 남겨두고 나온 여학생부터, 거리에서 침을 뱉은 남자까지, 공공질서를 위반한 시민들의 사진과 이름을 신문에서 보는 이방인은 가슴이 떨리지 않을 수 없다.

마시면 500달러, 화기류를 소지하면 5000달러를 내야 한다는 광고가 붙어 있다.

그러나 그런 규제에도 불구하고 쓰레기를 버리는 행위는 아직도 해결되지 않는 골칫거리였다. 환경청 조사에 의하면 싱가포리안들이 가장 많이 버리는 쓰레기는 담배꽁초, 휴지, 일회용 컵 순이었다. 쓰레기를 버리다가 처음 적발되면 최고 2000달러의 벌금을 내야 하고 동일 범죄를 두 번 하다 걸리면 4000달러, 세 번째는 1만 달러의 벌금을 내야 한다. 1992년부터는 행동 교정 벌칙(CWOs, Corrective Work Orders) 제도를 만들어, 공공장소에서 최고 12시간까지 청소를 하는 벌칙 제도가 생겼다. 2014년도만 해도 688명이 행동 교정 벌칙을 받았다. 또 학교에서부터 철저하게 교육도 했다. 싱가포르 일간지는 쓰레기를 버린 경범죄자를 수시로 발표했다. 쓰레기 투기에 대한 토론과 실태 조사도 수시로 이루어졌다.

온갖 방법을 사용해도 쓰레기를 버리는 사람들이 줄지 않았다. 해마다 증가했다. 2009년에 4만 1000명이 적발되어, 쓰레기 투기자 적발 이래 최고의 숫자를 기록했다. 환경 정화 후 주춤하다가 다시 늘어나기 시작했다. 싱가포르 환경청(NEA)은 2012년에는 8195건, 2013년에는 9346건, 2014년에 1만 9000건, 2015년에는 2만 6000건의 쓰레기 투기자를 적발했다. 줄어들지 않는 쓰레기 투기자들은 커다란 골칫거리였다. 2013년도에는 비밀 요원을 뽑아서 쓰레기를 버리는 사람들을 적발하여 시정을 권유하거나 고발하도록 했다.

쓰레기 투기자들이 계속 늘어나는 데는 외국인들도 한몫했다. 최근에 적발된 건에는 쓰레기 투기자의 30% 정도가 외국인이었다. 늘어나는 외국인 범죄자를 위해서 비거주자(non-resident population)를 위한 교육과 안내를 한다. 특히 외국인 노동자의 경우, 쓰레기 투기를 하다가 걸리면 일을 할 수 없도록 하고 있다.

클린 앤 그린(Clean & Green) 정책을 사람에게 적용하니 벌금의 도시(Fines City)와 보모 국가(nanny state)라는 부정적인 결과가 도출된다. 아마도 리콴유 수상의 클린 앤 그린 정책은 사람보다는 자연이나 사물에 더 적절할지도 모른다. 클린 앤 그린 정책이 정말 사람을 변화시켜낼지 궁금하다.

아무리 경범죄여도 정신을 못 차리고 상습적으로 죄를 범하거나 중죄를 지은 사람에게는 태형을 가한다. 태형은 이슬람 문화권에서 유래한 징계 제도로 채찍으로 사람을 때리는 형벌이다. 국민 대다수가 이슬람교도인 말레이시아에서는 지금도 학교나 국가에서 태형을 행하고 있는데, 싱가포르도 마찬가지다.

상습적으로 담배꽁초를 아무 데나 버리던 한 싱가포리안에게 태형이 선고됐다. 그는 담배꽁초를 함부로 버려서 부과된 벌금도 내지 않는 위법 행위를 더 저질렀다. '맞을 짓

조그마한 범칙 행위에도 벌금이 가해져서일까. 여행자가 다니는 싱가포르 도심은 너무 깨끗해서 무미건조하다는 느낌이 들 정도다.

ESPLANADE
THEATRE

을 했으니 맞겠다' 는 그 남자는 태형쯤은 별거 아니라고 버텼으나, 싱가포르의 태형이 그렇게 만만한 게 아니다.

싱가포르에서는 기계로 태형을 가한다. 의사나 간호사의 참관 아래 시행되는데, 보통 사람은 하루에 한 대 맞기도 힘들 만큼 고통스럽고 위험하다고 한다. 임신이 불가능할 수도 있어서 여성이나 50세 이상에게는 태형을 가하지 않는다니 그나마 고마운 일이다.

싱가포르에서 남의 차에 몇 차례 흠집을 낸 미국인 소년 마이클 페이가 기어이 태형을 맞았다. 이번 기회에 버릇없이 자라는 미국 소년들에게 경각심을 심어줘야 한다고 찬성하는 일부 미국인도 있었지만, 대부분의 미국인은 기겁을 했다.

당시 클린턴 미 대통령이 직접 전화를 걸어 선처를 부탁하고, 〈뉴욕타임스〉와 언론은 싱가포르의 야만적인 태형제도를 비난했으며, 미국인은 항의 전화하기, 항의 서신 보내기를 하며 압력을 가했다.

그러나 싱가포르 정부는 "강대국의 요구에 밀려서 이 태형을 실시하지 않는다면, 앞으로 우리가 어떻게 싱가포르 국민에게 법질서를 지키라고 요구하겠는가?" 라며 강경하게 대처하였고, 태형의 수만 감해줬을 뿐이다.

이 사건은 베트남 전쟁에서 참패한 이후 미국이 아시아에서 당한 최대의 굴욕으로, 싱가포르에 사는 외국인들 사이에서 회자되었다. 이 일 때문에 그 소년에 대한 소문이 전 세계로 퍼졌다. 태형을 맞은 후 충격에서 헤어나지 못하고 마약에 빠져 산다느니, 정신 질환자가 됐다느니… 소문이 줄을 이었지만, 1994년에 시행되었다는 사실 외에 자세한 일은 알 수 없다.

세계 최강대국 시민도 태형을 맞았는데, 다른 나라의 시민이야 어쩌겠는가. 싱가포르의 엄한 법 시행 이후 싱가포르에서는 억울한 일로 흥분하는 외국인 사이에 이런 협박성 위로의 말이 유행했다. "여긴 싱가포르야!"

태형보다 더 무서운 형벌은 추방이다. 싱가포르 에어라인에서 임금 삭감과 고용자 해고 조치를 통보했다. 그때 싱가포르 에어라인의 파일럿인 리안고(Ryan Gog)는 부당 해고를 받아들이지 못하고 항공사의 파업을 주도하다가 노조를 선동한 죄목으로 "탐탁지 않은 이민자(undesirable immigrant)는 싱가포르를 떠나라!"는 선고를 받았다.

이 선고는 말레이시아 국적의 싱가포르 영주권자인 그가 받을 수 있는 최악의 형벌이었다. 그는 아내와 4명의 아이, 가족과 친지가 모두 싱가포르에 있었고, 26년이라는 삶이 싱가포르에 남아 있었기 때문이다. 그는 결국 학업을 다 마치지 못한 12살짜리 딸아이를 남겨둔 채 싱가포르에서 쫓겨나야 했다. 추방은 싱가포리안에게는 태형보다 강력한 형벌이다.

싱가포르 정부는 조금씩, 가끔씩 그와 비슷한 사건들을 터트리며 국민을 조종하고 있었다. 그동안 들었던 소문이 소문만은 아닐 것 같아 두려웠다. 언제 어디서 나도 모르게 법을 어길지 몰라 불안했다. 저녁에 집에 돌아오면, '혹시 오늘 내가 휴지를 아무 데나 버리진 않았나?' '교통 법규를 어기진 않았나?' '택시 운전사에게 흠잡힐 소리를 하진 않았나?' 반성문 쓰듯이 하루의 일과를 몇 번씩 되짚고서야 잠을 잤다.

토론하고 설득하는 색다른 독재

2002년 우리가 처음 싱가포르에 도착했을 때는 사스라는 전염병으로 사회가 혼란에 빠져 있었다. 사스에 걸린 중국 광동의 호흡기 전문의와 같은 홍콩 호텔에 머물렀던 한 싱가포르 여인이 귀국하면서 사스가 싱가포르에 유입되었다. 그 때문에 싱가포르가 발칵 뒤집혔다.

어려울 때 그 사람의 진면목을 가장 잘 알 수 있다고 했던가! 그렇다면 나는 절호의 기회에 싱가포르의 진면목을 보게 된 셈이다. 그들은 사스에 대처해가면서 과거 싱가포르가 어떻게 살아왔는지, 또 앞으로 어떻게 살아갈 것인지 그 윤곽을 새로 온 거주자에게 조금씩 드러내기 시작했다.

사스 때문에 싱가포르의 혼란이 절정에 이른 것은 한 도매시장에서 전염 경로를 알 수 없는 강력한 사스 보균 환자가 발생했을 때였다. 사스를 피해 칩거하는 시간이 길어질수록 사스에 대한 두려움이 무뎌진 것일까? 나는 그날따라 너무 갑갑해서 어디론가 나가서 바람을 쐬고 싶었다.

나는 로컬 호커 센터의 한 커피숍에 들러 설탕 대신 들큰한 시럽을 넣은 커피 한 잔을 마셨다. 로컬 호커 센터는 싱가포리안의 진정한 모습을 만날 수 있는 싱가포르다운 장소인데 정말 분위기가 끝내준다.

때맞춰 스콜이 거리에 쏟아져 내렸다. 스콜은 연이은 빗줄기가 튀어오른 흙조차 다시 빗줄기로 만드는 열대성 소나기다. 순식간에 땅이 깊게 파이며 보도 위에 물길이 만들어졌다. 그동안의 더위가 전혀 기억이 나지 않을 만큼 시원함과 상쾌함이 몰려왔다.

한국 교민들이 자주 다니지 않는 무명의 거리에서, 적도의 스콜이 흙을 파헤치는 것을 물끄러미 내려다보며 멍한 표정으로 시간을 흘려보내도 좋은 게 이국 생활의 묘미다. 여행자들은 그런 자유가 그리워 세계의 골목으로 향하는지도 모른다.

참고로 싱가포르의 호텔 커피숍에서는 가루 설탕을 내놓지만, 서민들이 사는 뒷골목의 커피숍에서는 설탕 대신 시럽을 넣어준다. 눅눅한 날씨에는 가루 설탕보다 시럽이 보관하기 좋기 때문이다.

그날 오후 그 커피숍 근처의 '파시르 팡쟁' 시장에서 사스 환자가 발생하여 시장 전체가 폐쇄되었다. 환자가 일하던 시장 근처의 상인, 일꾼, 친인척 등 그 환자 주변에서 공기로 접촉된 사람들 2000여 명이 한꺼번에 격리되는 최대의 위기 상황이었다. 그 근처에서 여유롭게 커피를 마시고 있었으니 재수가 없는 것인지 운이 좋은 것인지….

대형 버스에 실려 어디론가 격리되어가는 싱가포리안들의 뒷모습을 텔레비전 화면으로 보면서, 나도 어디선가 나타난 비밀경찰에게 알 수 없는 곳으로 끌려가게 될지도 모른다는 생각에 불안했다. 이제 막 싱가포르에 도착했는데….

"아무리 싱가포르가 좁다고 그 많은 델 놔두고 하필 거길!"

"내가 일부러 간 거냐고…!"

가족들은 방 안에서 조신하게 지내며 더 이상 사고를 치지 말아달라고 경고성 부탁을 했고, 나는 결국 스트레스성 열병을 며칠 앓았다. 싱가포르 정부는 이 일로 사상 최대의 혼란에 빠졌다고 엄살을 떨었지만, 내가 보기에는 마치 행사를 치르는 주최측처럼 일사불란해 보였다. 연일 정부 각료와 사회 지도층 인사들이 모여서 진지하고 성실한 토론회도 열었고, 그 토론회 장면은 국민이 보게끔 텔레비전으로 방송되었다. 매스컴에서는 쉬지 않고 국민의 의견을 묻는 투표가 진행되었다.

무엇보다도 오늘날의 싱가포르를 만든 리콴유 전 수상은 "우리의 가장 큰 적은 사스가 아니라 두려움"이라면서 사스와의 싸움에서 승리하기 위해 자중하라고 차분하면서도 설득력 있는 연설로 국민을 독려했다. 소문으로만 듣던 리콴유 수상이 어려움에 직면했을 때 대처하는 모습은 소름이 돋을 만큼 짜릿했다. 그는 그 이후로도 싱가포르에 문제가 있을 때마다, 눈을 반짝이며 차분하게 논리적으로 국민에게 연설하고 토론했다. 그의 말솜씨가 어찌나 뛰어난지, 그와 담화를 나누면서 그의 말에 승복하지 않는 사람이 있다면 어딘가 비정상일 것 같았다. 그런데 남의 나라 일이라서일까? 싱가포리안의 그런 일사불란함이 대기업의 프로젝트 진행처럼 활기차 보이는 이유는 무엇일까?

물론 어디나 다른 부류의 사람이 있듯이 일부 싱가포리안은 태평이었다. 왈츠를 춰야 하는데 마스크는 무슨 마스크! 신문에는 마스크를 한 싱가포리안들의 모습이 실리기도 했지만, 도심을 벗어난 곳에서는 마스크 쓴 사람을 만나기가 쉽지 않았다. 관광객의 수는 줄어들었지만 수퍼마켓은 여전히 발 디딜 틈이 없었다.

밀폐된 공간에서 전염률이 가장 높다는 이유로 모든 택시 운전사는 하루에 두 번씩 체온을 체크하고 택시의 창문을 열어놓고 다니라는 정부의 명령이 떨어졌다. 운전석 옆에는 택시 운전사들의 체온을 체크한 작은 딱지가 붙어 있었다. 딱지에는 그날 그날의 날짜와 시간이 적혀 있었다. 그런데 열려 있어야 할 택시 창문은 굳게 닫혀 있었다. "이 더운 적도의 나라에서 어느 미친 놈이 창문을 열겠습니까? 그러나 손님이 원하신다면 열어드립죠." 택시 운전사가 옆 차를 가리켰다. 모두 창문을 닫은 채 운행하고 있었다. 미친 놈이 될 순 없었다.

내가 싱가포르에 막 도착했을 때만 해도 시청 지하철 앞은 쓰레기장이었고, 호커 센터의 음식은 불결해서 쉬이 배탈이 나곤 했다. 소문과 달리 너무 더러워서 소문이 정말 무섭다고 생각했었다. 그러니 싱가포르 정부인들 몰랐겠는가! 싱가포르 정부는 이번 사스를 기회로 삼았다.

기다렸다는 듯이 신문 지상 등의 언론 매체를 통해 불결한 싱가포르 뒷골목을 죄다 보여주며 이곳이 정말 깨끗하다는 싱가포르가 맞는지 국민에게 되물었다. 골목과 시궁창에 죽어 있는 쥐와 버려진 휴지와 담배꽁초…. 이전에는 치열하게 쓰레기와 전쟁을 치러온 싱가포르였다.

"뱉은 침이 땅에 채 떨어지기도 전에 벌금을 받아간다." 이는 세계를 휩쓸고 간 외환 위기 이전의 농담이다. 외환 위기를 맞은 뒤 먹고살기도 빠듯한데 세금이나 벌금으로 국민을 괴롭히지 않으려는 의도였는지, 싱가포르도 적당히 더러워졌고 해이해졌다. 드디어 경기 침체 때문에 풀어주었던 고삐를 다시 조일 계기를 마련한 것이다.

침을 뱉는 행위뿐 아니라 담배꽁초에서 휴지에 이르기까지 하나라도 버리는 사람은 벌금을 내야 하고, 이름과 사진을 공개하는 소위 '패가망신 벌'을 받게 되었다. 죄질이 나쁘거나 반복 죄를 짓는 사람은 감옥행이었다. 그즈음 조간 신문에서 휴지를 아무 데나 버리다 걸린 멀쩡하게 생긴 대학생과 얌전한 여사무원이 난감해하는 모습의 사진이 자주 보였다.

가슴이 서늘했다. 싱가포르 지도층의 솜씨는 자못 부럽기까지 했다. 어떤 사람들은 싱가포르를 독재 국가라고 하지만, 그 독재는 끈질긴 여론 조사와 논리적인 설득, 토론, 이해를 바탕으로 나온 것은 분명했다. 그들은 쉬지 않고 토론했고 또 토론했다. 거의 세뇌에 가까운 토론이었다. 그래서 국민의 지지를 얻을 수 있었는지도 모른다.

물 한 방울 나지 않는 불모의 적도가 선진국으로 변모한 비결이 바로 여기에 있었다. 싱가포리안들은 잠시만 서 있어도 기절할 만큼 뜨거운 태양 아래서 일했고 치사율이 높은 말라리아모기와 어우러져 억척같이 살아왔다. 그 공로가 중국계 싱가포리안의 강인한 삶에 대한 의지 때문인지, 막다른 골목에서의 안간힘 때문인지, 한 사람의 지도자의 영향력 때문인지는 시간이 말해주리라.

투명함을 강조하는 성공한 통제

한국인이라면 누구든지 싱가포르의 독특한 정치에 관해서 잘 알고 있는 몇 가지 사실이 있다. 국회의원 89명의 의석 중에서 83명이 여당인 인민행동당(PAP)이다(2015년). 그래서 사람들은 인민행동당을 리콴유당이라고도 한다. 국회 의석 중 2~3개가 다른 정당인 것은 구색을 맞추기 위한 전시 효과일 뿐이다.

일부 대학생들이 반항심으로 경범죄를 저지르기도 하고, 지 순 후안(Chee Soon Juan)이나 탕 리안 홍(Tang Lian Hong), 고플란 나이르(Gopalan Nair) 등의 정치 지도자들이 리콴유 정부의 매서운 법적 대응 앞에서 가산을 탕진하고 있는데도 국민적인 호응을 받지도 못한다.

지 순 후안은 선거 기간 동안 리콴유와 고척동을 비방한 죄목으로 벌금 5만 싱가포르 달러를 지불해야 했고, 파산 신청을 했다. 그래도 2012년에 3만 싱가포르 달러로 낮춰 지불한 뒤, 2015년 선거에 출마할 자격을 얻었다.

1981년 노동당(Worker' s Party) 의원으로 선출된 제예에남(J. B. Jeyaretnam)은 싱가포르 최초의 야당 의원이다. 리콴유가 수상이 되고 난 후부터는 인민행동당(PAP)의원이 100%였는데, 81년 국회의원 보궐 선거에 최초로 야당 의원이 당선되었다. 그러나 1988년 리콴유가 부정행위를 감추기 위해서 그의 친구 테체앙의 자살을 교사했다고 주장하는 비방을 했다가 고소당하여 26만 싱가포르 달러를 지불해야 했고, 다른 비방죄를 포함한 벌금으로 파산 신청을 했다.

탕 리안 홍(Tang Liang Hong)은 1997년 선거 중 발언과 비방에 대해 고소를 당하고 결국은 오스트레일리아로 망명했다.

리콴유 정부는 정적에는 가혹하리 만큼 철저하므로 함부로 반대했다가는 호된 법적인 처벌을 받는다고…. 그러다보니 싱가포리안들은 독재니 뭐니 하는 대화에 심드렁하고, 싱가포르 정부의 독재 여부가 그들의 삶에 아무런 의미를 주지 못하는 것 같다.

한국인이 싱가포르의 통치에 대해 잘 아는 이유는 박정희 대통령과 리콴유 수상이 비슷한 시기에 비슷한 방법으로 통치한 것으로 자주 비교되기 때문이다.

재미있는 것은 싱가포르와 리콴유 수상에 대한 평가에서 한국인의 시각이 극과 극을 달린다는 것이다. 리콴유 수상을 독재자라고 폄하하면서도 한편으로는 그의 정치적인 능력을 부러워하고, 어떤 때는 그의 청렴한 정치를 표본으로 삼기도 한다. 독재라고 하더니 본받아야 한다고 하고,

허상이라고 하더니 그 나라의 성공 비결을 알아야 한다고 떠든다.

그런 이야기만으로도 혼란스러운데 리콴유 수상에 대한 세계인들의 호평에 더 당황스러울 수밖에 없다. 각국 지도자들의 그에 대한 판단은 의외였다. 강대국의 대명사인 영국과 미국의 지도자들의 호평이 놀랍다. 리콴유 자서전에 따르면 철의 여인으로 유명한 영국의 대처 수상은 리콴유 수상을 "한 번도 틀린 일을 한 적이 없는 사람"으로 격찬할 정도로 신뢰했다. 대처 수상이 세운 영국의 주택 정책이 싱가포르식 주택 정책을 모방했다고 하니, 과연 리콴유 수상의 능력이 대단하다고 할 만하다. 또 미국의 조시 부시 대통령도 "리콴유 수상은 내가 만난 사람 중에서 가장 명석하고 능력 있는 사람"이라고 했다.

리콴유 수상의 경력도 남다르다. 리콴유 수상은 영국의 명문 케임브리지 법대를 졸업하고 변호사로 일한 엘리트다. 그의 아내 역시 케임브리지를 졸업한 재원이다. 그는 집권 기간과 권력 면에서 보통 독재자 이상이었다. 리콴유 수상은 말레이시아 연방에서 독립한 1965년부터 1990년의 퇴임 시까지 26년이라는 긴 세월 동안 총리로서 다스렸다. 또한 퇴임 후에도 선임장관(senior minister), 고문장관(minister mentor)으로서 여전히 싱가포르의 최고권력자인 데다, 자신의 아들까지 수상의 자리에 올려놓았다. 그의 권력이 얼마나 막강한지, 말레이시아의 마하티르 전 총리는 총리 시절 중대한 사안으로 싱가포르 정부와 협상을 할 때는 리콴유 수상이 아니면 대화에 응하지 않았다고 한다. 싱가포르의 대외 문제가 리콴유 수상의 의견에 좌지우지되었음을 알 수 있다.

수십 년을 나라의 최고 권력자로 있었다면 자만할 수도 있고, 주변에 모사꾼도 많았을 텐데 리콴유는 사욕을 채우지 않는 투명한 사람으로 알려져 있다. 그런 그의 모습은 싱가포르의 가장 큰 축제인 내셔널 데이 때 볼 수 있다. 내셔널 데이 축제는 행사의 비중뿐만 아니라, 참석하고 싶어하는 전 국민의 성원 때문에 늘 텔레비전에 생중계된다. 얼마나 극성인지 나도 본의 아니게 그 행사를 시청하게 되었다.

싱가포르의 국부로 알려진 리콴유 수상은 다른 각료들과 다름없이 행사장에 걸어 들어와서 중앙에서도 5~6칸쯤 떨어진 자리에 앉았다. 그런데 오픈카를 타고 앞뒤로 오토바이의 호위를 받으며 경기장 내로 팡파르와 함께 누군가 들어왔다. 리콴유 수상도 이미 와 있는데 경기장 내로 오픈카를 타고 들어오는 그 대단한 사람이 누구인지 궁금했다.

그 오픈카에서는 웬 인도인이 내렸다. 바로 싱가포르의 대통령 나단(Nathan)이었다. 그렇게 요란하게 등장할 뿐만 아니라 경기장의 제일 중요한 좌석은 인도계 싱가포리안 나단 대통령이 차지했다. 싱가포르 최고의 권력가인 리콴유

국내에는 《리콴유의 자서전》으로 출간된 《The Singapore Story》는 싱가포르의 역사와 리콴유 수상의 삶을 자세히 아는 데 도움이 되는 책이다.

수상의 자리가 상석이 아니라는 것은 놀라웠다.

전시 효과를 기대했을지도 모른다. 리콴유 수상은 인구의 6%밖에 되지 않는 소수민족 인도계 싱가포리안을 배려하는 의미로 인도계 싱가포리안인 나단에게 대통령직을 나누어주었다. 물론 나단이 그저 허울뿐인 대통령인 것은 누구나 다 아는 사실이다. 싱가포르는 내각책임제라서 대통령에게는 정치적 실권이 없으므로, 권력이 없는 상징적인 존재일 뿐이다. 그러나 상징적이더라도 권좌를 나눈다는 것은 여느 일반적인 정치가에게서도 보기 힘든 출혈이며 모험일 것이다.

그러고보니 내가 싱가포르에 있는 4년 동안 리콴유 수상이 대중 앞에 나서는 것을 본 기억이 별로 없다. 또 싱가포르 어디에서도 독재 국가에서 흔히 볼 수 있는 독재자의 초상화나 동상 따위가 없다. 리콴유 수상이 싱가포르의 국부라는 것을 느낄 수 있는 순간은 사스나 파업 등과 같은 심각한 사건이 터졌을 때 달변으로 국민을 꼼짝 못하게 설득하거나 질타할 때뿐이었다. 이것이 그가 싱가포르에서 오랫동안 권력을 유지할 수 있는 이유일 것이다.

리콴유 수상은 독재자로 불리지 않으려고 많이 애를 쓴 것 같다. 싱가포르 어디에도 독재자들에게서 볼 수 있는 흔한 동상 하나 없을 뿐만 아니라, 사후에 추앙받는 일까지 없애기 위해서 자신을 위한 어떤 일도 하지 말라고 유언을 했다.

"It is my wish, and the wish of my late wife Kwa Geok Choo, that our house at 38 Oxley Road, Singapore 238629 be demolished immediately after my death or, if my daughter, Wei Ling, would prefer to continue living in the original house, immediately after she moves out of the House."

이는 그가 살던 집을 사망 후 즉시 처분하라는 2013년에 작성한 유언이다.

싱가포르 국립박물관에 가면 그의 유언과 집 모형을 볼 수 있다. 국립박물관의 안내인에 의하면 리콴유 수상의 사망 이후 그 집에는 딸 웨이링이 혼자 살고 있다. 웨이링은 2017년에 그 집을 나와서 집을 폐기처분한 뒤 복지재단에 기부하기로 했다. 그러나 2015년 리콴유 수상의 사망 이후 공개된 또 다른 유서에는 이 집을 장남인 리센룽 총리에게 물려준다고 되어 있어서 자녀들 간의 '형제의 난' 이 발발되었다. 오히려 그의 집은 가족 간의 진흙탕 싸움의 불씨가 되었다.

자녀들로 인해 그의 선의가 왜곡되었지만 '원하지 않았던 독립' 을 선언하며 눈물 콧물을 흘리던 젊은 지도자의 마음은 진심이었을 것이라는 생각이 든다.

오랫동안 싱가포르의 국부로 남을 수 있고 세계로부터 지탄받지 않는 이유는 투명한 정치에 있다. 그는 특히 공무원들의 투명성을 강조했다. 싱가포르가 부정부패 지수가 가장 낮은 나라가 될 수밖에 없는 유명한 사건이 있었다.

바로 리콴유 수상의 최측근이며 절친한 친구인 테체앙(Teh Cheang Wan)의 뇌물 사건이다. 1986년 국가개발부 장관인 테체앙이 건설회사로부터 100만 달러의 뇌물을 수수한 의혹을 받았다. 징계를 받게 된 테 장관은 리콴유 수상에게 선처를 부탁했으나 단호히 거절당했다. 결국 테 장관이 "내 실수에 대해서 나 스스로 내릴 수 있는 최대한의 처벌로 대가를 치르는 것이 마땅하다."며 자살했다.

친구의 자살에도 불구하고 리콴유 수상은 부패행위조사국(CPIB)에 그 사건에 대해 철저하게 조사해서 시시비비를 가리라고 지시했다. 이로써 리콴유 수상은 공무원의 비리에는 관용을 베풀 수 있는 어떠한 여지나 예외를 없앴다. 20여 년이 지난 지금도 그 사건이 싱가포르, 심지어는 한국을 비롯한 세계에서 정치가의 뇌물 수수를 언급할 때마다 회자되는 걸 보면, 대처 수상의 말처럼 리콴유 수상의 결단은 틀린 적이 없을지도 모른다.

정부 관료들의 정직 지수를 높이기 위해서 비리척결위원회를 설치하여 관료들을 철저히 관리했다. 부정이나 부패에 휘말리면 징계를 받고, 다시는 싱가포르에서 재기할 기회를 얻지 못하게 된다. 아무리 하위급 공무원이라도 실사의 대상이 되면 재산을 공개해야 한다. 그리고 설명할 수 없는 재산은 모조리 국가에 반납해야 한다.

한편으로는 공무원에게 세계 최고의 복지 혜택을 주어 투명하게 일할 수 있는 기반을 제공했다. 싱가포르의 장관과 대법관에게 120만 싱가포르달러의 연봉을 지급하고 리센룽 총리에게는 200만 달러의 연봉을 지급했다(2007년 기준). 리 총리의 연봉은 미국 대통령의 3배였고 아베 일본 총리의 4배였다. 또한 6만여 싱가포르 공무원의 연봉이 싱가포르의 고소득자 5% 이내에 든다는 것은 고위 관리뿐만 아니라, 모든 하위 공무원들에게도 다양한 혜택이 돌아간다는 증거다. 싱가포르에서는 공무원이 월급만으로도 최고의 생활을 누릴 수 있다. 공무원의 연봉을 높게 책정한 것은 부정과 비리에 말려들지 않게 하기 위함이다.

리콴유 수상의 동생이 경영하는 건설회사의 주택 공짜 구입과 반환 사건은 리콴유 수상의 깨끗하고자 하는 의도를 충분히 보여주었다. 1997년에 리콴유 수상이 매입한 저택에 대한 특혜 시비가 발생했다. 주택 개발 회사를 경영하는 동생 덕분에 특혜를 받았다는 여론이 들끓었다. 그러자 리콴유 수상은 가족 간의 불공정 거래에 대한 내용을 자발적으로 공개하여 결백을 증명했고, 아울러 주택 구입으로 생긴 이익금인 100만 달러를 자선 단체에 기부했다. 최고의 권좌에 있는 수상이 이러하니 싱가포르에서는 말단 공무원과 일반 국민에 이르기까지 어느 누구도 얼렁뚱땅 비리를 덮고 살 수가 없다.

창이공항 입국대의 투명 유리벽은 별 의도 없이 만들었겠지만, 우리 입국객들이 그 투명 유리를 보면 싱가포르의 투명성을 느끼게 된다. 싱가포리안들의 삶에도 그런 마음이 뿌리박혀 있을 것 같다.

그러나 아무리 청렴해도 가족을 통해서 남용되는 권력이나 부의 세습은 어쩔 수 없이 세간의 입방아에 오르내린다. 리콴유 수상의 큰아들 리센룽은 38세부터 부총리직에 있으면서 재무장관과 중앙은행 총재를 겸임했고, 2004년 8월에 총리직에 올랐다. 리센룽의 부인 호칭(Ho Ching)은 국영 금융회사인 테마섹 홀딩(Temasek Holding)의 최고경영자다. 리콴유의 둘째아들은 싱텔(Sing Tel)이라는 싱가포르 최고의 국영 기업인 싱가포르텔레콤의 최고경영자이며, 차기 수상을 노린다는 의혹을 받고 있다.

그들은 가족들이 싱가포르의 최고의 자리에 있는 사실 하나 때문에 청렴결백하지 못하다고 흠집을 내는 일은 편견이라고 항변하지만, 그다지 호응을 얻지 못하고 있다. 아무리 청렴한 리콴유 수상이라도 가족과 관련한 일에서는 시비를 벗어나기가 버거운 것처럼 보인다.

이 정도 통제쯤은 기꺼이 감수해야지

"암만 살기 좋은 나라가 됐다고 하더라도, 빈민가가 있고, 안 좋은 동네가 있기 마련이니 무엇보다도 거주지를 신경써서 정해야 한다. 민족 분쟁이 있는 동네는 안 된다." 친정아버지는 싱가포르로 떠나는 우리에게 신신당부를 하셨다. 벌써 해외 생활이 세 번째였는데, 아버지의 그런 걱정스러운 당부는 처음이었다. 제3국으로 가는 것도 아니고 세계적으로 안정된 싱가포르인데 왜 그런 우려를 하셨을까?

외항선 선장이었던 아버지는 이미 40~50년 전에 싱가포르 항구에 자주 들렀다. 그때의 인상이 얼마나 강했던지, 40여 년이 흐르도록 싱가포르가 위험하고 지저분한 나라라는 생각을 떨치지 못했다. 이민족끼리의 갈등이 쉽사리 끝나리라고는 상상도 할 수 없었다.

당시 싱가포르에서는 하루가 멀다 하고 민족 폭동이 일어났고, 살인 강도 사건이 빈번하게 발생했다. 다민족이 모여 살다보니, 민족 간의 갈등과 종교 간의 갈등이 끊이지 않아 나라 전체가 엉망이었다.

2013년 리틀 인디아(Little India) 지역에서 일어난 폭동의 전말은 이렇다. 술 취한 인도계 일꾼이 하차당한 버스에 다시 타려다가 그 버스에 치였다. 버스 운전수는 지침에 따라 버스를 움직이지 않았다. 운전수가 버스 아래 사람을 깔고 있는 채로 시간을 허비하는 동안, 주변의 인도계 일꾼들은 부상자를 버스 밑에서 빼내려고 애썼지만, 소용이 없었다. 인도계 일꾼은 버스 아래서 사망하고 말았다. 사고의 경위와 수습 과정에서 인종 차별적인 대우를 받았다고 흥분한 폭도들이 앰뷸런스와 경찰차를 뒤집고 방화를 하며 폭동을 일으켰다.

약 300여 명의 인도인 노동자들이 그날 폭동에 연루된 것으로 집계되었다. 두 시간 만에 진압되었으나, 1969년 마지막 폭동 이후 40여 년 만에 발생한 첫 폭동으로 안전한 나라로서의 체면을 구긴 셈이다. 54명의 경찰 및 공무원과 8명의 시민이 부상을 입고, 차량 29대가 피해를 봤으며 5대는 불에 탔다.

이로 인해 2015년 4월부터 겔랑(Geylang) 지역에 이어 리틀 인디아 지역도 알콜 판매와 음주에 대한 제재가 가해졌다. 아울러 싱가포르에서 일하는 외국인 노동자에 대한 이슈, 급증하는 외국인 노동자들의 근로 환경과 불평등한 임금, 사회 문제가 대두되었다.

이미 1950년대와 60년대부터 싱가포르는 폭동의 나라였다. 제2차 세계대전 이후 싱가포르 내부에는 폭동의 조건이 많았다. 민족 갈등과 계급 갈등, 식민지 상황에 대한 불만에다가, 현실적인 문제인 실직과 가난으로 인한 불만까지 폭주했다. 영국군이 패해서 도망가는 것을 본 청년과 노동자들이 영국 식민지에 대한 불만을 서서히 말하기 시작했다. 또 사소한 오해가 큰 폭동이 되기도 했다.

심지어는 마지막 폭동이었던 1969년의 폭동은 말레이시아에서 일어난 폭동 때문에 싱가포르에 불똥이 튄 사건이었다. 말레이시아 폭동을 피해서 싱가포르로 도망 온 중국계 말레이시아인들이 싱가포르에 있는 중국계 싱가포르인에게 말레이시아인들로부터 받은 피해 사항을 낱낱이 고하면서, 감정이 악화되어 발생한 폭동이었다.

1964년의 중국계 싱가포리안과 말레이계 싱가포리안 사이에서 일어난 인종 폭동은 최악의 폭동이었다. 1964년의 두 차례 폭동으로 36명의 사망자와 556명의 부상자가 생겼다.

1964년 7월 폭동은 겔랑 지역에서 무하마드의 탄신 축제를 하던 말레이계 싱가포리안과 중국계 싱가포리안의 충돌로 23명이 사망, 454명이 부상했다. 이 폭동은 군인까지 투입되고서야 진압되었다. 그러나 곧이어 9월에 말레이계 인력거꾼(trishaw-rider)이 겔랑 세라이(Geylang Serai)에서 중국계 싱가포리안에 의해서 살해되어 폭동이 다시 발생했다. 13명이 사망, 106명이 부상당했다.

이 폭동은 후에 싱가포르와 말레이시아 분리에 영향을 주었다. 또 분리 후 종교와 민족에 대한 싱가포르의 정책에 큰 지침이 되었다. 특히 겔랑 세라이는 말레이계 싱가포리안들의 집단 거주촌 중에서도 빈곤 문제가 심각한 곳으로 특별 관리됐다. 이후 1965년 말레이시아로부터 분리되어 독립할 때부터, 겔랑 지역에 주택을 공급하고 전기와 상하수도를 연결하고, 환경 정화에 신경을 썼다. 이런 관리와 제도 덕분에 거의 40여 년간 폭동이 없는 안전한 나라로 인정받아왔다.

싱가포르에 폭동과 난동이 사라졌다. 흔적조차 없다. 흔적은커녕 세계적인 선진국으로 변했다. 오늘날 독재 국가에서 여전히 폭동이 난무하는 것을 보면, 싱가포르의 독재가 도대체 어떤 독재이기에 국민의 형편이 나아지고, 군소리 없이 살게 하는지 궁금했다. 독재만으로는 그렇게 할 수 없기 때문이다.

"리콴유 수상에게 고맙게 생각한다." "리콴유 수상이 아니었다면 지금의 싱가포르는 없다." 정부에 대한 솔직한 심정을 말하라고 다그치는 나에게, 싱가포르 친구들이 하는 말이 이해가 된다. 그들이 하는 말이 결코 비밀경찰에 대한 두려움 때문만은 아니라고 본다. 가난을 벗어나게 해주었다는데 대한 고마움은 가난하게 살아보지 않은 사람은 모르리라. 그러니 사소한 불편쯤이야 기꺼이 감수했으리라.

싱가포리안이 감수해야 할 사소한 불편은 싱가포르식 사회민주주의로, 자유는 질서 속에서만 존재할 수 있다는 리콴유 수상의 유교적 정치철학에서 시작되었다. 싱가포르는 영국과 같은 사회민주주의 국가로서, 국민 대다수의 공익을 최고선으로 여기는 공공의 선과 유교적인 질서를 최고의 가치로 삼는 나라다. 개인의 자유보다는 공공의 자유를 우선하는 사회주의라는 점에서는 영국과 비슷하지만, 싱가포르는 영국보다 더 구속력이 컸다. 개인의 자유와 복지를 중요시하되, 공공의 이익을 해치는 경우에는 개인의 자유에 제한을 가하고, 공공의 이익을 최우선시한다.

예를 들어 싱가포르에서는 국민 대부분이 집을 소유할 수 있지만, 부동산을 완전히 소유할 수 없고 부동산으로 투기도 할 수 없다. 대부분의 부동산이 나라에 귀속되어 있고, 국민에게는 건물을 임대하는 형식으로 제공된다. 다행히 임대계약의 단위가 99년, 999년 단위로 좀 길다. 인생살이를 80년으로 잡으면, 99년이면 충분할 것 같지만 나름 함정이 있다. 가령 99년짜리 집이라도 이미 임대한 기간이 98년 되었다면 소유 가능한 기간은 남은 1년뿐이다. 1년 뒤에는 그 부동산을 정부에 돌려줘야 한다. 집값을 고스란히 날리는 것이다. 그래서 부동산을 구입할 때 전 구입자의 계약 기간이 몇 년 남았는지 반드시 확인해야 한다. 계약 기간이 길수록 가격이 비싸므로 계약 기간과 가격의 적절성을 잘 따져보고 구입해야 한다.

외국인은 원칙적으로 싱가포르의 콘도나 HDB 아파트를

싱가포르에서는 국민 대부분이 집을 소유할 수 있지만, 부동산을 완전히 소유할 수 없고 부동산으로 투기도 할 수 없다. 대부분의 부동산이 나라에 귀속되어 있고, 국민에게는 건물을 임대하는 형식으로 제공된다.

구입하거나 임대할 수 없다. 그렇다고 실망할 것 없다. 외국인이 부동산 전매와 소유가 가능한 지역이 있는데, 그럴 경우 좀 유혹적이다. 부동산 매매로 발생하는 시세 차익에 대한 세금이 없기 때문이다. 시내의 고급 아파트도 외국인이 구입할 수 있어서 잘만 하면 부동산 투기로 떼돈을 벌 수 있다. 이런 특혜를 주는 것은 외국인 투자자를 끌어들여 싱가포르 경기를 활성화하기 위해서다. 주택을 소유하는 데는 제약이 많지만, 거처가 없어서 국민이 고달플 일은 없다.

싱가포르에서 자동차를 소유하는 것도 마찬가지다. 자동차로 인해서 매연과 교통 불편 등 여러 면에서 공공의 이익에 불편을 주므로 소유자는 그에 상응하는 대가를 치러야 한다. 그것이 바로 과중한 COE(Certification of Entitlement, 자동차 소유세)다. 이 COE 때문에 싱가포르는 자동차 값이 세계에서 최고로 비싸다. COE란 싱가포르 시내의 교통 체증을 해소하기 위해서 정부가 임시 방편으로 만들어낸 정책으로, 싱가포르 내에서 운행할 수 있는 차량의 수를 제한하는 제도이다. 싱가포르에서는 폐차를 해야만 새 차의 소유증을 살 수 있다. COE의 사용권은 10년으로 부동산에 비해 이용 기간이 좀 짧다.

수가 한정되어 있어서 차량 구입자가 많으면 자동차 소유권 값이 올라간다. 공개 경쟁 입찰로 가격이 정해지는데, 보통 4만 싱가포르달러 정도에 거래된다. 이 가격이 덧붙여지다보니 벤츠 한 대 값이 1억이 넘는다. 차 한 대 값이 그렇게 비싼데도 그 작은 나라 싱가포르에서 벤츠가 2008년에만 4122대, 도요타가 3만 5000대, 혼다가 2만 4000대나 팔렸다. 차 값이 비싸니까 중소형 차보다는 대형차가 더 많이 팔리긴 하겠지만, 싱가포르가 얼마나 부유한 나라인지 충분히 알 수 있는 수치다.

싱가포리안에게는 교육에 대한 규제가 가장 힘겨울 것이다. 자원이 없는 싱가포르의 경우는 미래가 전적으로 유능한 인재에 달려 있기 때문에 인재를 길러내는 일에 국가가 적극 개입한다. 싱가포르 통상산업부가 5년 간의 산업 인력 수급 전망을 판단한 보고서를 교육부에 보내면, 교육부는 그에 따라 교육 과정을 조절하여 인력을 양성하여 조달한다. 다양한 테스트를 거쳐 인재를 고르고 또 골라낸다. 덕분에 인력 낭비나 인재 부족 걱정은 다소 덜 수 있다.

초등학교 4학년 때부터 세 등급의 우열반이 정해지면서 시험에 의한 걸러내기(streaming out) 제도가 시작된다. 초등학교 6학년 때 치르는 졸업 시험에 의해 상위 60%가 중·고등학교에 진학하고, 중위 20%는 초등학교를 2년 더 다닌 후 졸업 시험에 합격하면 중·고등학교에 진학하며, 불합격자는 직업훈련원에서 직업 교육을 받는다. 하위 20%는 중·고등학교는 꿈도 못 꿔본 채, 민족어 교육을 중점으로 하는 8년 간의 초등학교 교육을 마친 후 직업훈련원으로 보내진다. 초등학교를 마칠 때까지 자신의 능력을 보여주지 못하면 싱가포르 땅에서는 중등 교육조차 받을 수 없다.

그렇게 걸러진 학생들만 진학시켜 효과적인 수업을 한 덕분에 싱가포르 중등학생들의 실력은 세계 최고 수준이다. 세계적인 시험에서 싱가포르는 항상 1, 2위를 기록한다. 공부 못하는 하위 20%의 학생들은 싱가포르의 중 · 고등학교에 진학조차 못하니, 싱가포르의 중등학교 학생들의 평균 점수가 높을 수밖에 없다.

중등학교에 진학하더라도 상급 학교나 대학 진학 자격을 갖기 위한 시험을 통과해야 한다. 명문 대학인 싱가포르 국립대학(NUS)과 난양공과대, 경영대(SMS)에 진학하기까지의 과정은 너무나 고달프다.

정규 코스에 합류한 우수 학생들이 집권당인 인민행동당으로 스카우트 되면 특별 관리를 받은 뒤 30대에 국장을 하고 40대에 장관을 하는 초고속 승진을 한다. 싱가포르의 공무원은 별도의 시험 없이 그렇게 거르고 걸러낸 학생들 중에서 교사와 교수의 추천으로 뽑는다. 고달프기는 하지만 그런 일련의 과정 덕분에 싱가포르는 동남아 교육의 허브, 세계 교육의 허브로 자리하게 되었을 것이다.

그러나 한편으로는 애초에 가능성과 희망이 잘리는 무력감과 더위까지 사람을 못 쓰게 만드는 최악의 상황을 제공한다. 내가 만났던 느리고 게으른 상점의 점원이나 일꾼들은 더위 때문이라기보다는 어려서부터 무력함에 길들여져서 게을러진 것일지도 모른다. 우수한 인력들도 마찬가지일 것이다. 젊은 나이에 10년 후에도 현재 만들어진 내 모습으로 쭉 나아갈 수 있다는 안일함. 싱가포리안이 그처럼 밋밋한 것은 교육적인 환경 때문이 아닌가 싶다.

몇 년에 한 번 있는 시험을 통과하지 못하면 평생 낙오자로 살아야 하고, 그 시험만 잘 통과하면 편안한 삶이 보장된다면, 과연 열정적인 삶을 살 수 있을까. 싱가포르 정부가 그토록 원하는 열정적인 사람을 만들어낼 수 있을까? 어느 날 문득, 꼴찌가 마음을 잡고 코피 흘려가며 공부를 해서 일등도 하고, 일등이 삶에 대해 갈등하다가 꼴찌도 해야 삶을 열정적으로 살 수 있는 것 아닐까? 한국인으로서는 받아들이기 힘든 일이다.

그런데 싱가포리안은 이런 상황을 고스란히 받아들일 수밖에 없다. 자원이 없는 작은 섬나라 싱가포르에서는 인간이 지닌 무한한 가능성과 능력을 한없이 기다려줄 시간이 없다.

그들은 철저하게 교육을 시킨다. 초등학교 4학년 때 상급학교 진학의 기회를 얻지 못한 하위 그룹의 학생들에게 직업에 귀천이 없다는 것과 자신의 직업과 처지를 즐거이 받아들이고 최선을 다하도록 교육시킨다. 싱가포르에서는 우수한 인재도 만들어지고, 우수하지 못한 인간도 만들어지고 있다. 사회 계층별로 커리큘럼을 달리하여 교육을 하는 영국의 영향을 많이 받은 사회민주주의 국가의 교육 방식이다.

사람에겐 죽는 날까지 희망이 있어야 하는데 싱가포르에서는 너무 빨리 인생이 결정된다. 그래서 싱가포르의 교육제도에 불만을 가진 싱가포리안은 자녀들 때문에 짐을 싸서 이민을 떠나거나 해외로 조기 유학을 보내기도 한다.

통제 속에서 살아가는 법

국가의 통제가 심하다 해도 나름 살아나갈 길이 있다. 경직된 사회 구조 속에서도 있을 것은 다 있다. 신도 얽어매지 못한 인간을 누가 얽어맬 수 있겠는가? 술집도, 바도, 유흥가도 있다. 사랑도 있고 미움도 있다.

래플즈 호텔에는 비커보다 긴 유리잔에 맥주를 부어준다고 해서 '롱바' 라고 알려진 술집이 있다. 싱가포르 여행의 필수 코스로 여겨지는 소문난 술집으로, 생음악을 들으며 '싱가포르 슬링' 이라는 유명한 칵테일을 마실 수 있다.

이곳 롱바는 술을 시키면 안주로 나오는 땅콩 껍질을 아무데나 버릴 수 있는 것으로 더 유명하다. 사람들은 컴컴한 술집 바닥에 땅콩 껍질을 내던지고 짓밟는다.

싱가포르에서는 이곳뿐만 아니라 주변에 그럭저럭 자유를 만끽할 만한 곳이 많다. 싱가포르 생활이 답답해서 미칠 정도이거나, 껌이라도 실컷 씹고 수입 담배를 실컷 피우고 싶으면 다리 하나만 건너 말레이시아로 넘어가면 된다. 말레이시아에서는 싱가포르에서 할 수 없는 모든 불법을 누릴 수 있다. 게다가 싱가포르 시내에서 차로 30~40분밖에 걸리지 않는다. 말레이시아에서는 껌을 마음껏 사서 씹다가 뱉어도 될 뿐만 아니라, 불법 복제 시디(CD)와 가짜 명품 가방, 가짜 시계를 헐값에 살 수 있다. 오랜만에 실컷 달려도 좋다. 과속에 걸리면 50싱달러만 찔러주면 되니까. 물가도 싸다. 마음껏 소비를 해도 여전히 주머니가 넉넉하다.

싱가포리안들은 기름 값이 싼 말레이시아로 가서 자동차 기름을 넣거나 싼 물건을 산다. 싱가포르 서쪽에 있는 국경 지역인 투아스의 고속도로 변에는 기름은 3/4을 꼭 채워야 하며 그렇지 않을 경우 발각 시 500싱달러의 벌금을 물린다는 경고문이 국경에 도달할 때까지 여기저기 붙어 있다.

말레이시아의 조호루에서는 아침마다 말레이시아인들이 오토바이를 타고 다리를 건너 싱가포르로 오는데 대부분 일용직 근로자들이다. 그들의 수가 워낙 많아 다리가 오토바이로 가득 덮인다. 말레이시아인들은 적도의 나라 싱가포르에서 기다란 고무 부츠를 신고, 오토바이를 몰고 다닌다. 싱가포르에 비가 내리면, 그들은 고속도로 변에서 비를 피하거나 세차게 내리는 비를 아랑곳하지 않고 오토바이를 타고 달린다. 말레이시아인들이 조호루 쪽에서 싱가포르로 들어올 때는 세관을 통과해야 하는데 검사가 아주 까다로워 길게 줄을 서서 기다리는 모습을 흔히 볼 수 있다.

관광 특구로 개발한 인도네시아령의 바탐 섬은 싱가포르에서 배를 타고 1시간이면 갈 수 있어 관광객이 많다. 바탐에는 싱가포리안의 현지 애인이 많이 살고 있다. 남성뿐만 아니라, 돈 많고 나이 많은 싱가포르 여성들이 바탐에 있는 젊고 잘생긴 내연남에게 주말마다 다녀오는 일이 빈번해서 싱가포르가 발칵 뒤집힌 적이 있다. 그래서 싱가포르의 일간지 〈스트레트 타임〉은 주변의 가족이나 친지 중에 바탐 쪽으로 비즈니스 여행을 자주 가는 사람이 있으면, 주의 깊게 관찰하라는 기사를 싣기도 한다.

그런데 통제 국가라고는 하지만 싱가포르에서 사는 특별한 요령이 필요한 것도 아니었다. 사람만큼 적응이 빠른 동물도 없다고, 벌금이니 태형이니 하는 이야기는 까마득히 잊어버리고 살게 되었다. 집에 와서 하루의 일과를 돌아보는 일도 하지 않았고, 시청의 대로를 무단 횡단하는 사람들 틈에 내가 끼여 있는 것을 발견하고도 별로 놀라지 않았다.

길거리에서는 말레이시아에서 몰래 사들여온 껌을 질겅질겅 씹고 다녔다. 친지가 싱가포르에서는 껌을 팔지 않는다며 특별히 껌과 사탕을 담아 보내준 소포를 우체부에게서 받았을 때 혹시나 하는 두려움에 떨었던 것이 불과 1년 전 일이었다. 그러니 심심하면 한 번씩 경범자들의 사진을 신문지상에 실으면서 겁을 주려는 싱가포르 정부의 심정을 알 만했다.

메이드의 희생으로 이룬 완벽한 남녀 평등

"오! 순미는 정말 튼튼해요!" 옆집 할머니, 탄 여사가 나를 볼 때마다 하는 소리다. 그래, 남들은 메이드를 둘씩이나 두고 가정 생활을 꾸려가는데, 나는 메이드 한 명 없이 혼자 청소하고 밥하고 낮에는 골프백을 메고 골프장에 가고, 밤에는 학원 가서 학생들까지 가르치니, 내가 보기에도 나는 그 더운 나라의 원더우먼이었다.

싱가포르에서 집안일을 하는 것은 한국에서보다 힘들었다. 싱가포르에서 유일하게 에어컨이 없는 곳이 바로 부엌과 메이드의 거처이기 때문이다. 불을 가장 많이 사용하는 부엌에 에어컨이 없다는 것은 부엌에서 일하는 메이드에 대한 대우가 좋지 않다는 증거이자, 부엌일을 하는 주부가 별로 없다는 뜻이기도 하다.

열기를 팍팍 뿜어내는 부엌에서 땀을 뻘뻘 흘리며 요리를 만들다가 에어컨이 돌아가는 거실에 뛰어 들어가서 찬바람을 잠시 쐬고 다시 부엌으로, 그렇게 부엌과 거실을 오가며 요리하다보면 괜히 슬퍼지는 것이 싱가포르에서의 부엌 생활이다. 그런데 옆집 탄 여사가 가끔 염장을 지른다.

"순미! 하루 세끼를 다 요리해요?" 이미 알고 묻는 질문에는 핑계가 필요 없다.

"네, 뭐 아침하고 저녁만… 점심은 가끔."

"힘들겠네, 우리 메이드들도 저녁 식사만 준비하는데…."

"아침 식사와 점심 식사는요?"

"아침은 간단하게 빵과 우유를 먹고 점심은 나가서 먹죠."

"왜? 메이드가 둘씩 있는데 밥을 하지 않으세요?"

"우리 집 큰 메이트가 너무 늙어서 하루 세끼를 차릴 수 없거든요."

탄 씨네 큰 메이드는 소위 말하는 블랙 앤드 화이트 아마(amah)라는 메이드였다. 블랙 앤드 화이트 아마는 까만 바지에 하얀 셔츠를 입고 일하는 유모다. 과거 대영제국의 관리나 부유층에서 고용하던 중국계 메이드로, 결혼도 하지 않고 평생 남의집살이를 하는 종이다. 탄 부인이 결혼하면서 친정에서 데리고 온 몸종이자 유모인데 탄 부인과 함께 늙어가고 있었다.

"그럼 작은 메이드는 뭘 해요?"

"큰 메이드가 작은 메이드를 못 믿어요. 꼭 제 손으로 밥을 해야 한다네요."

큰 메이드의 절뚝거리는 걸음을 보니, 앞으로도 가족을 위해 하루 세끼 식사 준비를 할 것 같지는 않았다.

탄 부인은 두 메이드를 차에 태우고 종종 외식을 나간다.

그때는 나를 초대하기도 하는데 에어컨도 없는 집 앞 호커 센터로 갈 테고 시력이 나쁜 탄 부인의 운전도 불편하고, 메이드와 한 꾸러미로 나가서 밥 먹는 신세로 전락하기 싫어 고맙지만 거절한다. 싱가포르에서 메이드란 어떤 존재인지 알기 때문이다.

메이드(maid)는 식모다. 더 정확히 말하면 하녀다. 옛날 조선 시대 양반집에서 부리던 하인들처럼 주인과 거처와 출입문이 다르고, 식사도 같은 상에서 할 수 없는 '종' 이다. 대부분의 아파트나 주택에는 메이드나 일꾼들이 타는 엘리베이터와 현관문이 따로 있다. 거처는 집 뒤쪽에 있는 창고 바닥이다. 그나마 마음 좋은 주인을 만나면 침대나 선풍기 등을 갖춘 괜찮은 환경에서 지낼 수 있다.

싱가포르에 있는 메이드들은 6개월에 한 번 동네 병원에서 소변 검사를 받아 임신 여부를 확인해야 한다. 임신을 하면 즉시 싱가포르에서 추방당한다. 싱가포르의 메이드들은 주로 인도네시아, 필리핀, 미얀마 등지의 가난한 동남아시아에서 온다.

운이 좋은 메이드는 일주일에 한 번 정도 휴가를 받는다. 그래서 주말이면 오차드 역 뒤쪽의 작은 공원이나 역 주변, 럭키프라자에는 메이드들로 북적인다. 메이드들이 그곳에서 고향 친구나 남자친구를 만나 스트레스를 해소하는데, 그나마도 비싼 싱가포르 물가 때문에 집 밖으로 나가지 않는 메이드가 더 많다.

월급은 고작해야 300싱달러 정도(월 20~30만 원)다. 그나마 처음 6개월의 임금은 싱가포르로 일하러 오는 데 필요한 비행기 값이나 여러 가지 수속 비용으로 에이전시에 지불하는 경우가 많으므로, 6개월 동안은 무보수로 일하는 셈이다. 열악한 환경에서 저임금의 보수를 받는데도 메이드가 되려고 대기하고 있는 동남아시아 여성이 무척 많다. 월 20~30만 원의 저임금이지만, 그 월급을 3~5년 정도만 열심히 모으면, 자국에 돌아가서 작은 집 한 채 구입하고 주인마님이 되어 메이드를 고용하고 지낼 수 있다고 한다.

싱가포르 정부에 내는 보험비를 포함한 세금, 식비와 기타 경비를 합하면, 메이드를 고용하는 총비용이 월 900싱달러쯤 된다. 한화로는 70~80만 원 정도밖에 안 된다. 게다가 부부가 다 직장 생활을 하고 월급에서 나가는 세금이 일정 액수 이상이면 메이드 세금이 면제된다. 그럴 경우 메이드에게 지급되는 한 달 비용이 고급 레스토랑의 하루치 외식비 정도밖에 안 되므로 그다지 부담스럽지 않다.

메이드가 주로 하는 일은 집 청소와 아이 돌보기, 식사 준비하기 등의 집안 일이다. 그런데 탄 씨네처럼 메이드가 식사를 준비하지 않는 경우가 꽤 많다. 메이드에게 음식을 만들게 할 수 없기 때문이라고 한다. 싱가포리안이 메이드에게 식사 준비를 맡기지 못하는 또 다른 이유는 신문이나 뉴스를 보면 충분히 짐작할 수 있다.

싱가포르의 일간지 〈스트레트 타임〉에는 메이드와 관련한 사건 사고와 재판 소식이 끊이지 않고 실린다. 주인의 음식에 독극물을 조금씩 넣어 서서히 살해한 메이드, 주인집 아이 돌보기가 힘들다고 아이를 살해하고 도망간 메이드, 남자친구와 함께 주인집에 몰래 들어가 강도짓을 한 메이드 등이 있는데, 특히 독극물로 살해하거나 음식에 나쁜 짓을 하는 메이드가 많았다.

물론 메이드도 싱가포르의 삶이 편하지는 않다. 비 오는 날 창문을 닦다가 고층 아파트에서 떨어져 죽거나, 주인에게 다리미로 폭행을 당하거나, 주인에게 죽도록 맞는 등 메이드와 관련한 사건이 종종 신문에 기사화되기도 한다. 심지어는 메이드에게 세제를 먹인 주인도 있었다. 주인과 메이드 간의 갈등은 국가 간의 갈등의 소지가 되기도 하지만, 가난한 동남아시아 국가들은 아직까지는 자국의 딸들이 벌어오는 외화가 필요하다.

싱가포르도 마찬가지다. 리콴유 수상이 여러 골치 아픈 일을 일으키는 메이드 제도를 유지하는 데는 이유가 있다. 리콴유 수상은 싱가포르 독립 때 4가지 목표를 세웠는데 거기에 '여성들의 인권 신장'이 포함된다. 여성에게도 남성과 동등한 사회 활동의 기회를 제공하자는 것이다. 여성에 대한 배려도 있었지만, 자원이 없는 나라의 유일한 자원이 될 유능한 인재에 대한 갈급함 때문이었다. 남녀를 불문하고 능력 있는 사람을 고용하여 한 명의 인재도 헛되이 놓치는 일이 없어야 했다.

그러기 위해서는 저렴하게 고용할 수 있는, 동남아시아의 가난한 나라에서 온 메이드가 반드시 필요했다. 가사와 육아를 도와줄 사람이 있다는 것은 여성들에게 매우 중요한 의미를 지닌다. 누군가 집안일을 대신해준다는 것은 여성이 기회를 제공받는 것과 마찬가지다.

내가 다녀본 나라 중에서 진정한 남녀 평등이 이루어지는 나라를 꼽으라면, 나는 단연코 메이드가 있는 싱가포르라 답할 것이다. 그까짓 집안일 하나 가지고 남녀 평등 운운한다고 비웃을 일이 아니다. 주부에게는 집안일을 덜어주는 누군가만 있어도 천군만마를 얻은 것 같기 때문이다.

미국과 영국이 남녀 평등을 넘어선 여성 상위 국가라고 하지만, 아줌마들의 삶이란 서양이나 한국이나 오십보백보다. 아무리 선진국이라도 가족이 생기면 아이를 키우고 식사를 준비해야 하는 일은 누군가 해야 하고, 그 일은 늘 여성의 몫이다. 서양 남자들이 한국 남자들보다 집안일을 많이 하는 것은 맞지만, 자녀와 집안일에 대한 책임은 고스란히 여성에게 남는다.

서양의 주부 또한 가사 노동과 고부간의 갈등으로 고달파했다. 남편이 고위직에 있는 영국인 친구가 시어머니 흉을

리콴유 수상이 여러 골치 아픈 일을 일으키는 메이드 제도를 유지하는 데는 이유가 있다. 싱가포르 독립 때 4가지 목표를 세웠는데 거기에 ‘여성들의 인권 신장’ 이 포함된다. 여성에게도 남성과 동등한 사회 활동의 기회를 제공하자는 것이다. 여성에 대한 배려도 있었지만, 자원이 없는 나라의 유일한 자원이 될 유능한 인재에 대한 갈급함 때문이었다. © Kim Hyunjung

보기 시작하면 말릴 수가 없을 정도였다. 남녀가 동등한 만큼 돈도 동등하게 벌어와야 하기 때문에, 떳떳한 직장이 없는 여자들은 고통이 더 심했다.

또 직장 생활을 하더라도 도와줄 사람이 아무도 없는 젊은 여성들은 출세와 육아 사이에서 두 배로 고통을 겪는다. 모성애를 지닌 여성은 육아를 제대로 하지 못하는 것만으로도 스트레스가 극대화된다. 특히 서양에서는 육아와 집안일 도우미를 구하기가 쉽지 않다. 그래서 육아와 집안일, 직장에서의 성공 사이에서 갈등하다가 자살하는 젊은 여성이 점점 많아지고 있다.

아이를 키우면서 파트타임 직장 생활을 하는 서양 주부들과 대화를 나누어보면, 여성에게 인간다운 대접을 해주는 나라는 지구상에 존재하지 않는다는 사실에 슬퍼진다. 그런데 싱가포르 여성들은 메이드들 덕분에 미국이나 영국 여성들보다 편하게 산다. 우리처럼 주재원으로 싱가포르에 온 서양인 부부들이 자기 나라로 돌아가지 않는 이유가 바로 이 때문인 듯하다.

요즘 세상에서는 직장이나 사회에서 기회가 동등하게 주어진다면, 섬세하고 눈치 빠른 여자들이 남자들보다 출세하기가 더 쉬울 것이다. 싱가포르에서는 여성이 고위직에 오르기도 쉽고 삶도 윤택하며, 평균 수입도 남자보다 높다. 그래서 싱가포르의 쇼핑센터들은 여성 고객을 모시기 위해서 눈에 불을 켜고 애를 쓴다. 오죽하면 '억센 싱가포르 아내, 요리 잘하는 싱가포르 남편' 이라고 하겠는가!

그럼에도 불구하고 요즘 싱가포르 여성들은 아이가 사회생활에 방해가 된다며 아이 갖기를 거부하고 있어 싱가포르 정부가 골치를 썩고 있다.

대졸 미혼 여성이 점차 늘어가는 문제가 생기면서 부각되었던 '결혼 논쟁' 사건이 있다. 1980년대 인구 조사에 의하면, 대졸 여성의 3분의 2 정도가 미혼이었다. 그래서 1983년 독립기념일 집회 연설에서 "대졸 남성들이 자신보다 교육 수준이 낮은 아내를 선택하는 것은 어리석은 일이며 우수한 아이를 얻기 위해서는 대졸 여성과 결혼하라"고 리콴유 수상이 폭탄 발언을 했다.

그 후 사교개발기구(SDU)와 사교개발부(SDS)를 신설하여 대졸 미혼 남녀들의 사교와 중매를 주선했다. 또 교육부의 '대졸 여성 우선권' 제도를 두어 3자녀 이상을 출산한 대졸 여성에게는 다양한 특혜를 주기로 했다. 반면에 교육을 받지 못한 수입이 적은 가정의 여성이 두 아이 출산 이후 불임 수술을 받으면 1만 싱가포르 달러를 주기로 했다.

그런 리콴유의 발언은 '결혼 논쟁(Great Marriage Debate)'의 불씨가 되었다. 수백 명의 여성과 남성들이 모여서 리콴유의 연설에 대해 문제를 제기했다. 리콴유의 발언에 가장 분노한 사람들은 대졸 여성 당사자들과 그 부모들이었다. 그들은 여성을 출산이나 가사 일을 하는 어머니, 아내로만 보는 여성 비하와 같은 발상에 분노했다. 오히려 워킹맘들의 불평등한 가사 노동과 부모로서의 역할, 여성 비하적인 광고, 가정 과목의 수업 등 그동안 있어왔던 여성에 대한 불평등한 대우에 대한 해결을 우선하라고 했다. 결국 정부는 1985년에 대졸 여성에게 주어지던 자녀 특혜를 폐기했다.

리콴유 수상은 노역자(쿨리)와 노동자 출신의 자손들의 습관을 고치기 위해서는 우성적인 자손 출산이 중요하다고 믿었다. 이는 히틀러의 우생학에 빗대어지기도 했다. 뉴욕타임즈와의 인터뷰에서 리콴유 수상 자신이 "시민들의 사생활까지 간섭하는 독재자"라는 비난을 시인하면서도 "만약 그런 간섭이 없었다면 싱가포르의 경제 발전도 없었다"고 반박했다.

고학력 여성의 결혼은 고사하고 출산율마저 하락했다. 궁여지책으로 낭만 싱가포르(Romancing Singapore)캠페인도 벌였다. 아이를 더 낳는 방법을 제공하고, 섹스를 하기 좋은 주차장과 방법을 소개하는 낯부끄러운 캠페인이었다. 출산을 위한 심야 TV 성인 방송도 했다. 보수적이고 성적으로 규제가 많은 싱가포르에서 상상도 하기 힘든 일이었다. 그럼에도 불구하고 중국인들이 좋아하는 숫자 88의 해인 1988년에만 출산율이 1.96%로 조금 올랐다가 계속 떨어졌다. 2015

년에는 출산율이 1.24%까지 떨어졌다. 이는 같은 기간 동안의 한국이나 일본의 출산율과도 별반 다르지 않다. 별 방법을 다 해봤자 출산율 하락이라는 세계적인 추세에서 벗어날 수는 없어 보인다.

여전히 바뀌지 않는 싱가포르 고학력 여성들 때문에 리콴유 수상은 결혼과 출산과 같은 개인사에 대한 문제를 더 이상 어찌할 수 없다고 판단하고, 그 문제는 후세대의 지도자에게 미뤘다. 더 아이러니한 것은 리콴유의 딸, 웨이링도 고학력 미혼 여성이니, 혼사 문제는 최고 권력자도 어쩔 수 없는 듯하다.

일할 기회를 주는 나라

내가 한국어 강사로 일하기 시작한 것은 딸의 대학 진로가 거의 확정되어가던 해였다. 나는 그동안 정기적으로 원고를 보내던 사보 일을 쉬고 있어서, 전공을 살려 외국인에게 한국어를 가르치기로 작정했다. 국어 교사 경력과 외국인을 위한 한국어학과 석사 학위, 영국에서 받은 케임브리지 영어 자격증을 갖췄으니 외국인에게 한국어를 가르치는 데 부족할 게 없을 것 같았다.

한편으론 그 정도 이력으로 나이 먹은 아줌마가 일거리를 찾을 생각을 한다는 게 염치없다는 생각도 들었다. 짬짬이 학생들을 가르치고 글을 쓰기는 했지만 외국을 돌아다니느라고 너무 오래 일을 쉬었기 때문에 참 많이 망설였다. 용기를 내서 〈타임〉을 뒤졌고 한국어 강사를 뽑는 학원을 찾아냈다. 시티홀 근처 '케임브리지 어학원' 과 남편의 사무실 맞은편에 있는 '링고 어학원' 에 이력서를 냈다.이력서를 한참 훑어보던 링고 어학원 매니저 주리가 물었다.

"다른 학원에서 가르친 적이 있어요?"

"아니오"

"그럼 여태 뭘 하셨죠?"

"무슨 말씀을?"

"이런 경력을 가지고 놀고 있었다는 게 도무지 이해가 되지 않는군요…."

"뭐 글도 쓰고 애도 돌보고… 바빴어요."

매니저 주리는 여전히 이해할 수 없다는 듯 고개를 저었다. 혹시 다른 학원에서 사고라도 치고 왔나 의심하는 것 같았다. 나는 한국 주부들이 집에서 시간을 보내는 경우가 많다고 설명했다. 시강을 한 뒤에 자리가 주어졌다.

이후로도 싱가포르 학생들은 파트타임으로 일하는 나를 이해하지 못했다. 그러나 이미 한국 드라마와 그 외의 경로로 한국 주부들의 실태를 아는 일부 학생들은 한국 드라마에 나오는 주부 같은 눈빛으로 "선생님이 파트타임만 하는 이유를 나중에 알려줄게."라며 다른 학생들을 조용히 시켰고, 나는 졸지에 한류 드라마 속의 유한마담이 되었다.

싱가포르나 서양에서는 직업에서 나이와 성별은 별 상관이 없다. 그들의 주장에 의하면, 내가 짧은 경력인데도 싱가포르의 학원가에서 최고액의 강사료를 받으며 일한다고 했다. 학원의 시간 강사비가 비싸면 얼마나 비싸겠는가? 하지만 강사들 중에서 내가 가장 많이 받는다는 것은 기분 좋은 일이었다. 얼마나 오래 일했는지는 중요하지 않았다. 수업을 잘 가르쳐서 학생들이 만족하면, 피드백의 결과에 따라 강사료를 올려주었다. 합리적이었다.

나는 그곳뿐만 아니라 다른 학원에서도 일했다. 어떻게 알았는지, 내가 그곳에서 한국어를 가르치는 동안, 몇 군데 학원에서 전화를 걸어와 가르쳐달라고 부탁을 했다. 싱가포르에서 한국어를 전공한 교사를 만나는 게 흔한 일은 아닐 것이다.

일부 한국 주부들은 싱가포르에서의 일자리를 놓기 싫어 한국행을 꺼리기도 했다. 귀국 후 나는 싱가포르에서의 한국어 강사 경력 덕분에 외국인에게 한국어를 가르치는 일자리를 정말 어렵사리 얻었다. 무엇보다 왜 그 나이에 일을 하느냐는 듯한 눈초리를 견기디 힘들었다.

하지만 수많은 외국인 주부들이 어떻게 일하는지 보아왔기 때문에 포기할 마음이 전혀 없었다. 일을 하지 않던 주부가 일터로 나가는 것이 한국에서는 외로운 싸움이지만, 외국에서는 별일 아니었다.

돌아보니 많은 친구가 은퇴를 했거나 은퇴 준비를 하고 있었다. 이제 50인데 말이다. 할머니가 될 때까지 비서 일을 하는 영국인은 그렇다손 치더라도, 싱가포르에서 한국어 수업을 듣던 슈메이도 쉰이 넘었는데도 작은 회사에서 비서로 일하고 있었다. 그렇다고 해서 그녀가 아니면 그 일을 할 사람이 없다거나, 그 분야에서 없어서는 안 될 중요한 존재라서도 아니었다. 그냥 사람으로 당연히 일을 하는 것뿐이었다.

그것은 내가 싱가포르를 떠나고 싶지 않은 딱 하나의 이유였다. 일할 기회를 주고, 일하는 데 이유가 필요 없는 나라. 그 당근의 맛은 세계 어디에서도 맛보지 못할 만큼 독특했다. 정말 싱가포르를 떠나고 싶지 않았다.

누구라도 일을 하며 산다

싱가포르는누구에게나 균등한 혜택을 주기 때문에 삶에 다소 귀찮은 일이 생길 때가 많다. 홀랜드 빌리지에 있는 미용실에서 반신불수 미용사에게 파마를 한 적이 있다. 한국에서 하던 대로 예약 없이 파마를 하러 갔다. 싱가포르는 예약 문화가 발달해 있었지만 우리 나라처럼 예약을 하지 않아도 될 때가 많아, 나는 예약 안 하고 가곤 했다.

영국에서 살 때도 철저한 예약 문화라서 고생을 많이 했다. 왜 그들은 예약을 하고 사는지 모르겠다. 목감기에 잘 걸리는 딸을 예약 없이 병원에 데리고 가서 "어른은 그렇다손 치더라도, 이 어린 것이 예약하고 감기 걸려야 하냐!" 고 간호사와 싸움도 많이 했다.

외식은 왜 예약을 하고 가야 하는지? 갑자기 밥이 하기 싫거나 스테이크가 먹고 싶거나 머릿속이 와글거려 파마가 하고 싶은 거 아닌가. 그런 날이면 자주 가던 이탈리아 레스토랑이 있었다.

"갑자기 이탈리아 요리가 먹고 싶어서… 히히."

"아~ 너 코리안! 또야? 잠깐 기다려봐!"

성격 좋은 뚱뚱한 이탈리안 지배인은 투덜거리면서도 자리를 찾아주곤 했지만, 이해하지 못하겠다는 표정이었다. 그나마 얼렁뚱땅한 이탈리안이니까 받아줬지, 영국인이라면 씨도 안 먹힐 짓이었다.

버릇대로 예약을 하지 않고 산 대가를 싱가포르에서 톡톡히 치를 줄이야. 반신불수의 헤어 디자이너가 내 머리를 잡았다. 다른 헤어 디자이너는 없다고 했다. 그렇다고 머리에서 물이 뚝뚝 흐르는 채로 뛰쳐나올 수도 없었다. 머리를 똑바로 잡아당기지도 못해 30도 정도 비스듬히 잡아당기는 손길에 당황했다. 파마가 옆으로 비스듬히 뻗치는 바람머리로 나올까봐 걱정이 되었다. 머리 끄덩이를 비스듬하게 잡아당기는 그녀의 손놀림과 파마가 비뚤에 나올까봐 끼우뚱하게 앉아 있는 내 모습이 앞뒤 거울에 비쳤다.

"이 일 얼마나 했어요? 머리 잘해요?"

"걱정마세요. 아주 오래됐어요."

그녀는 내가 물어보는 뜻을 다 알고 있는 듯 자신 있게 말했다.

"그럼 프로페셔널 헤어 디자이너?"

"물론이죠!"

"내 머리는 파마가 잘 나오지 않는 편인데, 잘할 수 있어요?"

"알고 있어요. 손님 머리카락은 보기에는 가늘지만, 꽤 질

보태닉 공원 내 식당 풍경. 식당에서 노인이나 불구자, 장애인이 서빙을 하는 모습을 쉽게 볼 수 있다. © Kim Hyunjung

겨서 파마가 잘 나올 수가 없어요."

나름 부드럽게 말했으나 참 무례한 질문이었다. 어떻게 해서든 미용사를 바꾸고 싶었다.

그런데 그녀는 다른 미용사도 잘 모르던 내 머리카락의 문제점까지 파악해서 상세히 설명했다. 그녀는 솜씨가 좋았다. 내가 무엇을 원하는지, 내게 어떻게 해줘야 하는지 잘 알았다. 파마가 너무 잘 나온 데 감동해서 헤어트리트먼트까지 하나 사들고 미용실을 나왔다. 평소에는 미용사들이 아무리 권해도 눈도 돌리지 않았는데…. 내 주변 사람들은 파마가 제대로 나왔다고 감탄을 했는데, 장애인 미용사라는 말에 다들 놀라는 눈치였다.

식당에서도 노인이나 불구자, 장애인이 서빙을 하는 모습을 쉽게 볼 수 있다. 하지만 서빙쯤이야 반신불수에게 받은들 무슨 상관이랴. 장애인이 내오는 음식에 무슨 탈이 있으랴. 처음에는 당황스럽지만 자주 보면 별 거부감이 없다. 대책이 없는 상황은 따로 있다. 또 택시 때문이다.

"센토사!"

"뭐라고요?"

운전사가 제대로 알아듣지 못하는 데다 발음이 어눌할 때 알아봤어야 했다. 뒷자리에서 보니까 기우뚱하게 앉아 있는 모습이 좀 이상했다. 차선을 바꾸지도 않았는데, 차가 비스듬히 가다가 다시 라인으로 들어오곤 했다.

자세히 보니 운전사는 반쪽을 못 쓰는 노인이었다. 얼굴과 손에는 검버섯이 잔뜩 피어 있었고, 몸 상태도 좋지 않아 보였다. 싱가포르 법에 의하면 반신불수로는 택시 운전을 할 수 없다. 싱가포르식 반신불수의 정의가 무엇인지 알 수 없지만, 나뿐만 아니라 많은 사람이 반신불수의 운전사를 만나 당황한 적이 있다. 그나마 싱가포르에 산이 없고 도로가 잘 정비된 것이 다행이었다.

비스듬하게 가는 택시에 앉아 있자니 식은땀이 났다. 차선을 바꿀 때마다 속도가 바뀔 때마다 가슴을 졸였고, 센토사에 도착할 때까지 얼마나 불안했는지 모른다. 무사히 도착한 후 택시비를 건네다가 나는 그만 기절하고 말았다. 내가 건네주는 10달러짜리 지폐에 그의 침이 주르르 흘러 떨어졌다.

고개를 돌려 미소를 짓다가 운전사가 입술에서 놓쳐버린 친절한 침이었다. 반신불수여서 미소를 제대로 만들지 못하고, 침을 놓쳐버린 것이었다. 어쩔 줄 몰라하며 후다닥 내리려는 나를 붙들고, 그가 건네준 2달러짜리 거스름돈 역시 축축했다. 그 축축한 거스름돈을 팁으로라도 버리고 싶었지만 그럴 수 없었다. 한동안 그 지폐의 축축함이 마음에 걸렸다.

또 한 번은 먹고살기 힘들어서 나왔다는 할아버지 택시 운전사를 만난 적이 있다. 할머니가 나가서 일하라고 자꾸 떠밀어서 나왔다며 하소연을 했다. 허리가 굽어 앉은키가 운전대만큼 작아진 할아버지를 집 밖으로 내모는 깜찍한 싱가포르 할머니가 머릿속에 떠올랐다. 할아버지는 너무 늙고 시력이 나빠서 운전을 빨리 할 수 없었고, 말할 때마다 운전대가 흔들려 차가 덜컹댔다. 느리게 가는 그의 택시를 추월해서 지나가는 차에다 대고 할아버지는 소리를 질렀다. "크레~이지 드라이버!" "배~드 드라이버~" 나는 '이 할아버지가 화도 내지 말고, 말도 하지 말고, 운전에만 집중했으면 정말 고맙겠다' 고 생각했다. 싱가포르니까 그처럼 느린 운전이 통하지 한국에서라면 등골이 오싹할 일이다.

속도가 20~30마일밖에 되지 않는 택시는 계속 추월당했고, 나는 센토사 클럽 하우스의 주차장에 도착할 때까지 그의 비명을 들어야 했다. 누가 배드 드라이버이고 누가 크레이지 드라이버인지 모르겠다. 택시가 센토사의 컴컴한 지하주차장 앞에 도착해서는 한참을 머뭇거린 뒤에야 들어갔다. 할아버지는 갑자기 어두워지면 보이지 않는 야맹증에 걸린 것 같았다. 그래도 기어이 "손님은 꼭 목적지까지 모셔야 된다"고 단호하게 말하는 그 할아버지 운전사가 행복해 보였다. 할머니를 위해 일하니까 행복하겠지. 깜찍한 그의 할머니도 행복할까? 한국에서라면 먹고살기 힘들어서, 누가 떠민다고 해서 택시 운전이나 식당 서빙하러 나오는 노인이 몇이나 될까?

이에 대해 사람들은 싱가포르 정부가 노인 복지를 제대로

이른 아침 노인들이 공원에 모여 체조를 하고 있다. © Kim Hyunjung

지원하지 못해서 생긴 사태라고 한다. 물론 싱가포르의 노인 연금 제도는 잘 되어 있지만, 정작 복지가 필요한 무능력자들은 혜택을 받기가 쉽지 않다고 한다. 연금을 부을 능력이 없는 사람들은 스스로 알아서 노후 대책을 세워야 한다. 그래서 사람들은 '일하지 않는 자는 먹지도 말라는 싱가포르 정부의 태도가 정말 잔인하다' 고 말한다. 노인이나 불구자들이 그 일이라도 하지 않으면 먹고살기 힘들어 나왔을 거라며 안쓰러워한다. 자녀에게 부모의 노후를 책임지우는 '효도법' (1994년에 제정)이 있는 것을 봐도 알 수 있다. 효도법은 경제력을 지닌 자녀가 나라를 대신해서 부모를 부양해야 한다고 법적으로 의무를 지운 것으로, 부모는 생활비를 제공하지 않는 자녀를 고소할 수 있다.

그러나 리콴유 수상은 저서《내가 걸어온 일류 국가의 길》에서 싱가포르 정부가 왜 그런 정책을 택할 수밖에 없었는지를 자세히 설명하고 있다. 그 저서는 분량이 많아서 읽기에는 시간이 좀 걸리는 것을 제외하고는 싱가포르와 리콴유 수상을 이해하는 데 정석이 될 만큼 그 나라의 역사를 꼼꼼히 설명하고 있다.

"정부가 국민들의 살길을 보장해주면, 국민들의 욕구가 약화된다" 는 것이 요지이다. 이 책에서 그는 자신의 정책을 숨기기는커녕 오히려 당당하게 주장하고 있었다.

사실 스웨덴이나 영국의 복지 비용이 날이 갈수록 증가함에 따라, 복지 혜택이 국민들의 최소한의 인간적인 삶을 영위하게 하는 데는 기여를 했다. 그러나 복지 혜택들은 병원이나 학교의 질을 떨어뜨렸고, 국민을 무능하게 만들었다. 또한 영리한 인간들은 복지 제도를 교묘하게 이용하고 있어서 복지 혜택의 병폐가 사방에서 드러나고 있었다.

내가 살던 영국만 해도 그랬다. 영국 병원의 무료 서비스는 공짜라서 좋기는 했지만 많이 불편했다. 성의 없는 의료 서비스와 열악한 환경, 많은 환자가 의료 혜택을 마냥 기다리다가 적절한 수술 기회를 놓치게 되는 사태도 있었다. 균등한 복지 혜택 덕분에 돈 없는 사람들이 생명을 보호받을 수 있지만, 그에 따르는 불편함이 많았고, 그 불편함은 가끔 이 복지 혜택이 정말 최선인가 하는 생각을 하게 만들었다.

영국에서 4년을 사는 동안 영국의 복지 혜택의 병폐 때문에 골탕 꽤나 먹었기에 더 그랬다. 영국에서 우리 집안의 귀한 외동딸은 지저분한 GP에서 온갖 푸대접을 받으며 수준 낮은 치료를 받았고, 키우던 강아지는 최고급 시설에서 최고의 대우를 받으며 병원에 다녔던 것이다. 이유는 간단하다. 개는 국가에서 베풀어주는 의료 보험 혜택이 없으니까, 돈을 내는 손님이었기 때문이다. 돈이 되는 환자라면 개라도 최고의 시설과 서비스를 받지만, 복지 혜택을 누리는 공짜 환자에게는 소홀한 영국의 병원 시스템 때문이었다.

그중 영국의 한 치과에서 있었던 일은 공짜의 질을 보여주

아무리 나이가 들었든 몸이 불구이든 상관없이 일하며 사는 모습은 인간답게 사는 것이라는 생각을 버릴 수가 없다. 일하는 데 체면이나 자격이 필요하다는 생각 따윈 하지 않는 것 같다. © Kim Hyunjung

기 충분했다. 치과 의사가 일회용 주사기가 없다며, 알코올 램프 불에 소독한 주삿바늘을 아이의 입안으로 들이밀 땐, 정말 화가 머리끝까지 치밀었다. 우리도 예전에는 다 그러고 자랐지만, 아프리카도 아니고 참 어이가 없었다. 남편이 어깨를 눌러 앉히지 않았다면, 이가 아파서 동동거리는 아이를 데리고 병원을 전전하느라고 고생을 했을 것이다. 아이에게 마취 주사를 놓는 동안 남편은 차마 못 보겠는지, 창밖을 내다보며 서 있었다. 그나마 영국에서 치료한 치아는 속이 썩어들어가고 있어서 한국에서 다시 치료해야 했다. 감기 정도의 병으로 의사 만나기가 힘든 것은 고사하고, 수술 예약 차례가 너무 길어서 기다리다가 죽든지 병이 다 나아버리든지 해야 하는 영국 병원의 부조리, 그것은 복지 제도가 몰고온 폐단이었다.

뿐만 아니라, 영국인들 중에는 스스로 일하기를 포기한 사람도 많았다. 최소한의 삶을 영위할 수 있는데 굳이 고생할 필요가 없다는 것이다. 적당한 복지 혜택을 누리면서 여유 있게 살고 싶어했다. 그래서 쇼핑센터 앞에 버젓이 자리를 깔고 구걸하는 걸인은 커다란 개까지 한 마리 끌고 출근을 한 듯이 늘 당당하다. 육신을 멀쩡하게 움직일 수 있는데도 일자리를 박차고 나와서 노숙 생활을 즐기는 영국의 노숙자들이 늘어났다.

영국에서 그런 일로 수차례 곤란을 겪고 분개했던 나는 싱가포르를 납득할 수 있었다. 영국식 교육을 받고 영국에서 대학을 졸업한 리콴유 수상이 그런 복지 정책을 쓸 수밖에 없었던 이유와, 영국과 미국의 지도자들이 리콴유 수상을 격찬한 이유를 알 것 같았다.

싱가포르에서 일하는 노인과 장애자들이 불쌍한 건 사실이다. 그러나 생각하기에 따라서는, 아무리 나이가 들었든 몸이 불구이든 상관없이 일하며 사는 모습은 인간답게 사는 것이라는 생각을 버릴 수가 없다. 그 나라에서는 일하는 데 체면이나 자격이 필요하다는 생각 따윈 하지 않는 것 같다. 늙어서 몸을 못 쓰게 되도 또 아무리 하찮은 일을 하더라도, 일하는 게 부끄럽지 않은 사람으로 살고 싶다.

林記魚湯·板麵
$3.50/4.50
鱼片汤/米粉
Sliced Fish Soup / Bee Hoon
-33
50¢
饭
Rice
$3.50/4.50
炸鱼肉米粉/汤
Fried Fish Bee Hoon / Soup
$3.50/4.50
海鲜汤/米粉
Seafood Soup / Bee Hoon
$4/5
冬炎海鲜汤/面
Tom Yam Seafood Soup / Noodle
$3/4
水饺面
Dumpling Noodle
伊麵 鍋貼 苦瓜魚片湯
幼米粉 炸魚肉湯 魚頭米粉
Self Service 自助服务

3부

냄새로 기억되는 싱가포르

참을 수 없는 밀폐된 공간의 냄새

싱가포르의 트럭 뒤꽁무니에는 9pax, 12pax와 같은 숫자가 써 있다. 2.5ton이니 하는 트럭의 크기를 고시해야 할 곳에 9pax와 같은 숫자가 붙어 있으니, 그 의미가 궁금했다. pax의 원뜻인 승객 숫자라고 해석하기에는 단위가 너무 컸고, 사람 수를 왜 트럭 뒤에 붙이고 다니는지 이해가 되지 않았다. 크든 작든 트럭에 탈 수 있는 총 인원은 고작해야 3~4명에 그칠 테니까 말이다.

그런데 승객 수를 의미했다. 트럭에 승차할 수 있는 사람의 수를 표시한 숫자가 맞았다. 앞좌석이 아니라 트럭 뒤 짐칸에 탈 수 있는 승객의 수였다. 싱가포르 도로에서는 트럭에 실려가는 일꾼들을 쉽게 볼 수 있다. 땡볕이 내리쬐든 비가 내리든 상관없다. 그들은 짐칸에 실린 짐짝과 다를 게 없다. 차양도 없이 하늘에서 내리는 비와 강렬한 태양열을 고스란히 맞으면서, 트럭 뒷자리에 실려 간다. 그들은 주로 돈을 벌러 싱가포르에 온 동남아의 가장들이다. 싱가포르에서는 일꾼들의 운송 수단이 트럭이다.

1억이 넘는 벤츠 승용차들 사이에 짐칸에 사람을 가득 실은 트럭들이 끼여 있는 장면은 어울리지 않을 뿐만 아니라 보는 사람에게도 부담을 주었다. 신호등 앞에서 그런 트럭들과 나란히 서서 신호를 기다릴 때는 등에서 식은땀이 나고 괜히 싱가포르 정부를 비난하게 된다. 부자 나라 싱가포리안들의 인심이 박하다고.

그만 한 국민소득이면 일꾼들을 위한 자그마한 승합차나 수송 버스를 마련해줘도 삶의 질에 별 지장이 없을 텐데…. 하지만 그나마 나아진 거였다. 2003년에 법으로 트럭 승차 인원을 제한했고, 트럭 번호판 옆에 2.5ton이니 하는 트럭의 크기 대신에 9pax와 같은 숫자가 붙게 되었다. 그 전만 해도 제대로 앉을 자리도 없이 일꾼을 가득 싣고 다녀서 사고가 많이 났다고 한다. 지금은 그마나 편안하게 트럭 뒷자리에 앉아 가는 거란다.

그런 것을 보면 싱가포르는 능력에 따라 사람을 달리 대하는 나라였다. 물론 나름의 이유가 있다. 대다수가 이웃 나라 말레이시아의 트럭으로, 말레이시아에서 일꾼들을 태워서 들어오므로 싱가포르에 책임을 물을 수는 없다. 게다가 자국민에게도 능력에 따라 그에 맞는 직업을 가지고 신분에 맞게 살라고 독려하는 싱가포리안들이니, 동남아의 일꾼쯤이야 당연히 하는 일에 맞게 대우해야 한다고 생각할 것이다.

그런데 자가용이나 트럭에 일꾼과 동승해보았다면 일꾼들을 트럭 뒤에 타게 하는 또 다른 이유를 짐작하고도 남는

싱가포르 도로에서는 트럭에 실려가는 일꾼들을 쉽게 볼 수 있다. 땡볕이 내리쬐든 비가 내리든 상관없다. © Kim Hyunjung

다. 너무 안돼 보여서 일꾼을 잠시 차 안에 태웠다가 쾨쾨한 냄새가 일주일 동안 빠지지 않아 고생한 적이 있다. 겨우 2~3분에 그 정도면 더 말할 필요가 없다. 일꾼들은 더운 태양 아래서 일하기 때문에 유달리 땀 냄새가 심하고 지독했다.

싱가포리안들이 일꾼을 트럭에 태우고 다니는 핑계 중의 하나다. 밀폐된 방에 서로 싫어하는 두 사람이 함께 있을 때 무엇이 가장 고통스러울까? 아마 냄새일 것이다. 이유는 간단하다. 한 공간에서 지내야 하는 사람이 보기 싫으면 눈을 감거나 다른 곳을 보면 되고, 그의 말을 듣기 싫으면 귀를 막으면 된다. 그러나 고약한 냄새는 피할 길이 없다. 냄새가 싫다고 코를 막으면 죽으니까.

그래서 엘리베이터와 지하철, 버스 안은 늘 냄새와의 전쟁이 벌어진다. 엘리베이터나 지하철보다 더 벗어날 수 없는 좁고 밀폐된 섬나라. 싱가포르 섬은 중국계 싱가포리안의 기름 냄새와 인도계 싱가포리안의 카레 냄새, 말레이계 싱가포리안의 땀내, 동남아 각국에서 온 일꾼 냄새들의 전쟁터였다.

냄새 때문에 사람을 미워해본 적이 있는가? 처음엔 냄새가 얼마나 지독했던지, 아무 이유 없이 사람을 피하고 냄새 때문에 사람을 미워하는 자신을 돌아보며 수차례 자학에 빠져들게 하는 나라가 싱가포르다. 냄새 때문에 사람을 차에 태우는 친절을 베풀 수 없는 자기 자신을 용납할 수 있을까? 냄새는 싱가포르의 또 다른 유리벽이었다. 선뜻 싱가포르에 다가갈 수 없는 유리벽이었다.

일꾼들의 냄새보다 더 귀찮은 것은 일상에서 자주 마주쳐야 하는 인도계 싱가포리안의 냄새였다. 인도계 싱가포리안은 소수이지만 이상하게도 자주 눈에 띄었다. 그들의 독특한 외모와 눈에 띄는 행동, 유달리 큰 목소리, 우르르 몰려다니는 습성 때문인 것 같다.

우리가 살던 콘도에는 인도계 싱가포리안이 많이 살았는데, 밀폐된 엘리베이터 안에서 그들과 냄새 실랑이를 해야 했다. 땀내가 뒤섞인 카레 냄새와 시끄러움, 도도함 때문에 다른 거주자들이 피해를 입곤 했다.

싱가포르에 사는 인도인은 인도 여행 중에 거리에서 만나는 인도인들과 조금 다르다. 그들은 현세를 초월한 가난한 인도인이 아니다. 세상과 자녀에 대해 기대가 큰, 어쩌면 가장 세속적인 사람들이다. 물가가 비싼 싱가포르의 비싼 콘도에 살면서 자녀를 교육시킬 정도면 돈이 꽤 많을 것이다. 거만하고 세속적이고 머리가 팽팽 돌아간다. 그러다보니 코가 하늘을 찌를 듯이 거만한 인도인이 많다.

교육열도 한국 부모를 능가한다. 자식에 대한 교육열은 어디든 다를 게 없었다. 식민지 시절의 영어 실력이 뒷받침된 데다 머리까지 좋아서, 수학이나 과학 분야에서조차 한국 아이들을 능가할 정도이다. 그들의 억척스러움은 혀를 내두르게 한다.

학교에서 각 과목 교사와 부모들이 함께 모이는 파티에 갔다가 인도인 뒤에서 줄만 서 있다가 돌아온 적이 있다. 내가 교사에게 다가가는 순간 새치기를 하듯 밀고 들어온 인도인 가족이 파티가 끝날 때까지 교사와 대화를 끝내지 않는 바람에 뒤에서 멍하니 서 있다가 왔다. 우리 뒷줄에 섰던 몇몇 학부모는 진작 다른 곳으로 발을 옮겼다. 교사가 몇 번이고 뒤에 학부모가 기다리고 있다고 눈치를 주다가 양해까지 구했는데도 금방 끝날 것이라고 말하면서 파티가 끝날 때까지 그 교사를 놓아주지 않았다.

평상시의 행동도 다를 것이 없다. 누가 있든 말든 개의치 않고 인도어와 영어가 뒤범벅된 이상한 말로 왁자하게 떠들면서 엘리베이터로 몰려 들어오는데, 그럴 땐 할 수 없이 엘리베이터 안쪽 구석으로 밀려나야 한다. 게다가 인도인은 항상 대가족이다. 혼자 엘리베이터를 타는 것을 본 적이 없다. 기본이 5~6명이다.

부동산 업자들도 인도인에게 방을 세주는 것을 꺼린다. 이사 올 때는 가족이 두 명이었는데, 하루 이틀 지나고 나면 10~20명의 인도인이 들락거려서, 주인들이 불만을 토로하기 때문에 인도인 세입자를 달가워하지 않는다.

좁은 엘리베이터 안에 인도인 대가족이 우르르 몰려 타는 날이면 자리도 비좁고 고약한 냄새에 질식사할 지경이다. 상대방을 개의치 않고 떠들고 몸을 움직여대면, 그들의 입 냄새와 겨드랑이, 온몸의 냄새가 엘리베이터 안을 꽉 채운다.

예의상 코에 손을 대지도 못한 채 숨을 참는 게 얼마나 고통스러운지! 그렇게 내가 사는 17층까지 올라오면 냄새와 공기 부족으로 머리가 띵해진다. 그래서 인도인들이 엘리베이터를 탔거나 기다리고 있으면, 실례가 되지 않을 적당한 핑계를 대고 다음 엘리베이터를 타곤 했다.

그렇게 당하기만 하던 어느 날 우연찮게 복수를 하게 되었다. 김치와 된장찌개를 반찬 삼아 점심을 먹다가 소포가 왔다는 인터폰을 받고 입도 헹구지 못한 채 그대로 뛰쳐나왔기 때문이다. 솔직히 마늘 냄새의 대가인 한국인이 누구 냄새를 탓할 수 있으랴? 배달부에게 미안한 마음이 들어서, 한 손으로 입을 가린 채 다른 손을 멀찍이 뻗어서 소포를 받았다. 그런데 엘리베이터 안에서 대가족을 몰고 다니는 인도인 부부와 마주쳤던 것이다.

나는 그 부부 뒤편에 자리를 잡고는 김치와 된장찌개에서 나오는 고약한 냄새를 뿜었다. 내가 생각해도 그날 내 입 속에 숨어 있는 김치와 된장 냄새는 진했다. 밀폐된 엘리베이터 안에서 나는 김치 냄새가 얼마나 고약했겠는가. 아무렇지도 않은 표정으로 소리 안 나게 입김을 보내는 작업도 쉽지가 않았다. 그것도 효과를 극대화하기 위해 냄새를 잠시 모았다가 한꺼번에 길게 내뿜었다. 솔직히 나도 내가 그런 사람인 줄 몰랐다.

그런데 인도인 부부는 끄떡없었다. 혹시 나의 고약한 생마늘 냄새를 못 맡은 건가 싶어서 17층까지 올라오도록 눈에 띄지 않게 애써가면서 뒤에서 난리를 떨었다. 17층이 가까워오자, 오히려 내가 숨이 차서 헉헉거리고 있었다. 앞을 가린 인도인 부부에게 비켜 달라고 했다.

"익스큐즈 미."

숨을 채 고르지 못해서 말들이 삐질삐질 새어나왔다. 17층이어서 다행이지 층이 조금만 더 높았더라면 아마 숨이 막혀 죽었을 거다. 카레와 마늘과 김치, 된장 냄새가 함께 만나니 정말 가관이었다. 한국인과 인도인이 만난다면 정말 핵폭탄이 될 것 같다.

외국 생활에 빠르게 적응하기 위해서는 가능한 한 빨리 그 나라의 의식주에 맞춰 살아야 한다. 생필품도 굳이 싸 들고 다닐 것 없다. 그곳 현지 것을 사용하는 것이 가장 싸고 효과적이다. 그래야 거부감 없이 스며들 수 있다.

학자들은 다양한 방법으로 인종을 구분하지만, 내가 볼 때 인종은 피부도 언어도 아니고 냄새로 구분되는 것 같다. 냄새 중에서도 음식 냄새, 한국인은 마늘과 된장 냄새, 서양인은 버터 냄새, 중국인은 돼지고기와 기름 냄새 등.

그 인종 냄새는 음식을 절제하면 웬만큼은 줄일 수 있다. 인도인들 중에도 냄새가 나지 않는 사람이 있는데, 그들 나름대로 냄새가 나지 않게 하려고 음식을 절제하거나 식습관 자체가 많이 서구화된 인도인이다. 주의하고 노력하면 줄일 수 있는 게 냄새인데, 청결의 나라 싱가포르가 자국을 삼류 국가로 전락시키는 그 다양한 냄새를 참고 지내는 것이 의아했다.

다양한 냄새로 이루어진 곳, 호커 센터

다양한 냄새의 대표적인 집산지는 싱가포르의 식당가 호커 센터이다. 내가 호커 센터에 처음 찾아간 것은 식사 때문이 아니었다. 더위 때문에 며칠 밤잠을 설치며 싱가포르 거리를 헤매다가 지칠 대로 지쳤을 때였다. 이른 새벽이라 문을 연 식당이나 찻집도 없었지만, 어디에서라도 잠시 쉬고 싶었다. 새벽 어둠 속에서 멀리 희미한 불빛이 보였고, 사람들의 기척과 묘한 냄새가 흘러나오고 있었다. 아파트 사이에 숨어 있는 호커 센터였다.

어두워서 잘 보이지 않았지만 별로 깨끗하지 않은 식당가임을 단박에 눈치챌 수 있었다. 어두컴컴한 조명, 특이한 냄새, 차림새가 편안한 사람들의 두런거림, 털털거리며 돌아가는 선풍기 소리, 깨끗하지 못한 바닥, 그런 낯선 광경 때문에 선뜻 들어설 용기가 나지 않았다. 그런데 들어가자마자, 오히려 호커 센터 안에 있던 싱가포리안들이 당혹스러운 시선을 우리 부부에게 보냈다.

"뭐야~ 귀찮아 죽겠는데, 이 불청객들은…."

흐리멍덩한 눈빛과 표정이 그렇게 말하고 있었다. 그들의 차림새는 편안하다 못해 좀 엽기적이었다. 슬리퍼와 러닝 셔츠 차림의 싱가포르 아저씨들이 까치집처럼 부스스한 머리로 식탁 앞에 반쯤 무너진 자세로 앉아서 초라한 아침 식사를 하고 있었다. 여자들이라고 나을 것도 없었다. 야반 도주라도 한 듯 화장은커녕 눈곱도 떼지 않은 맨얼굴에 잠옷 차림인 싱가포르 아줌마들도 반쯤 엎드려 커피를 마시고 있었다. 잠이 덜 깨서 그런지 계란 반숙이나 토스트, 커피 따위를 앞에 두고 멍하니 앉아 있는 모습이 염불이라도 하는 사람들 같았다.

남의 안방 문을 벌컥 열고 들어간 것처럼 무안하고 어색했지만 용기를 내어 그들 사이에 자리를 잡고 앉았다. 커피와 계란 반숙을 다 먹을 때까지 우리 부부의 일거수일투족을 지켜보고 있는 그들의 눈빛 때문에 얼른 자리를 뜨고 싶을 정도로 분위기가 어색했다. 더위에 지쳐 만사가 귀찮은 표정으로 거의 쓰러질 듯 앉아 있으면서도 싱가포리안들의 호기심만은 여전했다.

벌써부터 이쪽을 기웃거리던 주인이 쓱 오더니 맛이 어떠냐고 싱글리시로 물었다. 궁금함이 잔뜩 묻어 있는 표정이었다. 주인은 한 푼이라도 돈을 내는 모든 손님에게 무척 친절했다. "오케이 라~!"라고 대답은 해주었지만, 이방인이라고 더 듬뿍 눌러 담아준 테따렉은 부담스러울 만큼 양이 많았다.

호커 센터는 싱가포리안들에게는 사랑방 같은 곳이다. 특히 주택가의 로컬 호커 센터는 확실하게 사랑방 역할을 하고 있다. 이른 아침부터 주민들이 조간 신문을 읽거나 잠이 덜 깬 상태로 아침 식사를 하는 모습을 볼 수 있다. © Kim Hyunjung

호커 센터의 커피는 싱가포르 식으로 주문해야 한다. 음료수 가게에는 커피 오(Kopi O), 커피(Kopi), 커피 씨(Kopi C)가 있다.

커피(Kopi)는 가당연유와 설탕이 들어간 커피이고, 커피 씨(Kopi C)는 카네이션 연유와 설탕이 들어간 커피다.

커피 오(Kopi O)는 설탕이 들어간 블랙커피다. 설탕이 없는 블랙커피를 마시려면 커피 오 코송(Kopi O Kosong)을 주문해야한다.

또 차는 우유 없는 테 오(Teh O), 우유 들어간 테(Teh)로 구분하여 주문한다. 테따렉은 우유를 탄 싱가포르식 홍차인데 제조 방법이 특이하다. 홍차가 든 컵과 우유가 든 컵을 양손에 나눠 들고 이쪽에서 저쪽으로 몇 차례 옮겨 부으면서 혼합한다. 그렇게 옮겨 부을 때, 짜장면 국수를 뽑듯이 길게 늘어나도록 멋을 부려야 잘 혼합되고 맛이 더 좋다. 포도주의 디켄딩 작업과 비슷하다고 할 수 있다. 테따렉도 포도주 디켄딩처럼 늘여 당기는 솜씨에 따라 맛이 달라진다고 한다. 그러나 제조 방법만 요란할 뿐 그냥 밀크티였다. 뭐가 궁금한지 주인은 대놓고 힐끔거렸다. 이 엄청난 양의 테따렉을 다 마시지 않으면 무지 실망할 것 같았다.

호커 센터는 싱가포르에 왔던 관광객이라면 한 번쯤은 가본 적이 있는 싱가포르의 '식당가' 로, 뉴튼 호커 센터와 마리나 스퀘어 호커 센터 등은 관광 안내 책자에도 소개되어 있다. 싱가포르 음식뿐만 아니라 동남아 세계 각국의 음식을 싸게 먹을 수 있다.

호커(hawker)는 원래 어깨에 음식을 지고 다니면서 파는 행상들을 일컫는 말이다. 한국에서 경제 위기를 맞아 우후죽순처럼 생긴 포장마차들처럼, 돈도 기술도 없는 초기 이민자들이 싱가포르에 들어와서 돈을 벌 수 있는 가장 쉬운 방법이 바로 음식 행상이었다. 그래서 나이와 계층을 불문하고 너도나도 호커로 나섰고, 심지어는 담배를 파는 미성년 호커까지 생겼다.

그러다보니 1860년대에는 호커들로 인한 사회 문제가 극에 달했다. 게다가 적도의 더운 날씨에 음식을 메고 다니니 얼마나 비위생적이었겠는가! 거리의 호커들은 교통에 방해가 되었고, 아무렇게나 거리에 버려진 음식 쓰레기는 지독한 냄새를 풍기며 썩어갔다. 그래서 싱가포르 정부는 두 가지 대책을 내놨다.

한 가지 대책으로는 음식 쓰레기를 먹어치울 히말라야산 까마귀를 수입했다. 덕분에 싱가포르 골목은 깨끗해졌지만 늘어나는 까마귀의 수는 또 다른 골칫거리가 되었다. 청결한 국가로 자리잡은 후에는 히말라야산 까마귀들이 백해무익이었다. 먹을 쓰레기가 없어진 까마귀들은 가끔 연약한 아이나 여자들을 공격하기도 했다. 그래서 까마귀들을 열심히 잡아들였지만, 가끔은 여전히 남아 있는 까마귀들이 싱가

현재 107개의 시장과 호커 센터가 있다. 호커 센터의 음식 가격이 예전에 비해 올랐지만 그래도 여전히 싼 편이다. © Kim Hyunjung

and A Joyous New Year
万事如意
MAXWELL FOOD CENTRE

포르의 분위기를 엉망으로 만들었다. 도심에서 들리는 까마귀들의 비명소리가 즐거울 리 없다.

한국의 새들이 운다면, 싱가포르의 새들은 비명을 지른다. 마치 더워 죽겠다는 듯이 비명을 질러댄다. 특히 킹피셔와 같은 열대 새들은 우는 소리가 한국의 새들과 또 다르다. 아이 울음소리와 같은 비명소리를 낸다. 열대 새와 까마귀의 비명소리가 어우러진 열대 지방의 아침 분위기는 매우 특이하다.

또 다른 대책은 호커들을 모아 한 곳에서 음식을 팔 수 있는 호커 센터를 만드는 것이었다. 1930년에는 모든 거리의 호커들에게 허가증을 발급하고(길거리의 작은 아이스크림 행상도 100싱달러가 넘는 라이선스 비용을 내야 한다.) 새로 만든 식당가에 입주시켰다. 요즘은 싱가포르의 실업 위기로 대졸 호커들도 생겼지만, 원래 호커의 입주권은 주로 초등학교를 졸업한 저학력자들에게만 주어졌다.

호커 센터는 포장마차 정도밖에 안 되는 작은 규모의 식당이 20여 개 모여 있는 곳에서부터 50여 개가 모여 있는 곳까지 다양하다. 즉 음식의 종류가 최소한 20개는 넘는다고 보면 된다. 한국의 백화점 지하의 식당가처럼 수십 개의 음식점이 모여 있다. 중국식, 인도식, 말레이식, 바바뇨냐식의 싱가포르 전통 음식을 비롯하여 양식, 일식, 한식에 이르기까지 음식의 종류가 셀 수 없이 많다.

호커 센터가 한국의 식당가와 다른 점은 동남아답게 향신료 냄새가 자극적이라는 것이다. 민족에 따라 다른 각종 향신료는 음식 냄새보다 더 자극적이다. 다양한 음식을 종류별로 먹을 수 있다는 것 때문에 감격하지만, 시간이 흐를수록 향신료 때문에 머리가 띵해지고 식욕을 잃게 된다. 호커 센터에서 음식을 고르느라고 가게들을 두어 바퀴 돌면서 머뭇거리다가는 냄새에 질려 식욕을 잃을 수도 있으므로 조심해야 한다.

호커 센터는 싱가포리안에게는 좀 특별한 장소다. 싱가포리안들은 장관에서부터 직장인에 이르기까지 지위 고하를 막론하고, 해외 출장을 비롯한 장기간의 해외 여행을 마치고 창이공항에 도착하자마자 찾아가는 장소가 호커 센터라고 자랑한다. 호커 센터는 싱가포리안들에게는 사랑방 같은 곳이다. 특히 주택가의 로컬 호커 센터는 확실하게 사랑방 역할을 하고 있다.

시내에 있는 호커 센터는 에어컨 시설이 되어 있고, 대개 건물의 지하층에 있으며 꽤 깨끗한 편이다. 관광객이나 회사원이 주로 이용하는데 이른 아침부터 직장인들이 조간 신문을 읽거나 잠이 덜 깬 상태로 아침 식사를 하는 모습을 볼 수 있다. 시간에 쫓기는 직장인들이 커피나 빵 등을 비닐 봉지에 담아서 간다. 막 뽑아낸 뜨거운 커피나 테따렉을 종이 컵보다는 끈 달린 비닐 봉지에 담아서 달랑달랑 들고 간다.

너도나도 하나씩 들고 가는 비닐 봉지는 뜨거운 커피 때문에 금방이라도 녹아내려 터질 듯 아슬아슬하다.

싱가포르 시내의 아침은 서울 명동 거리의 점심 시간만큼 부산하지만 주택가의 로컬 호커 센터는 시내에 있는 호커 센터와는 구조와 역할이 다르다. 로컬 호커 센터에는 웻마켓이 있어서 싱가포리안들이 장을 볼 수도 있다.

웻마켓이란 위생 상태가 다소 열악한 우리 나라 재래 시장의 일종으로, 주택가나 아파트 단지 안에 있다. 날씨가 더워서 이른 새벽부터 정오까지만 문을 열지만, 싱싱한 채소와 과일, 생선, 정육 등 다양한 식료품을 살 수 있다.

웻마켓뿐만 아니라 더운 날씨 탓에 싱가포르는 학생들의 수업 시간과 직장인들의 출근 시간도 다른 나라에 비해 빠른 편이다. 그래서인지 싱가포리안들은 아침에 유달리 더 피곤해 보인다. 그러나 그들이 피곤해하는 또 다른 이유는 싱가포르 시간대의 진실에 있다. 싱가포르는 한국보다 1시간 늦지만 실제 경도상으로 보면 한국보다 2시간 늦어야 한다. 싱가포르보다 우리나라에서 더 가까운 태국, 캄보디아, 베트남이 한국보다 2시간 늦는 데 비해, 태국보다 멀리 있는 싱가포르가 시간을 1시간 늦추는 일은 간단한 문제가 아니었다. 잦은 왕래와 교류를 해야 하는 같은 지역의 시간이 다르면 불편함이 많아지기 때문이다. 그럼에도 불구하고 싱가포르에서 굳이 1시간을 앞당긴 이유는 무엇일까?

로컬 호커 센터는 외식을 위한 식당이라기보다는 주민들에게 없어서는 안 될 세끼 식사 장소다. 값은 겨우 3~4 싱달러로 집에서 요리를 하는 것보다 저렴하다.
© Kim Hyunjung

싱가포르 국민들이 더운 낮 시간을 피해 서늘한 새벽에 효율적으로 일하도록 돕기 위함이라고도 하고, 미국 샌프란시스코 금융 시장의 클로징 시간에 맞춰 싱가포르 금융 시장을 오픈하여 쉬는 자금을 싱가포르로 끌어들이기 위함이라고도 한다. 덕분에 홍콩이나 대만, 중국과 동일 시간대로 되어 국제 무역과 경제 활동이 효율적으로 이루어졌고, 싱가포르는 세계 금융 시장의 자금 흐름을 탈 수 있게 되었다.

싱가포르의 시간의 역사는 다양하다. 일제 통치하에서는 2시간이나 당겨 일본의 시간과 맞추었다. 그러던 것이 조금씩 간격을 좁혀나가 1시간 차이로 줄어든 셈이다. 그래서 일부 한국 사람들은 한국은 시간적으로 여전히 일제 식민지하에서 독립하지 못하고 일본의 경도에 맞춰 돌아가지만, 싱가포르는 과거의 일제 치하의 시간에서 벗어났고, 주변의 강대국 인도네시아로부터 시간적인 독립을 했다고 추켜세우기도 한다.

싱가포르에서 학생들의 등교 시간은 더위 때문에 좀 이른 시각인 7시 전후이지만 실제로는 새벽 6시인 셈이다. 더위 때문에 시간을 당기고, 경제적 이유 때문에 또 당기고, 싱가포리안들의 아침이 고달파 보이는 것은 당연하다.

대부분의 로컬 호커 센터에는 에어컨이 없고 시설이 열악하다. 막힌 빌딩 안에 있는 것이 아니라, 열린 공간에 만들어진 식당가이므로 에어컨을 설치하려야 할 수가 없다. 로컬 호커 센터의 이용자들은 주로 그 동네 지역 주민들이다. 그곳은 외식을 위한 식당이라기보다는 주민들에게 없어서는 안 될 세끼 식사 장소다. 아예 조리 기구가 없거나 부엌 시설이 간결한 아파트에 사는 싱가포리안은 집에서 요리를 하지 않고, 이른 새벽부터 집 앞의 호커 센터로 나간다. 밥값은 겨우 3~4싱달러로 집에서 요리를 하는 것보다 저렴하다. 또 종교별로 취향에 맞는 식사를 할 수 있다.

그러다보니 동네에 있는 로컬 호커 센터는 누구도 끼여들 수 없는 동네 주민들만을 위한 식탁이 되었다. 싱가포리안이 매일 아침 식사를 하는 호커 센터를 자기 집 안방쯤으로 생각하는 것은 당연하다. 막 신문을 보면서 식사를 하기도 하고, 커피 한 잔만 시켜놓고 기공 운동을 하거나 집에서나 할 수 있는 괴상한 짓거리를 하는 할아버지나 아저씨들도 자주 만날 수 있다. 이부자리에서 바로 빠져 나온 꾸질꾸질한 차림으로 호커 센터에 오는 것을 그다지 개의치 않는다.

그들 눈에는 이른 새벽부터 단정한 머리 매무새나 깨끗한 옷차림으로 호커 센터에 찾아오는 우리 부부가 비정상으로 보였을 것이다. 그래서 낯선 우리를 한눈에 알아보았고, 마치 남의 안방에라도 쳐들어온 무뢰한처럼 보였을지도 모르겠다. 그런 이유로 좀더 싱가포르적이고 사람 사는 분위기를 느끼고 싶어하는 사람에게는 로컬 호커 센터를 권하고 싶다. 거기에는 아무리 벌금을 매겨도, 전혀 개의치 않는 듯 가래침을 뱉는 배짱 좋은 싱가포르 노인과 휴지를 휙휙 날려버리는 무모한 아저씨들이 있다.

깨끗한 도시국가 싱가포르의 이미지에 걸맞지 않게 비위생적이고 지저분해서 나를 당황하게 했던 호커 센터는 싱가포르가 감추고 싶은 곳이리라. 떠도는 호커들을 모아서 호커 센터를 만들어 청결하고 위생적으로 운영하게 했으나, 호커 센터는 여전히 싱가포르의 문제였다. 끈적끈적한 식당

바닥에는 음식 찌꺼기와 쓰레기가 붙어 있어서 제대로 발길을 옮길 수가 없었고, 식탁은 기름때에 찌들어 있어 몸을 기댈 수도 없다. 청결 싱가포르의 이미지를 팍 구기는 곳이다.

셀 수도 없는 화려한 음식에 혹한 지 겨우 이틀 만에 먹기만 하면 탈이 나고, 눈에 보이는 불결함 때문에 정말 다시는 가고 싶지 않았지만 나는 자주 호커 센터에 갔다. 양이 너무 많아서 다 마시지도 못하면서, 시럽을 넣은 그 맛없는 커피를 자주 사 먹으며 인정이 넘치는 호커 센터의 주인들과 그곳을 찾아오는 싱가포리안들이 소박하게 살아가는 모습을 엿보는 일이 즐거웠다.

싱가포르에서 반드시 참아야 하는 냄새, 두리안

싱가포르에 온 사람이라면 꼭 참고 넘어가야 할 냄새가 있다. 그것은 두리안 냄새다. 두리안은 동남아에서는 과일의 왕이라고 부르지만 사람 겨드랑이 땀내가 나는 괴상한 과일이다.혹시 노란 은행알이 수북이 떨어진 아름다운 황금빛 거리에서 풍기는 냄새를 기억하는지? 실수로 그 은행알을 밟아서 더 심하게 밀려오는 악취를 맡아본 적이 있는지? 그 괴상한 냄새에 썩은 양파 냄새를 가미한 고약한 냄새, 그게 두리안 냄새다.

암내가 나는 과일을 먹는 일은 상상만으로도 고통스러우리라. 비위가 약한 어린아이들은 냄새만으로도 심한 두통과 구토를 동반한 증세로 며칠을 앓기도 한다. 냄새를 맡지 않으려고 코를 쥐고 먹어도 소용이 없다. 한번 먹으면 그 냄새가 며칠 동안 배 속에서 역류해 올라오기 때문에 비위가 여간 좋지 않고서는 견뎌내기 어렵다. 그러니 웬만해서는 두리안에 빠져들 사람은 없을 것이다. 그런데 "어머나! 아직 두리안을 못 드셨다니!" "그 달콤한 두리안을 아직도 먹을 줄 모른다고요?" 하면서 아직 초짜군! 하고 얕보는 눈빛을 만날 때는 당혹스러울 수밖에.

전학이나 입사, 군 입대 등의 새 환경에 끼어들 때 꼭 치러야 하는 신고식처럼 암내 나는 두리안에 익숙해지는 일은 적도 지방에 살게 된 사람들에게 일종의 신고식이었다. 더 큰 문제는 싱가포리안들이 이 고약한 냄새를 미치도록 사랑한다는 점이다. 지독한 냄새 때문에 싱가포르에서는 두리안을 가지고 버스에 타지 못하게 한다. 호텔이나 기타 공공장소에도 두리안의 출입이 제한된다. 그럼에도 불구하고 싱가포르인들, 동남아인들, 심지어는 두리안을 맛본 수많은 서양인까지 그 고약한 냄새의 두리안에 거의 반쯤 미쳐 있다.

식물학자 알프레드 윌리스는 "The taste of durian is worth the travel to the far east!(두리안 하나만으로도 먼 동양을 방문한 가치가 충분하다.)" 라고 두리안을 극찬했고, 이곳 사람들은 두리안이 아니면 죽음을 달라고 할 정도다. 이 정도면 과일로서 받을 수 있는 최고의 찬사인 셈이다.

두리안 철이 되면 싱가포리안들은 싱싱한 두리안을 찾아서 이웃 나라 말레시이시아로 여행을 가고, 말레이시아인은 '살롱' 이라고 부르는 그들의 전통 옷을 벗어야 한다. 돈이 없는 가난한 말레이시아인이 두리안을 사먹기 위하여 유일한 재산인 남은 의복까지 팔기 때문이다.

싱가포르 정부가 국민의 문화 수준을 높이고자 심혈을 기울여 만든 국립극장 에스플러네이드(Esplanade, 산책길)는 건물의 지붕이 두리안을 닮았다는 이유로 두리안 빌딩으로 통한다.

유명 연예인일수록 스캔들과 비화가 많듯이 두리안을 뒤따라 다니는 재미있는 소문과 이야깃거리도 많다. 두리안을 잘 먹는 남자와 결혼한 여자는 행복하다고 한다. 이유는 두리안의 비싼 가격 때문이다. 현재까지는 두리안이 세계에서 제일 비싼 과일에 속한다. 그런 비싼 것을 사줄 수 있는 남자에게 시집을 갔으니 행복할 것이다.

그러나 그 뒤에 숨겨진 또 다른 이유가 있다. 두리안은 열을 내는 음식이라 남자들의 정력에 좋단다. 하나 먹을 때마다 힘이 솟는다고. 열이 너무 과한 음식은 남자에겐 해롭다고 하지만, 적도의 열기에 진이 빠져 늘어져 있는 동남아인들에게는 상관없으리라. 진이 쉽게 빠지는 열대지방에서는 열을 내줄 만한 두리안과 같은 과일이 남자들의 정력에 큰일을 한다.

남자뿐만 아니라 몸이 냉한 여자에게도 좋다. 소문에 의하면 아이를 못 낳던 여자가 두리안을 먹고 임신을 했다고 한다. 남자에게도 좋고 여자에게도 좋고 정력과 임신에도 좋다니, 이쯤 되면 동남아에서는 두리안이 장터의 약장사가 들고 다니는 만병통치약이거나 뱀탕 정도의 대접을 받는 음식이리라. 하지만 고단백에 열을 내는 음식이므로 과식은 해롭다. 특히 더운 나라인 열대 지방에서 술과 함께 두리안

싱가포르 정부가 국민의 문화 수준을 높이고자 심혈을 기울여 만든 국립극장 에스플러네이드(Esplanade, 산책길)는 건물의 지붕이 두리안을 닮았다는 이유로 두리안 빌딩으로 통한다.

을 먹었다가는 사망 직전까지 갈 수도 있으니 조심해야 한다. 청국장 냄새에 길들여진 한국인에게는 두리안의 냄새쯤이야 별게 아니므로 먹기 어렵지 않다. 게다가 정력에 좋다니.

과일의 왕인 두리안을 먹을 때는 반드시 과일의 여왕으로 알려진 망고스틴을 함께 먹어야 한다. 두리안과는 외모와 크기가 전혀 다른 앙증맞은 자줏빛의 망고스틴을 까면 선명하고 아름다운 하얀 속살이 나온다. 망고스틴은 열을 내려주는 역할을 하는 새콤달콤한 과일이기 때문에 두리안의 열을 낮추는 데 제격이다.

싱가포르의 외국인들은 두리안을 사서 냉장고에 보관해두고 조금씩 먹기를 시도해보거나 냉동고에 얼려 냄새를 빼서 먹는 등 두리안 먹기의 눈물나는 체험담을 주고받는다.

고약한 냄새도 참아가며 섞여 사는 싱가포르의 민족들. 나는 그들이 다민족을 위한 대단한 포용력을 지녔다고 오해했었다. 다시 냄새의 미학으로 돌아가서, 밀폐된 공간에 식생활이 다른 여러 민족이 함께 있을 때 가장 참을 수 없는 것은 냄새이다. 그런 상황을 견디는 방법은 무엇일까? 그냥 꾹 참고 냄새를 맡으면 된다. 그러면 쉽게 잊히기 때문이다.

참을 수 없는 고통을 주지만, 언제 그랬냐는 듯이 가볍게 잊히는 게 냄새이다. 이유는 간단하다. 피할 길이 없어 냄새를 맡다가 그 냄새에 길들여지기 때문이다. 쉽게 말해 코가

마비되는 것이다. 6월쯤 되자 두리안 철이 다가오고, 사방에 두리안 냄새가 코를 찌른다. 싱가포르의 하늘이 두리안 냄새로 뒤덮인다고 말할 수 있을 정도다. 숨을 쉴 수 없을 지경이다.

시장과 수퍼마켓마다 두리안 냄새로 물드는데 나의 생활 반경이 주로 시장과 수퍼다보니, 두리안 냄새를 피할 길이 없었다. 그렇게 자주 조금씩 냄새를 맡다보니, 언제부터인가 두리안의 고약한 냄새에 대한 거부감이 조금씩 줄어들었다.

그 후 우연히 말레이시아의 노점에서 산 싱싱한 두리안을 한번 먹은 뒤로는 두리안만 봐도 헛구역질을 하던 내가 두리안을 생각하기만 해도 침을 꿀꺽 넘기게 되었다. 나도 모르는 사이에 동남아를 휘두르는 과일의 왕 두리안의 권위에 사로잡힌 것일까? 어느덧 두리안은 결코 무시할 수 없는 존재가 되어 내 앞에 서 있었다. 싱가포르에 도착한 지 겨우 서너 달 만에 나는 두리안의 포로가 되었다.

지금은 내가 왜 그토록 두리안 냄새를 싫어했는지 이해가 안 된다. 비위가 약해서 이 나이가 되도록 고깃국도 못 먹는 내가 그렇게 쉽게 고약한 냄새를 잊어버리는 배신을 때릴 줄은 나 스스로도 몰랐다. 그 당시 〈SK사보〉에 보냈던 두리안에 관한 원고를 다시 손질하면서 의아했다. '그땐 내가 왜 그랬지? 왜 그렇게 그 냄새를 싫어했지? 오히려 두리안의 고약한 냄새가 두리안의 맛에 매력을 더했다. 간사한 인간의

동남아에서는 두리안을 과일의 왕이 아니라 과일의 신이라고까지 극찬하는 사람들도 있다.

입에는 먹기도 쉽고, 모양도 예쁘고, 냄새까지 좋은 맛있는 음식이라면 쉽게 질렸을 것이다.

두리안은 껍질이 도깨비방망이처럼 울퉁불퉁하다. 두리안은 날이 바짝 선 커다란 식칼이나 도끼같이 무식한 도구로나 가를 수 있다. 단단한 가시가 박힌 축구공만 한 크기의 괴물같이 생긴 두리안을 험상궂게 생긴 도끼나 커다란 식칼로 세게 내려쳐야 먹을 수 있는 불편함, 그리고 그 냄새의 고약함, 그 불쾌함을 거친 이후에 나타나는 달콤한 맛. 그런 반전이 사람들의 마음을 사로잡는 것이 아닐까? 세상은 그래서

공평하고 오묘하다. 그러나 그 고약한 냄새를 줄이는 게 두리안 장사꾼들의 일이었다. 싱가포르를 비롯한 동남아에는 냄새와 품종을 개량한 두리안이 D-1에서부터 시작해 무려 200여 종이나 된다. 두리안의 맛과 냄새의 생명은 시간이다. 최고 품질의 두리안은 나무에서 떨어진 지 이삼 일을 넘기지 않은 것이다. 그때가 고약한 냄새도 덜하고 맛도 좋다. 그런 여러 조건을 맞추어 개발한 것이 싱가포르에서 가장 인기 있는 D-24라는 품종이다. D-24는 말레이시아의 페락(Perak) 지역의 두리안으로, 싱가포르에 공급하는 데 지리적으로 알

맞다는 유리한 조건을 갖추고 있다. 다른 두리안에 비해 가격은 비싸지만 냄새가 덜 나고 맛이 좋고 살도 많다.

그렇게 개량하다 보면 조만간 지독한 냄새가 사라진 두리안도 나올 듯하다. 그러나 냄새가 없는 두리안이 과연 매력있는 과일로 계속 존재할 수 있으려나 모르겠다. 두리안이 그 고약한 냄새를 잃는다면, 과일의 왕좌를 내놓고 그저 단맛 나는 열대 과일쯤으로 전락할지도 모른다.

가끔은 내 부족한 점들이 오히려 나를 더 매력 있는 사람이 되게 할 수 있다는 기분 좋은 생각을 해도 될 것 같다. 시간적인 조건을 충족하기 위해서 두리안 철이 되면 까르프 매장에서는 아예 두리안을 가득 실은 대형 트럭을 수퍼마켓 매장 안에 들여놓고 판다.

손에 묻은 두리안 냄새를 말끔히 없애는 방법은 두리안 안에 있다. 모든 문제의 해결점이 자기 안에 있듯이 그 골칫거리인 두리안의 냄새를 제거하는 방법은 두리안 껍질 속에 든 물로 씻는 것이다. 껍질 속에 있는 성분이 두리안의 냄새를 감쪽같이 제거해준다.

"먹고 싶은 유혹을 참지 못해 집에까지 가져가지 못하고 그만 거리에서 먹고 만다"는 두리안. 진정으로 먹고 싶은 충동 때문에 그런 것만은 아니다. 운반이 곤란하기 때문에 시장이나 거리에서는 일 년에 두 번 있는 수확 시기만 되면 두리안 가게를 더 자주 볼 수 있다. 싱가포르 동쪽의 겔랑에는 두리안을 비롯한 과일 노점상이 즐비하게 서 있다. 가게 안쪽에 두리안을 먹을 수 있는 식탁이 있고, 두리안을 먹는 싱가포리안들을 볼 수 있다. 장을 보다가 시장기를 느끼면 순대와 떡볶이를 사먹는 것처럼, 겔랑 거리의 두리안 가게에서 장바구니를 끼고 혼자 앉아 축구공만 한 두리안 하나를 꿀꺽 해치우고 일어서는 싱가포르 아주머니의 아쉬운 눈빛도 마주하게 될 것이다.

혹시라도 싱가포르에 들르면 겔랑 거리의 초라한 노점상에서 10싱달러 정도로 과일의 왕과 여왕을 한번 접견해보시라. 동남아를 방문한 충분한 대가를 받을 수 있다. 다 먹으면 가게 뒤쪽으로 쑥 들어가보라. 두리안 속껍질 씻은 물을 받아놓은 커다란 물통이 있으니, 그 물로 흔적을 깔끔하게 지우고 나오면 만사 오케이다.

같은 냄새를 가질 때 진정한 만남이 이루어진다

시간이 흐르니 굳이 두리안 냄새에 연연할 일이 없었다. 두리안 냄새에 익숙해지는 정도가 아니라 두리안 냄새를 구별해내지도 못했다. 싱가포르 섬에 갇힌 채 몇 년을 보내다 보니 싱가포르 냄새에 중독이 되었다.

그러던 어느 날 어디선가 희미하게 이상한 냄새가 났다. 마치 동남아인이 옆에 있는 듯한 착각이 들었다. 범인을 잡으려는 듯 재빨리 눈 끝을 살폈다. 알고보니 내 살이었다. 코를 킁킁거려보니, 내 살에서 두리안의 퀴퀴한 냄새와 동남아 냄새가 물씬했다. 사실 그동안 두리안을 좀 먹었다.

"까짓 두리안 정도 마음껏 먹게 해줄게!" 비싼 두리안을 마음껏 먹을 수 있는 여자의 행복에 관한 이야기를 들은 남편이 장담했다. 남편은 두리안을 열심히 사다 날랐고 나는 열심히 먹었다. 솔직히 세계에서 제일 비싼 과일 두리안을 자주 먹는 데는 돈이 조금 문제가 되었다.

하지만 내 몸이 두리안 냄새로 뒤덮이는 것은 참을 수 없었다. 몸무게가 팍팍 느는데도 두리안을 끊지 못하던 내가 두 눈 감고 두리안을 끊어야 했던 눈물겨운 사연이 바로 그

다민족 국가인 싱가포르에서는 어쩔 수 없이 맡아야 하는 복잡한 냄새. 그 냄새를 받아들일 수 있을 때 진정한 싱가포리안이 된다.

냄새 때문이었다. 내 몸에서 나는 두리안 냄새를 내가 맡을 정도면, 두리안을 좋아하지 않는 다른 사람들은 한층 불쾌했을 것이다. 나도 처음 싱가포르 생활을 시작할 때, 오래 산 한국 교민에게서 이따금 풍기는 동남아의 이상한 땀내를 맡으며 당황했었다. 두리안 냄새뿐만 아니었다.

솔직히 일 년도 채 못 되어, 왜 내가 엘리베이터에서 그런 못된 짓을 했는지 이해할 수 없었다. 인도인이 무슨 냄새를 피운다고 그토록 짜증을 내고 호들갑을 떨었는지 이해가 되지 않았다. 인도인의 냄새가 그다지 불쾌할 정도는 아니다. 이제는 그들 뒤에 서서 아무리 코를 세워 킁킁거려도 인도인의 지독한 카레 냄새가 기억나지 않는다. 로티 빵을 찍어 먹을 만한 군침 도는 카레 냄새뿐이다. 로티는 시커먼 인도 남자의 손등과 손바닥의 시커먼 경계선 안에서 오랫동안 주물럭주물럭 반죽해서 만든 밀가루 빵이다. 피부가 까만 인도인이 하얀 밀가루를 주무르는 것을 처음 봤을 때는 로티를 좋아하지 않았지만 이젠 그 로티 맛에 푹 빠져버렸다. 인도인들은 자녀에 대한 교육열이나 수학적 머리가 좋은 것을 비롯해 우리와 취향이 많이 비슷해서, 아이의 학업에 대한 조언이나 방침을 위해서는 인도인의 정보가 아주 많은 도움이 되었다.

언어의 뿌리를 캐어보면 인도인과 한국인이 같은 민족이라는 학설도 있다. 인도의 구라자트 지방에서는 한글과 비슷한 형태의 말과 글을 쓰고 있어서 구라자트 지방을 처음 방문한 한국 사람이어도 그 지역 간판의 60~70%를 읽을 수 있다고 한다. 구라자트 지방뿐만 아니라 산스크리트어 자체가 '어머니', '하늘' 과 같은 기초적인 단어들이 많이 같은 걸 보면 인도인과 한국인의 관계가 심상찮다. 그러고보니 내가 인도말도 모르면서, 또 영어 자막도 없는 인도 드라마를 즐겨보는 것도 1970~80년대에 내가 즐겨 보던 흘러간 한국 드라마에 대한 무의식적인 향수 때문이었다. 부모의 결혼 반대, 사소한 오해로 이별하는 연인, 만날 듯 만날 듯하다가 결국은 스쳐지나가는 연인, 고된 시집살이에 흐느끼는 주인공, 술주정뱅이에 난봉꾼 남편의 행패, 그런 것들의 극적인 전개, 너무나도 감정적이어서 유치하기 짝이 없는 몸짓과 눈짓.

그건 추억의 건빵이나 소라과자를 다시 먹는 기분이었다. 무슨 말인지도 모르면서 인도 드라마에 푹 빠져 있었다. 그러고보니 대가족으로 몰려다니는 것이나, 이사 간 집에 한 명씩 늘어나는 월세자들은, 대가족 시대였던 1970년대에 할머니부터 외삼촌까지 온 가족이 몰려다니며 한 방에서 줄지어 자느라고 와글와글하던 우리 가족의 과거였다. 또 자녀들을 위해 동분서주하는 모습은 현재 우리 모습과 판박이였다. 내 몸에 그들의 냄새가 이미 푹 절어 있었다.

다민족 국가인 싱가포르에서는 어쩔 수 없이 맡아야 하는 복잡한 냄새, 그 냄새를 받아들일 수 있을 때가 적도의 작은 섬을 공유하는 싱가포리안이 되는 날이리라.

4부

더위 속에서 다민족이 살아가는 법

클래식 공연도 춤판으로 마무리

싱가포리안의 춤 문화는 조금 별나다. 처음에 우연히 보게 된 나홀로 왈츠에 빠진 싱가포리안들 외에도 곳곳에 춤바람에 빠진 싱가포리안들이 있었다.

초점을 잃은 눈빛으로 반복적으로 스텝을 밟는 싱가포리안들. 턱은 앞으로 약간 치켜들고 내리뜬 듯한 시선이 꽂힌 곳은 사물도 사람도 허공도 아닌 뒤쪽이었다. 그 춤은 그런 눈빛으로 추는 건지, 그런 춤을 추다보면 눈빛이 그렇게 변하는지 알 수 없지만, 싱가포리안들은 그런 눈빛으로 빙글빙글 돌고 있었다.

그런 모습을 공공장소에서 볼 수 있다는 것 자체를 한국에서는 생각지도 못했다. 어떤 때는 공공장소에서 수십, 수백 명씩 모여서 라인 댄스를 추기도 한다. 쇼핑객이 가장 많은 토요일 밤에 극장 앞 광장에서는 수백 명의 싱가포리안이 나란히 줄을 맞춰 서서 서로 밀고 당기며 춤을 춘다. 거리, 공원, 심지어는 아파트 단지 안에서도 싱가포르 주부들이 파트너 없이 나홀로 춤 연습을 한다. 한국의 아줌마들이 아파트 단지 내에 에어로빅 강좌에 열광한다면, 싱가포르 아줌마들은 아파트 단지 내의 왈츠 강좌에 빠져 있다.

그들은 싱가포르에서 그나마 더위를 덜 타면서 할 수 있는 유일한 운동이 춤이라고 말한다. 뭐가 그리 좋은지 싱가포르 친구들은 나에게도 댄스 강습을 권유했다. "더운데 춤은 무슨…." "더우니까 춤을 추는 추는 거야~ 다른 운동을 하기엔 이 나라가 너무 덥고 힘들잖아. 부부가 함께하기에는 최고지. 특히 나이 들어서는 춤만큼 좋은 운동도 없어."

워낙 몸치이기도 하지만, 해외 지사에 나와서 서양 매너를 익힌다고 춤 배우다가 가정 파탄이 난 부부들의 소문을 익히 알고 있던 터라 그들의 유혹을 떨쳐야 했다. 그랬다. 아무리 춤이 양성화되었다고는 하지만 남녀 간 접촉이 이루어지니 아슬아슬한 순간이 있을 것이다.

싱가포르의 최고 신문사인 〈스트레트 타임〉이 춤을 추는 여성들을 상대하는 DI(Dance Instructor, 댄스강사)들의 이야기를 다룬 적이 있다. 싱가포르에서 활동하는 DI의 삶에는 춤과 관련한 싱가포리안의 현실이 고스란히 담겨 있다. DI는 주로 20~30대의 젊은 남자로 싱가포르 여성들의 춤 파트너가 되어주는 직업 댄서들이다. 말이 직업 댄서이고 댄스 교사이지 한국식으로 말하면 다소 양성화된 제비의 일종이다.

본명을 밝히지 않고 〈스트레트 타임〉과 인터뷰를 한 필리피노 DI는 댄스 강사 생활 8년 간의 충격적인 경험담을 털어놓았다. 그는 일본, 타이, 말레이시아 등지에서 DI로 일해지만, 싱가포르 여성들만큼 끈질기게 춤을 추는 여자들은 본 적이 없다고 했다. "싱가포르 여성들은 한번 춤을 추기 시작하면 멈출 줄을 몰라요. 거의 터미네이터 수준이에요!"라고 불평을 했다.

싱가포르 여성들에게 터미네이터라니. 〈스트레트 타임〉에 의하면 DI 중에서는 필리핀에서 온 필리피노 DI가 가장 인기가 있다고 한다. 보수적인 왈츠를 즐겨 추는 싱가포리안 DI와 달리 필리피노 DI는 다소 개방적이며, 의상도 화려하고 '차차'와 같은 경쾌한 라틴아메리카 댄스를 즐겨 추기 때문에 싱가포르 여성들에게 인기가 많다고 한다.

필리피노 DI가 공식적으로 싱가포르에 들어온 것은 1995년에 세계적인 상류층 잡지인 〈싱가포르 태틀러(Singapore Tatler)〉가 댄스 파티를 위해서 필리피노 DI를 하룻밤에 500달러나 주며 고용하면서부터였다. 당시 〈싱가포르 태틀러〉의 편집장인 데스몬즈 테오 씨는 많은 싱가포르 여자가 파트너도 없이 나홀로 춤을 춰야 하거나, 춤을 추지 못하는 파트너 때문에 파티를 즐기지 못하는 것을 보고 필리피노 DI를 고용했다고 경위를 밝혔다. 그리고 얼마나 호응이 좋았던지, 필리피노 DI를 처음 싱가포르에 선보인 밤, 파티에서 싱가포르 여성들은 새벽 2시까지 춤을 추며 즐거워했다고 편집장은 그날의 일을 회상했다.

결론인 즉, DI가 하는 일은 싱가포르 여성에게 춤을 가르치기보다 춤 파트너가 되어주는 것이었다. 또 같이 춤을 출 DI가 필요할 만큼 나홀로 왈츠를 추는 싱가포리안이 많다는 뜻이다.

그러고보니 내가 처음 싱가포르에 도착해서 나홀로 왈츠를 추는 싱가포리안들을 보며 놀랐던 일이 싱가포르에서는 별일 아니었다. 그렇게 필리피노 DI들이 싱가포르에 들어왔고, 주로 40~50대의 부유층 여성들과 사업가, 의사, 변호사의 아내들은 유행처럼 DI를 고용했다. 한 필리피노 DI는 20대부터 80대 할머니까지 함께 춤을 췄다고 한다. 필리피노 DI와 춤추러 가는 것을 자녀들이 막는 바람에 병이 들어 죽은 80대 할머니의 웃지 못할 사연도 있다.

마음 좋은 어떤 싱가포르인 남자가 자신의 아내와 춤을 추고 오라고 차까지 내주었다고 자랑하는 필리피노 DI도 있지만, 대부분의 싱가포르 남자들은 DI를 탐탁지 않게 여긴다. 그래서 DI들은 여자들과 10cm 정도 떨어져서 춤을 추는 등 남편들의 신뢰를 얻기 위해 애를 쓴다고 한다.

필리피노 DI는 하룻밤 댄스에 300달러를 받고, 월수입은 대략 3000달러다. 요즘은 중국 개방의 여파가 춤 문화에도 미쳐서, 상하이와 홍콩에서 온 DI가 인기를 끌고 있는데, 하룻밤 댄스에 800달러나 받는다고 한다. 이쯤 되면, 싱가포르 남자들이 너무 밍밍해서 싫다는 싱가포르 여자들의 불평이

괜한 엄살은 아닐 듯하다.

싱가포리안의 독특한 춤 문화에는 DI만 있는 게 아니었다. 콘서트와 같은 공연 후에 벌어지는 싱가포리안의 춤 파티도 그들만의 색다른 춤 문화다.

피아니스트 막심이 싱가포르에 와 피아노 연주를 했을 때의 일이다. 크로아티아 출신의 막심 므라비차는 수려한 외모와 쭉쭉 뻗은 몸매, 열정 넘치는 연주로 세계적인 인기를 끌고 있다. 연주보다는 연주 매너에 홀딱 반한 우리 가족은 표를 예매하고 연주회 날만을 손꼽아 기다려왔다. 그게 내 돈 내고 연주회 표를 예매하는 맛이다. 보고 싶었던 오페라나 뮤지컬 공연 티켓 등을 미리 사놓고, 어떤 공연일지 이야기하며 기다리는 마음, 그 맛도 사뭇 좋다. 초대권으로 가는 것과는 느낌이 다르다.

싱가포르도 마찬가지였던 것이다. 〈스트레트 타임〉은 연일 그의 공연 준비에 대한 기대와 평을 다루었다. 그중에 눈에 띄는 한 칼럼이 있었다. "과연 이번에는 막심이 마지막을 무사히 장식할 수 있을까?" 독특한 타이틀이었다. 그것은 싱가포르식 공연 문화에 대한 걱정이었다.

싱가포르에서는 클래식 음악이든 오페라든 상관없이 연주회가 끝난 뒤, 그 자리에서 연주자와 관객이 함께 어우러져 춤을 추는 특이한 관습이 있다. 방금 전까지 고상한 음악을 연주하던 이들이 연주회가 끝나자마자 자리에서 일어나

반주에 맞춰 춤을 춘다니…. 춤의 수준은 한국의 관광버스 춤이라고 생각하면 된다. 방금 전의 고상한 예술의 경지는 간 데 없다.

삐죽삐죽한 지붕 때문에 두리안 빌딩으로 알려진 국립극장 '에스플러네이드(Esplanade, 산책길)'는 싱가포르 정부가 국민의 문화 수준을 높이고자 심혈을 기울여 만든 종합 예술 극장이다. 그런 국립극장 '에스플러네이드'도 클래식이든 뭐든 상관없이 공연이 끝나면 그 자리에서 막춤을 추면서 공연을 마감하곤 한다. 우아하게 음악을 연주하고 듣던 연주자와 관객들이 갑자기 '뽕짝' 리듬에 맞춰 춤을 추는 전통이라…. 피아니스트 막심 역시 그런 싱가포르의 전통을 피해갈 수 없지 않겠냐는 게 언론의 초점이었다. 그래서 '과연 막심이 연주회가 끝난 뒤, 싱가포르식 춤을 출 것인가?'가 싱가포리안들의 관심 거리였다.

다행히 그날 막심은 막춤을 추지 않고 우아하게 연주회를 끝냈다. 나는 그날 막심과 싱가포리안이 싱가포르식 막춤을 추는 광경을 목격할 수 없어서 좀 아쉬웠다. 그러나 어쩌면 다행인지도 모른다. 클래식 음악회가 끝나고 막춤 분위기로 들떠 있는 싱가포리안들 사이에서 몸치인 우리 가족만 뻣뻣하게 버티고 서 있는 진땀 나는 순간을 겪지 않아도 되었으니까 말이다. 이미 몇몇 한인이 뮤지컬이나 음악회에 갔다가 막춤 분위기에 들뜬 싱가포리안들에게 둘러싸여 뻣뻣하게 서서 손뼉이나 치면서 진땀을 뺀 적이 있다고 했다. 춤을 못추는 사람에게도 고역이지만, 아무리 춤을 즐기는 사람이라도 클래식 음악회에 왔다가 막춤을 추는 분위기에 적응하기는 쉽지 않을 것이다.

막심도 싱가포리안들의 성화에 못 이겨 언젠가는 피아노 연주를 마친 후 막춤 파티에 동참하게 될지도 모른다. 혹자는 싱가포리안들이 예술적 감각이 없어서 그런 거라고 말한다. 싱가포르가 예술 분야에는 아직 많이 부족하다는 것은 자타가 공인하고 있다. 국민소득 4만 달러의 나라치고는 국민의 예술적인 수준이 뒤떨어지는 것은 사실인 듯하다.

몇 년 전까지만 해도 세계 20위 안에 든다는 하나뿐인 싱가포르 국립대학(NUS)에 음악학과가 없었다. 대학에 음대나 미대가 없는 것은 초 · 중 · 고의 교육 과정에서 예체능 교육이 부족하다는 뜻이다. 이런 점을 파악한 싱가포르 정부도 최근에 예술고등학교를 설립했고 싱가포르 국립대학(NUS)도 근래에 들어서 음악학과를 개설하는 등 요즘 들어 부쩍 예술 분야에 관심을 두면서 변화를 꾀하고 있다.

하지만 내가 보기에 춤은 싱가포리안만의 문화였다. 덥고 갑갑하고 지루한 적도의 섬에서 별 할일 없이 보이는 싱가포리안의 삶. 그들에게 쇼핑, 파티, 춤은 유일한 일탈이었다. 그러니 그들의 춤을 망가진 단면이라고만 할 수 없다.

싱가포리안에게 춤은 구속력이 큰 법 아래서 인간이 지닌 자유 의지를 표출하는 최소한의 예술이었다. 그들의 왈츠를 보면서, 독재니 뭐니 하는 권력으로는 사람의 욕구나 자유를 구속할 수 없다는 생각이 들었다. 신을 거역한 자유 의지 때문에 쫓겨나온 이브의 후손에게는 사람이 만들어낸 이념과 권력 따위는 아무것도 아니라고 말하고 있었다.

몸치로서의 호기심이나 부러움 때문만은 아니었다. 어느 곳에 있든 너무나도 인간적인 모습으로 사는 사람들. 그래서 내게 있어서 싱가포르 최대의 이야깃거리는 왈츠일 수밖에 없다.

끝내주게 화끈한 싱가포르식 파티와 결혼식

싱가포르의 파티는 시도 때도 없이 열리는 데다 시끄럽고 좀 길다. 주말뿐만 아니라 공휴일이나 국경일을 비롯한 특별한 날마다 댄스 파티와 축제, 경품 타임까지, 우리가 사는 콘도를 들었다 놨다 할 정도로 화끈하게 놀아댔다.

휴대폰 경품이 걸린 날은 영어와 만다린이 뒤섞인 비명소리가 유독 높아진다. 폭죽도 터트린다. 밤을 화려하게 장식하는 수많은 전구로도 성이 차지 않는지, 싱가포르의 밤하늘에는 그놈의 폭죽이 터지지 않는 날이 없을 정도다. 크리스마스나 구정은 물론 웬만한 공휴일에도 폭죽을 터트린다.

원래 폭죽은 중국계 싱가포리안이 즐기던 놀이였는데, 언제부터인지 인도계, 말레이계 싱가포리안도 디파발리나 하리라야 같은 축제 때 아이들까지 폭죽을 들고 나와 터트린다. 밤하늘을 수놓는 환상적인 폭죽은 날이 갈수록 대담하고 황홀해지고 있다. 그런 날이면 사람들은 모처럼 용기를 내어 경찰이나 법을 무시한 채, 싱가포르 강가 고속도로 변에 차를 세워두고 불꽃놀이를 감상한다. 폭죽이 터질 때마다 들려오는 파열음과 환호성은 또 다른 소음 공해였다.

세계적인 시설을 자랑하는 싱가포르의 호텔에서도 연말연시와 기념 파티가 있는 날에는 망측한 비명소리가 새어나오곤 한다. 중국식 문화 때문이다. 중국계 싱가포리안은 축하를 할 때 염~~~생(yam seng, 한국식으로 건배?)이라고 소리를 지른다. 그 소리는 길고 클수록 복을 많이 받는다고 한다. 그래서 결혼식이나 생일, 연말연시 같은 파티가 있는 날이면 이상한 비명소리로 거리나 호텔이 소란스러워진다.

파티를 하는 시간도 매우 길다. 그들은 우리가 단 30분 만에 끝내는 결혼식도 최소 5시간 넘게 걸려 치른다. 기본적으로 6~7시간 동안, 대개 저녁 5시에 시작해서 밤 12시가 넘을 때까지 진행한다. 하루 종일 치르는 중국의 결혼식과 비슷하다. 말레이계나 인도계 싱가포리안은 전통 결혼식을 많이 한다.

아마 한국인들 대부분은 5시간이 넘는 길고 긴 결혼식 파티를 견디지 못할 것이다. 나도 한 지인의 결혼식 파티에 갔다가 4시간 만에 결혼식의 끝을 보지 못하고 나온 적이 있다.

마침 〈SK사보〉에 보낼 원고를 준비하던 중이어서 싱가포리안이 어떻게 결혼식을 끝맺는지 자세히 보기 위해 웬만하면 버티려 안간힘을 썼으나 한계였다. 그들의 결혼 파티는 우리 문화와는 정말 어울리지 않았다.

주례, 사회, 여흥, 사진 촬영 등 도무지 끝날 기미가 보이지 않았다. 축하의 의미 외에는 특별 가수나 연예인도 없이 진행하니 그다지 재미도 없었다. 신랑 신부는 드레스를 차려입고 하객들의 테이블을 일일이 찾아 돌면서 인사를 했고, 그럴 때마다 하객들은 힘을 다해 소리를 질렀다. 뒤 테이블 하객들은 앞 테이블보다 더 크게 소리를 지르면서 축하의 예를 다했다. 하지만 예식은 여전히 끝나지 않았다. 피로연을 겸한 예식이었던 것이다.

중요한 예식 절차가 끝나면 요란한 음악과 함께 수십 명의 종업원이 한 손으로 요리를 받쳐 들고 행진하며 나온다. 코스 요리를 먹으며 여흥의 시간이 진행되는데, 한국 사람이면 한 시간 안에 뚝딱 해치울 만한 10여 가지 코스 요리가 슬로 비디오를 돌리듯 천천히 나왔다.

내가 그 결혼식 파티 자리를 떠야겠다고 생각한 것은 앞으로도 요리가 3개 더 남았다는 웨이터의 귀띔을 듣고 나서였다. 요리가 3개 더 남았다는 것은 앞으로도 최소 1시간은 더 있어야 한다는 뜻이었다.

싱가포리안들도 커다란 중국식 원탁 테이블에서 주최측이 엮어놓은 낯선 사람들과 다섯 시간 이상 식사를 하는 것은 정신적인 고문이라고 했다. 평소 감정이 좋지 않은 친구나 가족과 한자리에 앉으면, 그것만큼 큰 고역도 없단다. 하객의 신분에 어울릴 만한 불편한 정장(배가 꽉 끼는 옷)을 입고, 오랜 시간 버티기란 육체적으로도 힘들었다.

싱가포르의 새로운 서양식 결혼 때문에, 결혼 당사자들은 결혼식을 치르고 난 뒤에 파산 지경에 이른다고 한다. 이 정도면 돈이 없어서 결혼식을 올리지 못하는 부부도 나올 듯하다. 그래서인지 대부분의 커플들은 시내 중심가에 있는 포트캐닝 공원의 결혼등록소(Registry of Marriages)에서 20명 이하의 친지를 모아놓고 결혼등록식을 하는 것으로 결혼식을 대신하기도 한다. 싱가포르의 모든 신혼 부부는 이미 결혼식을 올렸어도 결혼등록소에서 결혼식을 해야 하고, 하객은 20명 이하로 정해져 있다.

포트캐닝은 싱가포르 시내에 있는 작고 아름다운 동산이다. 그곳에 있는 결혼등록소 주변에서는 늘 결혼 예복을 입은 선남선녀들을 만날 수 있다. 특히 결혼등록소 옆에 있는 아름다운 향신료 정원에서는 레몬그라스, 진저, 페퍼, 라임과 같은 각종 향신료 나무와 꽃들 사이를 오가며 사진을 찍는 신혼 부부들을 볼 수 있다. 하얀 드레스부터 민족마다 다른 색깔의 전통 예복들은 포트캐닝 언덕을 더욱 아름답게 물들인다.

이런 결혼식을 로밍(Roming)이라고 한다. Registry Of Marriages의 앞글자만 딴 ROM의 진행형으로 만든 싱글리시이다. 만약 싱가포리안이 "나 지난 주말에 로밍했어!" 라고 말하면 해외 여행을 가려고 휴대폰 로밍한 게 아니라 결혼했다는 말로 알아듣고 축하해주어야 한다.

자극이 필요한 사람들

"싱가포리안들이여~ 마음껏 미쳐주세요~" 싱가포르를 청결하고 아름답게 만드느라고 온갖 수단 방법을 가리지 않고 국민을 어르고 달래던 싱가포르 정부가 요즘 들어 전에 없던 특별한 주문을 했다. 싱가포리안들이 너무 밍밍해서였다. 싱가포르 교민들은 싱가포르 이민을 꿈꾸는 사람에게 경고성 충고를 한다. "심심하게 사는 데 익숙지 않은 사람은 싱가포르로 이민 올 생각 마세요!"

그러나 싱가포르의 삶은 일 년 열두 달이 축제고 파티다. 또 그 파티는 한 번 시작하면 끝을 알 수 없을 정도로 격렬하다. 그런데 이렇게 터미네이터처럼 멈출 줄 모르고 춤을 추는 싱가포리안들의 삶이 밍밍해 보이는 이유는 무엇일까?

아마 지형적인 원인이 클 것이다. 좁은 공간인 작은 섬나라에서 계절의 변화도 없이 어제가 오늘 같고, 오늘이 어제 같은 생활, 어제 갔던 레스토랑과 얼마 전에 갔던 레스토랑이, 어제 만난 사람과 오늘 만난 사람이, 그 식당이 그 식당이고 그 사람이 그 사람이라면, 삶도 단조로워질 것이다. 어쩌면 그런 단조로움을 이기려고 싱가포리안들은 더 파티에 열광하고 각종 이벤트를 만드는 건지도 모른다. 또 아무리 좋은 휴양지에 데려다놓아도 하루만 지나면, 할 일이 없다고 미치다시피 하는 한국인의 성격 때문일 수도 있다. 그래서 외국인들이 싱가포르에서의 삶이 즐겁다고 하는 반면 한국 교민들은 싱가포르에서의 삶이 밍밍한지도 모른다.

그러나 한국 교민들의 생각뿐만 아니라, 많은 싱가포리안도 삶이 지루하다고 느낀다. 싱가포르 여성들도 패기가 없고 밍밍한 싱가포르 남자들에게 흥미를 잃어, 싱가포르 섬 밖의 다른 나라로 탈출할 궁리를 하곤 한다. 어느 나라 여성이든 자국의 남성에게 불만이 없겠는가마는 독재와 꽉 막힌 교육과 제도 속에서 순종하면서 자란 싱가포리안이 순하고 밍밍하고 매력 없는 것은 당연한 일 아닌가?

학생들만 해도 그렇다. 내가 만난 학생들 중에 싱가포리안 학생들이 가장 가르치기 편했다. 교사 입장에서는 가르치기 편한 학생이 좋기는 하지만 왠지 마음이 좀 짠해진다. 그래서 싱가포르 정부는 교육 제도를 전면 개정 중이다. 여태껏 독재를 위해 국민을 단순하고 밍밍하게 만들어왔으면서 갑자기 웬 바람이 불었냐고 할 수 있겠지만, 단순히 밍밍하다고 바꾸려는 건 아니었다.

요즘 같은 국제화 시대, 스피드 시대에는 톡톡 튀는 아이디어, 남들과 다른 가치관을 가진 한 사람이 수만 명을 먹여 살리는 일을 해낸다는 것을 뒤늦게 안 것이다. 무조건 시키는 대로 하는 사람이 아니라 새로운 시각으로 새로운 일을 만들어낼 수 있는 독특한 성향의 사람, 이제 싱가포르에도 그런 사람이 필요했다.

건국 이래 싱가포르의 최대 자원은 인간이었다. 그래서 메이드 제도를 실시해 여성을 활용해왔고, 이민자도 머리가 좋은 사람, 능력 있는 사람들 위주로 받았다. 그러나 그것만으로는 싱가포르의 부족한 점을 채울 수가 없었다.

싱가포르 정부는 이미 2000년대 초부터 고촉동 선임수상, 리콴유 멘토수상, 리셴룽 수상이 나서 얌전하고 고지식한 싱가포리안들에게 마음껏 미쳐달라고, 이단아와 반항아가 되어달라고 연설을 하곤 했다. 그래서 술집에서의 탑 댄스를 허용하고, 장고 끝에 센토사 섬에 카지노를 설립하는 것도 허가했다. 낮아지는 출산율을 해결하기 위해 야밤에 야한 영화를 틀어주기도 하고 섹스 지도도 한다. 물론 그런 개방에는 사회 · 경제적인 이유가 있지만, 사실은 싱가포르가 조금씩 변화를 꾀하고 있는 것이다.

꽉 막힌 사회 분위기 속에서 과연 그들이 원하는 자유인을 배출할 수 있을지 의문이다. 그렇게 되려면 일단 '레드불(red bull)' 광고부터 바꿔야 할 것 같다. 싱가포르의 젊은 남녀가 신나는 음악과 함께 바에서 레드불을 마시며, 분위기를 잡는 광고다. 한국의 맥주 광고처럼 '레드불 '을 들고 건배를 한다. 아주 짧은 텔레비전 광고인데 처음에 그 광고를 보고 오랜만에 크게 웃었다.

노란 음료 '레드불 '의 정체 때문이다. '레드불 '은 술도 아니고 콜라나 사이다도 아니다. 아무나 마실 수 있는 피로회복제다. 박카스의 일종인데 바에서 박카스를 술처럼 들이켜라고 부추기는 광고를 보며 살아야 하는 싱가포리안들에게 인생이란 무엇일까?

레드불은 태국의 툭툭이 운전자들의 에너지 드링크제였고, '가난한 자의 커피' 혹은 '병에 든 각성제' 라고 부르는 음료이다. 이런 음료가 전 세계 젊은이들 사이에 유행하게 된 것은 레드불에서 포뮬러 원 레이싱, 익스트림 스포츠, 스노보드 등의 경기를 후원하면서부터다. 서양 젊은이들은 레드불을 술에 타 마시며 흥을 돋우기도 한다. 술보다는 레드불을 마시라고 권장하는 경직되고 지루한 사회 구조 속에서, 막 그물에서 떼어낸 생선처럼 팔팔한 사람을 구하기란 쉽지 않을 것이다.

물론 싱가포르에도 술집이 있고 싱가포리안도 술을 마신다. '타이거 비어' 라는 싱가포르 맥주도 있지만, 싱가포르에서는 술이 비싸서 많이 마실 수가 없다. 그런데 싱가포르는 관세가 낮은 덕에 맛있는 와인을 싸게 마실 수 있는 나라로 손꼽힌다. 또 크레이지 홀스, 미니스트리 오브 사운드와 같은 쟁쟁한 클럽도 있다. 이처럼 갖출 것은 다 갖추고 있는데도 그들은 마음껏 미칠 수 없는 것이다.

한국 여행을 계획하는 싱가포르 학생들이 나에게 한 뜬금없는 질문만으로도, 그들이 얼마나 밍밍하게 사는지 알 수 있다.

"선생님, 한국의 내셔널 데이는 언제예요?"
"한국의 내셔널 데이는 알아서 뭐 하게?"
"한국의 내셔널 데이 기념식에 참가하려고요."
"한국의 내셔널 데이에 왜? 뭐 볼 게 있다고!"
"아~ 무슨 말씀을요~ 그게 얼마나 재미있는데요!"

싱가포르 학생들은 내가 그 재미있는 기념식을 볼 게 없다고 농담한다며 비명을 질렀다.

나는 한국의 국경일 기념식에 참가하느니 방송국 견학을 가거나 야구 경기를 보라고 충고하면서, 국경일 행사는 이미 고리타분한 행사로 전락했다고 말했다. 그리고 한국 학생들은 국경일 행사에 참석하지 않으려고 애를 쓴다는 말도 했다. 그러자 학생들이 무척 실망하면서 막무가내로 한국의 국경일 날짜를 받아 적었다. 그러고는 싱가포르의 국경일 행사를 이해하지 못하는 나를 안타까워했다.

싱가포르의 내셔널 데이는 싱가포리안에게는 대단한 행사다. 내셔널 데이에는 싱가포르 섬이 발칵 뒤집힌다. 아니 예행 연습을 할 때부터 싱가포르가 시끄러워진다. 특히 싱가포르가 자랑하는 공군의 에어쇼를 위한 준비가 제일 시끄럽다. 제트기가 아파트 바로 위를 지나가며 내셔널 데이 몇 달 전부터 수선을 피운다.

매스게임과 카드섹션, 무용, 불꽃놀이, 에어쇼 등 과거 우리가 하던 국경일 행사와 비슷한데 좀더 현대화되었고 규모가 크다. 별다른 놀이 문화가 없는 싱가포리안들은 각종 이벤트에 열광하며 넘치는 애국심으로 어찌할 줄 모른다. 자녀가 매스게임이나 퍼레이드 행사에 뽑혀 나가기만 해도 집안의 경사로 여긴다. 입장객들에게 빨간 옷을 입으라고 한 날에는 모두 빨간 티셔츠를 입고 온다. 내셔널 데이 행사 때 싱가포리안들이 열광하는 모습은 평소에는 좀처럼 볼 수 없는 모습이다.

행사 날은 공원으로 향하는 도로를 전부 차단한다. 입장권을 구하지 못한 사람들이 불꽃놀이와 에어쇼를 보려고 운동장 밖 잔디밭이나 길가에 몰려들기 때문이다. 컴퓨터 추첨을 거쳐 입장권을 배부하지만, 그 과정에 비리가 있다는 의혹까지 제기할 정도로 전 국민이 입장권을 받으려고 목숨을 건다. 고작 국경일 행사나 왈츠가 그들의 오락거리였으니, 싱가포르에서의 삶이 밍밍하다고 하소연하는 싱가포리안들의 심정이 충분히 이해된다. 밍밍하게 살 능력이 없으면, 싱가포르로 이민 갈 생각을 말아야 하는 것이 분명하다.

한류 열풍에 빠진 싱가포리안들

홀랜드 빌리지의 햄버거 가게에서 주문한 햄버거를 기다리는 동안, 가게 앞에 차를 대고 기다리는 남편과 전화 통화를 했다. 대화를 엿들은 뚱뚱한 아르바이트생이 갑자기 몸을 비비 꼬았다. 좀 전에 주문받을 때만 해도 퉁명스럽더니 갑자기 순박한 태도가 되면서 쑥스럽게 웃으며 물었다.

"한국 사람?"

"그런데 왜?" 뻔하다. 또 드라마 이야기일 거다.

한류가 뜨기 전에는 김치가 좀 인기가 있었다. 한국인에게 관심이 전혀 없을 것 같은 외국인이 어느 날 갑자기 친절해지면 그건 김치 때문이었다. "김치 만드는 법을 아세요?"라든지 "맛있는 김치 가게를 아세요?"라는 식으로 김치에 대한 궁금증 때문에 말을 걸어오는 경우가 종종 있었는데, 언제부턴가 슬슬 드라마 이야기로 바뀌었다.

역시 햄버거집 아르바이트생이 드라마 이야기를 꺼냈다.

"나 한국 드라마 좋아해요. 얼굴 하얗고 길쭉한 여배우 무지 좋아해요. Stairs to Heaven. 갑자기 이름이 생각이…."

다른 싱가포르 아르바이트생도 옆에서 일하다 말고 우리

대화에 끼어들려고 웃으며 다가왔다.

"아~ 천국의 계단? 최지우 말이군!"

"네, 그래요 최지우. 난 한국 여자 너무 좋아요. 힛힛."

귀찮지만 햄버거를 포장해주는 동안은 대답을 해야 했다. 옆의 손님들도 햄버거를 고르는 척 주문을 미루며 이야기를 엿들었다.

"배우니까 그렇지 한국 여자가 다 예쁜 거 아냐~ 총각~."

"최지우랑 닮았어요. 최지우처럼 예쁘세요." 눈도 제대로 못 맞추면서 몸을 비비 꼬았다. 옆에 서 있던 다른 아르바이트생도 고개를 끄덕였다. 드라마 때문에 싱가포리안 눈에 아주 덮개가 팍 씌었다. 한국어만 사용하면 다 최지우나 장동건으로 보이는 모양이다. 내일 모레가 50인데, 이젠 그런 농담이 어울릴 얼굴도 나이도 아니어서 별 감흥도 없었다.

"어허, 고마워 총각!"

그러고는 얼른 포장한 햄버거를 집어들고 잽싸게 뛰쳐나오며 중얼거린다.

"저러다가 사인해달라고 하겠네."

그의 순진한 웃음을 보니 사인까지 받아낼 태세였다. 한국 드라마 만세다! 50이 다 되어가는 아줌마를 최지우에 비길 정도로 그들 눈에 덮개를 씌우는 능력이 있으니 말이다. 햄버거집에서 내가 남편에게 전화로 이야기한 내용은 대충 다음과 같다. 그 아르바이트생이 내게 혹한 것은 이 몇 마디

말 때문이었을 것이다. "여보세요!" "응 지금 막 주문했어." "알았어."

"여보세요"는 "안녕하세요!"나 "빨리빨리" 다음으로 외국인이 자주 듣는 말이다. 마치 우리가 영어를 하는 외국인을 부러워하고 동경했던 것과 비슷한 눈빛으로 대화를 엿들으려고 애쓰는 싱가포리안을 만날 때는 내가 연예인이라도 된 듯한 착각에 빠지기도 한다. 그들은 우리가 나누는 말 한마디 한마디를 놓치지 않고 기억하고 되새긴다.

한 예로, 한국 드라마에 자주 나오는 단어인 '알았어'에 대한 싱가포르 학생들의 질문은 매우 재미있었다. 그들은 한국 남자가 '알았어'라고 할 때는 상황에 따라 yes이기도 하고 no가 되기도 한다고 했다. 싱가포리안들은 한국어 '알았어'를 yes에서부터 no라는 강렬한 부정을 나타내는 단어로 알고 있었다.

한국 남자들이 "알았어"라고 할 때는 '알았어, 걱정 마'라는 강한 긍정에서부터 시작해서, '알았으니까, 그만 떠들어' '알았으니까, 기다려', 심지어는 '알았으니까 입 다물어'로까지 다양한데, 그들은 한국어의 이러한 미묘한 차이까지도 알고 있었던 것이다. 나는 한국어 첫 수업을 할 때마다 "왜 한국어를 배우느냐"고 물었는데, 거의 모든 학생이 '드라마 때문'이라고 답했다. 처음에는 일시적인 현상일 거라고 생각했다. 그래서 한국어 배우기 열풍이 금세 가라앉을 줄 알았는데 내가 그곳을 떠나게 됐을 땐 후임을 구할 수가 없을 정도였다. 하루에 한 반만 강의를 했는데 한국어 반이 5개로 늘어났던 것이다. 더 이상 선생을 구해댈 수가 없었다.

"선생님~ 한국 남자친구를 사귀고 싶어요." 내가 아는 싱가포르 학생들 대부분은 정말 한국인과 사귀고 싶어했다. 주로 여학생들이 한국인 남자친구를 사귀고 싶어했는데, 그 중 줄리라는 여학생은 정말 진지하게 한국 남자 사귀는 일을 나에게 의논했다. 한국 남자를 사귄다니… 그녀를 말리려고 곰곰이 생각해봤지만 뚜렷한 묘안이 떠오르지 않았다.

"너 밥도 안 해 먹고 다니지?"

"그냥 샌드위치를 먹거나 호커 센터에서 사 먹어요."

학생들 중에는 수업 시간에 다음 날 아침에 먹을 샌드위치나 햄버거를 사들고 와서 수업을 듣는 학생들이 있었다. 어머니와 함께 살지만, 식사를 각자 알아서 해결해야 하는 학생이 절반이 넘는다. 싱가포리안이 모두 그런 건 아니지만, 많은 싱가포르 여성은 집에서 식사 준비를 하지 않기 때문이다.

"한국 남자는 밥 먹고 살아. 넌 한국 남자와 결혼하려면 밥할 줄 알아야 해!" 내 키도 보통 이상은 되는데, 나란히 서면 올려다봐야 할 만큼 훤칠한 키의 줄리는 인도네시아인 아버지와 중국인 엄마 사이에서 태어난 싱가포리안으로 미모가 훌륭한 아가씨였다. 그녀는 한국을 너무나 동경한 나머지 한국어 실력이 일취월장해서 교실의 어느 누구도 따라 갈 수 없을 정도였다. 그녀는 이미 몇 명의 한국 남자친구를 사귄 적이 있고, 한국 남자와 결혼을 하거나 한국에 직장을 잡을 계획을 세우고 있었다. 그녀는 싱가포르에서도 조건이 좋은 남자와 결혼하는 데 모자람이 없을 정도였다. 나는 그녀가 가진 한국 남자에 대한 환상을 깨느라 무척 애를 먹었다.

"한국 남자는 부엌에 안 들어가. 요즘은 좀 변했지만 싱가포르에 비하면 아직도 멀었어."

"그렇지만 드라마에서 나오는 한국 남자들은 너무 멋있어요."

"주인공만 보지 말고, 조연이나 결혼한 부부들을 생각해 봐."

싱가포리안 여자들은 한국 드라마를 거의 외우다시피 하기 때문에 그런 장면을 기억해내기란 어렵지 않은 일이었다.

하지만 그녀들에게 그 정도는 금방 극복되는 문제였다.

"뭐, 까짓것~ 메이드(식모) 고용하죠."

"한국에서 메이드 두려면 네 월급으로는 턱도 없어."

그러나 그녀는 자신의 결심을 쉽게 포기하지 않는다.

"싱가포르 남자들은 패기가 없어서 싫어! 그런 남자와 사랑하고 싶지 않아요. 한국 남자들은 여자한테 친절하고 여자를 사랑하는데 까짓것 식사쯤이야. 문제 될 게 있을까요?"

한국 드라마의 영향력은 그처럼 컸다. 한국 드라마는 어디서든 싱가포리안들과 대화의 소재가 되기도 하고 방해가 되기도 했다. 드라마 때문에 부부 간에 의가 갈라지겠다고 불평하는 싱가포리안도 많았다. 택시 운전사도 의사도 골프 친구도 마치 내게 그들 부부 문제를 책임지울 작정인 듯했다.

싱가포르 여행사를 따라 앙코르와트 여행을 다녀온 다음날 아침부터 심한 설사와 고열 때문에 차에 실려 로컬 병원에 갔을 때도 그랬다. 앙코르와트 여행 중 먹은 음식에 대해 이야기를 들은 젊은 싱가포르 의사가 식중독으로 진단을 내렸다. 앳된 외모를 봐서는 렌지던트 같았다. 하관이 빠르게 빠진 것 외에는 싱가포리안치고는 교양 있어 보이는 훌륭한 얼굴이었다.

"같은 음식을 먹어도 아무렇지 않은 사람이 있는가 하면 식중독에 걸리는 사람도 있습니다."

그러더니 아무 감정도 섞지 않은 담담한 어조로 덧붙였다.

"한국인이군요! 한국의 드라마 만드는 솜씨가 보통이 아닙니다."

그는 인텔리답게 배우 이름을 나열하기 전에 한국의 드라마 만드는 솜씨를 거론했다. 그러고는 오래 한국을 떠나 있어서 생소한 드라마 제목과 신인 배우들의 이름을 들먹였다.

"어머~ 그래요? 나도 모르는 신인이네. 싱가포르에서 그 많은 한국 드라마를 어떻게 다 보았을까."

어디가 아픈지 설명할 때는 몰랐는데, 쓸데없는 말을 걸어오니까 기운이 더 빠지고 속도 이상해졌다.

"차이나타운의 비디오 가게에 중국말로 더빙한 시디가 수두룩해요, 집사람이 한국 드라마에 푹 빠져서 집안일을 거의 하지 않아 골치가 아파요."

그는 요즘 아내가 한국 드라마에 나오는 남자 탤런트에게 푹 빠져 있어서 고민이라고 했다. 진찰하는 짬짬이 아내의 증세를 나에게 상담해왔다. 말투의 진지함을 보니 심각한 듯했다. 한두 번 장단만 맞춰주려 했는데, 아예 진찰은 제쳐두고 한국 드라마 이야기만 할 심사인 듯 보였다. 설사를 많이 해서 똑바로 앉아 있기도 힘든데 갑자기 남편까지 거들고 나섰다. "원래 여자들이 그래요. 이 사람도 싱가포르 드라마를 빼놓지 않고 다 보는데요. 뭘."

맞는 말이다. 나 역시 인도말로 나오는 인도계 싱가포르 드라마, 중국말로 나오는 중국계 드라마, 말레이말로 나오는 말레이계 드라마를 즐겨 봤다. 게다가 틈틈이 공영 채널 U에서 매일 저녁 5시부터 7시까지 방송하는 '인어 아가씨' 같은 흘러간 한국 드라마까지 봤다.

이렇게 말하니 독자들은 내가 여러 가지 외국어를 할 줄 안다고 생각할지도 모르겠다. 어느 날 딸에게 몇 달 동안 과외를 해주던 싱가포리안이 딸에게 물었다.

"어머니가 중국어를 잘하시나 보네?"

"글쎄요? 몇 개월 동안 기초 중국어를 배우시기는 했지만… 잘하는지는 모르겠어요."

"아까 보니까 거실에서 중국어 드라마를 재미있게 보시던데…."

그녀는 내가 영어 자막으로 중국어 드라마를 본다는 걸 몰랐던 것 같다. 한 시간 후 다시 그 싱가포리안이 딸에게 물었다.

"어머나, 어머니가 인도말도 조금 배우셨나봐!"

"아니 못해요!"

"근데 어떻게 인도 드라마 보셔? 웃느라고 숨이 넘어가시던데?"

"몰라요. 늘 그래요." 실은 싱가포르 드라마는 듣는 재미가 아니라 느끼는 재미가 쏠쏠하다. 영어 자막이 있는 중국계 드라마를 제외하고 다른 드라마는 제대로 알아듣기가 힘들다.

하지만 표정이나 몸짓으로 하는 연기를 구경하는 재미가 한국 드라마를 보는 것보다 쏠쏠하다. 또 싱가포르 TV에서 가끔 방송하는 한국 드라마를 싱가포르 드라마와 섞어서 보는 느낌도 좋다. '인어 아가씨' 15분 방송에 5분 광고. 좀 낯선 한인 배우들이 광고에 나오기도 하지만, '대장금' 을 방송할 때는 이영애가 직접 광고 모델로 나오기도 한다.

나도 드라마 보기를 꽤 좋아한다. 국어교육을 전공해서 영어와 거리를 두고 살았던 나의 영어 리스닝이 트인 것도 미국에서 드라마를 보면서였다. 요즘에는 인터넷 등을 통해 외국에서도 한국 드라마를 볼 수 있지만, 내가 처음 미국에 갔던 1980년대 말경에는 텔레비전에서 볼 수 있는 것은 미국 드라마밖에 없었다. 그러던 중 드라마 속 주인공들의 삼각관계가 한참 극으로 치달을 때 갑자기 영어가 들리기 시작했다.

여자들이 드라마 광인지? 아니면 한국 여자들이 드라마 광인지? 덕분에 한국 드라마가 힘을 얻고 있는 듯했다. 어쨌든 의사의 엉뚱한 화제에서 벗어나야 했다.

"근데 식중독이면 몸에 뭐가 나야 되잖아요. 두드러기 같은 증상도 없고 두통이 심하고 열이 이렇게 많은데 식중독인가요?"

"식중독 증세는 두드러기 말고도 다양하게 나타납니다. 그렇게 드라마를 좋아하시면… 한국 비디오는 차이타나운 말도고 어디서든 쉽게 구입할 수 있어요. 약을 지어드릴 테니 복용하시면 괜찮을 겁니다. 한국 남자들은 다들 그렇게 잘생겼나요. 아내가 정상이 아니랍니다. 예전에는 그렇지 않았는데….”

의사는 우리를 놓아주고 싶지 않은 듯 진단서를 오랜 시간 작성하면서 남편의 얼굴을 네 번이나 훔쳐보았다. 한국 남자의 얼굴을 직접 확인하고 싶은 듯했다. 혹시나 그가 한국 남자 모두가 잘생겼을 거라고 착각할까봐 슬쩍 걱정이 됐다.

그런데 내 병은 식중독이 아니라 식중독 증세를 동반한 문화 충격이었다. 앙코르와트에서 받은 문화 충격으로 인한 설사병이었다. 하지만 앙코르와트나 캄보디아 국민이 준 문화 충격 때문에 생긴 게 아니라, 여행 동행자였던 싱가포리안들에게서 받은 문화 충격 탓이었다. 다민족 국가인 싱가포르의 복잡함… 짧은 여행이었지만 다민족인 싱가포리안들의 삶이 만만찮은 것임을 엿볼 수 있었다.

다민족의 다양한 종교

인구가 많은 중국계 싱가포리안이 신봉하는 불교와 도교 신도 수가 가장 많고, 말레이계 싱가포리안은 이슬람교와 힌두교를 믿는다. 기독교인도 매우 많다. 비하이교, 대승불교, 상좌불교, 로마 가톨릭, 개신교, 시리안, 아르메니안, 제칠일 안식교, 힌두교, 유대교, 시크교, 조로아스터교와 같이 이름조차 생소한 종교들. 또 각 종족들이 믿는 종교, 인도와 말레이, 중국의 무속신앙까지 합치면 가히 종교 백화점이라 할 만하다.

이처럼 다양한 종교가 싱가포르에서 활개를 치는 이유는 다민족의 갈등을 없애고 모든 민족을 보듬어 안기 위해 각 민족의 종교를 인정하기 때문이다. 물론 종교지도자가 정치에 관여할 수는 없다. 다민족 국가인 싱가포르에서 종교 문제는 단순한 종교적인 문제가 아니라 인종의 문제이기 때문이다. 싱가포르의 수많은 폭동도 거의 종교와 인종 간의 갈등 때문에 발생했다. 특히 싱가포르 최대 폭동으로 알려진, 1964년의 인종 폭동도 이슬람교도인 말레이인들이 무하마드 탄신 축제를 하던 중에 중국인들과의 충돌로 인해 일어난

아랍 스트리트에는 싱가포르에서 가장 오래된 이슬람 사원 술탄 모스크가 있어서 싱가포르를 방문한 이슬람교도의 기도처가 된다.

스리마리암 사원은 싱가포르의 가장 오래된 힌두교 사원으로 불교 신자들의 거리인 차이나타운의 거리에 공존한다.

FAIRPRICE
FORTUNE DRAW
$100,000
Store
Special
FREE HOME
DELIVERY

중국계 싱가포리안의 숫자는 70%대로 조금 줄었으나 여전히 싱가포르의 문화와 경제의 주역으로 싱가포르를 이끌어가고 있다. © Kim Hyunjung

종교 폭동인 셈이다. 그런 폭동을 겪은 정부는 건국 초기부터 "싱가포르는 다민족(multiracial society)이고 다문화 사회(multicultural society)이고 모든 시민은 인종(race), 언어(language), 종교(religion)에 상관없이 평등한 나라"임을 천명했다. 인종 간의 화합이 그들 국가의 기본 목표이고 그것을 위한 가장 기본 대책이 종교에 대한 존중이었다. 그래서 싱가포르는 일부 사이비 종교를 제외한 온갖 종교를 하용하고 존중한다.

그러다보니 싱가포르의 일 년 열두 달은 크리스마스, 하리라야, 파파로니 등 온갖 신들의 기념일로 꽉 차 있다. 중동국가에서나 있을 법한 이슬람 축제도 열린다. 인구의 15%에 불과한 말레이족의 종교인 이슬람에 대한 배려 때문이다.

이슬람교도가 많은 말레이계 싱가포리안을 위한 하리라야, 힌두교와 이슬람교도인 인도계 싱가포리안을 위한 디파발리, 그리고 중국인의 불교와 도교와 관련한 축제, 요즘 들어 늘어난 기독교와 천주교까지. 외국인의 입장에서는 어느 민족의 어느 종교 축제인지도 구별할 수 없을 정도다.

불교 사원이나 이슬람 사원들은 어깨를 나란히 하고 한 길가에 있다. 이 신, 저 신이 서로 어울리다보니, 잡신들이 얽히고설켜 종교가 정체성을 잃는 기현상도 나타난다. 다민족이 얽힌 것처럼 종교도 서로 얽혀 있다.

요즘의 젊은 세대들은 대부분 기독교와 가톨릭, 불교를 믿

1층에는 상점이 있고 2층에는 가족이 주거하는 형태의 싱가포르 전통 가옥인 숍 하우스는 차이나타운이나 싱가포르 거리에서 흔히 볼 수 있다. 특히 리틀인디아 거리의 다양한 색채의 숍 하우스는 관광객의 눈을 즐겁게 한다.

지만 싱가포르에는 아직도 무속 신앙을 신봉하는 싱가포리안이 더 많다. 그래서 택시 운전석 앞뿐만 아니라 가정집에서부터 식당이나 호커 센터, 시장에도 작고 조잡한 사당이 갖춰져 있다. 일류 호텔의 레스토랑이라고 다를 것이 없다. 현대식 시설을 잘 갖춘 호텔 레스토랑에도 사장님의 취향에 따라 레스토랑 입구에 자그마한 사당을 꾸며놓은 곳이 많다.

사당에는 여러 신상과 주문을 쓴 울긋불긋한 부적이 덕지덕지 붙어 있다. 부적보다 색채가 짙은 열대 과일과 음식, 그리고 향불도 있다. 늘 향을 피워놓아서, 운이 없으면 이름도 모르는 신의 사당 바로 앞에 앉아 진한 향냄새를 마시며 식사를 해야 한다. 남의 제삿밥을 사 먹는 느낌이 들지만 어쩔 수 없다. 그런 것이 싫다면 싱가포르에서의 외식은 포기하는 게 낫다.

그러나 아무리 법이 엄격해도 종교 의식을 행하는 국민을 모질게 나무라지는 않는 것 같다. 중국인이 길거리를 떠도는 굶주린 영혼을 위해 제를 올리는 걸신의 날에는 청결한 나라 싱가포르의 거리에 밥알이 흩어져 있다. 용의주도한 비밀경찰들도 거리를 떠도는 걸신들을 위해 차려놓은 밥과 향에 벌금을 물리는 것을 보지 못했다.

청명절에는 중국계 싱가포리안이 많이 사는 동네에서 지전을 태우느라고 거리를 더럽혀도 어쩔 수가 없다. 임시방

불아사 용화원은 차이나타운 거리에 있는데, 석가모니의 치아를 모시고 있어 불교 신자들이 많이 방문한다.

편으로 지전을 태울 통을 마련해서 그곳에서만 지전을 태우도록 권장했지만, 바람 따라 훨훨 날아가는 가벼운 재의 주인까지 일일이 찾아내어 벌금을 물릴 수는 없는 노릇이다.

휴지 하나 담배꽁초 하나를 버려도 벌금을 물리는 싱가포르의 길바닥에 향불과 밥알이 지저분하게 흩어져 있고, 그 주변에서 먹이를 찾아 줄지어 다니는 새까만 개미들의 행렬, 재가 되어 휘날리는 지전이라니…. 그런 모습에 싱가포르 정부는 꽤나 골치 아파하지만 나 같은 사람은 모처럼 숨통이 트이는 듯하다.

중국계 싱가포리안들도 힌두교나 이슬람교와 함께 섞이는 것에 대한 거부감이 적어졌다. 로양 토펙 사원(Loyang Tua Pek Kong)은 도교와 힌두교, 불교가 함께 있는 이상한 형태의 사원이다. 차이나 타운이 있는 사우스 브릿지로드를 따라 내려오다보면 먼저 무슬렘 사원인 마스지드 쟈메 모스크(Masjid Jamae Mosque), 그리고 힌두 사원인 스리마리암 사원(Srimariaman Temple), 이어서 석가모니의 치아가 보관된 불교 사원인 불아사 용하원을 차례로 볼 수 있다. 인종 간 종교 분쟁을 일으키던 60년대와는 사뭇 다른 모습이다.

차이나타운은 전통적인 상점 가옥들이 줄지어 있는 시장이다. 이곳에는 각종 수공예품과 한약재, 보석 등 다양한 상품이 있고, 특히 현지 중국식 음식부터 싱가포르식 해산물, 두리안까지 다양한 맛집을 저렴하게 즐길 수 있다.

다민족이 사는 모습

내가 설사를 앓은 그 이상한 앙코르와트 여행 이야기다. 앙코르와트 공항에서 실크 투어 관광객들이 합류했다. 승합차에 올라 통성명이 시작됐다. 정통 중국계 싱가포리안 부부, 신혼여행을 온 중국계 싱가포리안 신혼부부, 어머니가 일본인인 싱가포리안 부부, 프랑스 남자와 말레이계 싱가포리안 아내와 갓난아이, 파키스탄 부부와 23살이나 먹은 그의 아들, 두 커플의 인도인 부부(같은 인도인이었지만 지역이 전혀 달랐다.), 그리고 우리 가족. 이렇게 아이들까지 합쳐서 19명이었다.

기본 구성원인 중국계 싱가포리안을 비롯해서 인도계, 말레이계 싱가포리안, 유럽인과 결혼한 싱가포리안, 우리처럼 싱가포르에 와서 일하는 외국인까지 싱가포르에 사는 민족을 그대로 옮겨놓은 축소판이었다. 아마 영국인 부부만 한 커플 있었으면 전형적인 싱가포리안으로 구성된 팀이 됐을 거다. 짧지만 다민족이 어떻게 사는지 짐작하고도 남을 여행이었다.

여행 첫날 저녁 식사부터 두 팀의 아슬아슬한 관계가 시작되었다. 두 팀이란 첫날 식당에서 식사를 하면서 자연스레 나눠진 식탁 멤버를 말한다. 우리 가족과 중국계 싱가포리안 두 커플, 일본계 싱가포리안 커플이 한 테이블에 앉았다. 미우니 고우니 하며 싸워도 한국과 중국, 일본은 세계 어디에 풀어놓아도 짝을 짓게 되어 있다. 생김새나 정서가 통하기 때문일 거다. 그런 것을 보면, 중국계 싱가포리안이 정서가 전혀 다른 인도나 서양에서 온 외국인과 한 민족을 이루어 사는 것이 신기할 따름이다.

다른 한 팀은 인도인 두 부부와 파키스탄인 가족, 그리고 프랑스인 부부였다. 프랑스인 부부는 가끔 어울릴 뿐 갓난아이 때문에 먼저 자리를 뜨는 경우가 많았으므로 그 가족만 다른 테이블에 앉거나, 아무 데나 자리 여유가 있는 쪽에 앉았다.

식탁 멤버가 나눠졌듯이 식사의 횟수가 더해갈수록 양 팀 사이가 감정적으로 멀어지기 시작했다. 다민족의 단체 생활에서 첫 번째로 야기된 문화적 갈등은 식생활이었다. 일주일 간의 단체 생활에서 어느 한 민족만의 취향에 맞춰 식사할 수 없으니, 적당한 기준이 없을 경우 갈등을 일으킬 여지가 충분했다.

세계 어디를 가도 새로운 게 없다. 비슷한 도로, 차, 건물, 의상… 우리의 의생활과 주생활은 이미 서양화되었다. 문화가 급속도로 동질화되고 있다. 세계가 지구촌이 되어 가까워지고, 옷차림새와 건물 등 모든 것이 비슷해지고 있지만 바뀌지 않는 것이 딱 하나 있다. 식성이다. 세상이 다 바뀌어도 여전히 바뀌지 않고 남아 있을 문화는 아마 식생활일 것이다.

특히 인도인의 식사가 까다로웠다. 국제선 비행기에서 인도인이나 일부 승객이 기내식을 먼저 먹는 것을 봤을 것이다. 인도인 승객이 채식을 하는 줄 모르고 소고기가 들어간 기내식을 제공한 스튜어디스와 항공사가 고소를 당한 이후부터 인도인의 기내식 서비스가 더욱 강화되었다. 특히 외국계 항공을 이용한 사람이라면 그런 모습을 많이 봤을 것이다.

승객 수백 명 중 한두 명의 승객에게 기내식을 먼저 제공하는 일쯤이야 별일 아니고, 긴 여행 중에 그 정도 일은 기억이 나지 않을 수도 있다. 그러나 싱가포르에서 출발한 앙코르와트행 비행기 실크에어라인 안에는 그런 서비스를 받아야 되는 인도인과 채식주의자가 너무 많았다. 인도인과 채식주의자가 일반 승객보다 더 많이 탄 비행기라니! 우리 가족과 몇몇 승객을 제외한 거의 대부분의 승객이 특별 주문한 기내식을 먼저 먹는 장면을 상상해보라.

별로 크지도 않은 비행기에 탄 승객의 반 이상이 특별 기내식을 먹으면, 그들이 종교적인 이유로 특식을 먹는다고 상상이나 하겠는가! 비행기가 작아서 일반석과 일등석이 뒤섞인 것으로 착각했다. “남들은 다 기내식 먹고 있는데 우리만 멍청하게 쳐다봐야 하다니… 싸구려 비행기 표를 사는 게 아니네!”라고 죄 없는 남편만 닦달했다. 좁은 기내에서 많은 승객이 식사를 끝마치기까지 냄새만 맡으면서 기다려야 하는 당혹감이란…. 시작부터 어째 기분이 찝찝한 여행이었다.

도착한 날 저녁에도 우리는 인도인들의 식사가 끝나고 난 뒤 식사를 했다. 서빙은 양 테이블에 같이 시작됐는데, 인도인 테이블에서 계속 불만을 쏟아내자 순진한 앙코르와트 웨이터들이 우리 쪽엔 홍차만 주고 인도인테이블을 오가느라 정신이 없었다. 우리 테이블 사람들은 홍차만 마시면서 통성명을 한 뒤 앙코르와트 이야기며 싱가포르 날씨, 심지어는 남북한 문제까지 토론하며 그들의 모습을 지켜봐야 했다.

그 이후로 가는 곳마다 웨이터들은 까다로운 그들의 식성을 맞추느라고, 우리 테이블의 식사는 항상 뒷전이었다. 며칠째 계속 그러자 우리 테이블에서 강력하게 항의를 했다. 그 항의가 효력을 발휘했는지 오랜만에 중국 식당에 가서 맛있게 식사를 하고 있는데, 갑자기 인도인들이 벌떡벌떡 일어나 뭐라뭐라 화를 내더니 우르르 식당 밖으로 몰려나갔다. 허겁지겁 따라 나섰다가 잠시 후 되돌아온 가이드가 우리에게 양해를 구했다.

“30분 안에 돌아올 테니 천천히 식사하세요.”

"이유가 뭡니까?"

"인도인들이 인도 식당에 가겠다고 해서요. 제가 버스로 모시고 갔다가 곧 올게요."

"허참, 별일이네."

우리는 그들을 보내놓고 숙덕거렸다.

"별일이네. 여태 잘 먹다가 왜 그런대."

"저 인도인들은 채식주의자라서 그래요."

"인도인들이 소고기를 안 먹는다는 것은 알아도 채식주의자라는 소리는 처음 듣네요."

"인도 북부의 철저한 신자들은 육식을 전혀 안 한대요. 육식뿐만 아니라 금하는 음식이 많대요. 그래서 일반 레스토랑의 음식은 먹을 수가 없을 정도래요. 내 대학 친구도 야채만 싸들고 다니는 걸요."

대학에서 일한다는 일본인 여자가 말했다.

"단체 활동을 하는데 저러면 곤란하죠."

"게다가 싱가포르 관광객을 따라왔으면 싱가포르식 식당에 가는 것은 당연한 일 아닌가요!"

중국인 노부부가 매정하게 그들을 흉보았다. 그렇게 숙덕거리며 식사가 끝났는데도 30분 후에 오겠다던 가이드와 관광버스는 돌아오지 않았다.

"30분을 넘게 기다렸는데 우리가 그 버스를 기다려야 하나요?"

드디어 일본인 여자가 말을 꺼냈다.

"인도인들이 식사를 끝마칠 때까지 기다리는 것은 바보짓이 아닐까요?"

"글쎄 그러네요."

"우리 가이드가 사람이 너무 좋아서 그러는 것 같아요."

"호텔이 여기서 멀지도 않으니 난 밤바람을 쐬면서 앙코르와트를 거닐래요."

우리 모두 그녀의 말뜻을 알아챘다. 가이드를 혼내주려는 속셈이었다.

"아, 좋죠. 좋아요." 우리는 맞장구를 쳤다.

그녀의 말투는 매우 우회적이고 부드러웠지만 말 한마디 한마디가 잔인했다. 그녀의 방식을 따라 우리는 화도 내지 않고 웃으면서 식당을 걸어나왔다. 나중에 버스를 끌고 온 가이드가 일행이 모두 어디론가 떠나버렸다는 것을 알면 파랗게 질릴 것이었다. 우리는 그녀의 의도를 눈치채고 버스가 도착하기 전에 허겁지겁 그곳을 빠져나왔다. 단단히 벼르었던 사람들처럼.

식사 문제로 벌어진 두 팀의 관계에 불을 지른 것은 인도팀에게 질질 끌려다니던 가이드가 "마지막 날에는 플로팅 빌리지에 갑니다."라고 일정을 발표하면서부터였다. 가이드는 인도인들이 워낙 말이 많고 거세게 주장하기 때문에 웬만하면 그들의 요구 사항을 들어주고 있었다. 그는 말없이 가만 있는 우리 한국 팀이나 중국 팀보다는 잔소리가 심한 인도인들의 비위를 맞추었다.

"플로팅 빌리지는 여행 일정표에 들어 있지 않는 것 같은데…."

중국인 노부부는 화가 난 듯했지만 조용하게 말했다. 일본인 여자가 핵심을 슬쩍 찔렀다. 그것도 방긋방긋 웃으면서 마치 천사 같은 순진한 목소리로.

"플로팅 빌리지가 일정에 있었나요?"

"아뇨."

"그럼 우리가 꼭 갈 필요는 없죠? 그리고 마지막 날 방문하기로 한 민속박물관은 어떻게 되나요?"

"그래요, 민속박물관 입장료까지 다 지불한 걸로 아는데."

가이드는 저쪽 테이블에 가서 뭐라 숙덕거리더니 우리에게 다가와 말했다.

"민속박물관 대신에 플로팅 빌리지를 가는 거죠."

"그러니까 민속박물관 대신 플로팅 빌리지를 가야 한다는 거죠?"

일본계 싱가포리안이 미소를 지으며 '가야 한다' 에 힘을 주며 말했다. 안 되겠다 싶었는지 인도인 쪽의 대표가 나와서 플로팅 빌리지가 볼 만한 게 얼마나 많은지 거만한 몸짓으로 설명하기 시작했다.

"캄보디아에 오면 플로팅 빌리지를 꼭 봐야 하죠."

그러나 이미 기분이 상할 대로 상한 우리는 플로팅 빌리지가 전혀 궁금하지 않았다. 아무리 볼 만한 곳이라도 더 이상 그들에게 끌려다니는 여행을 하고 싶지 않았다. 그들의 식사 비위를 맞추어야 하고, 그들의 식성에 맞는 음식을 먹는 데 물렸기 때문이다. 우리 쪽에서 작심하고 반대하는 것임을 누가 봐도 알 수 있었다. 인도인들은 플로팅 빌리지에 방문하는 데 드는 경비를 함께 낼 사람이 필요할 뿐이었다.

인도 팀은 화가 났지만 도리가 없었다. 한참을 자기들끼리 웅성거리며 의논을 하더니 드디어 가이드가 말했다.

"그럼 아침에 제가 민속박물관에 손님들을 내려주고 나머지 분들을 모시고 플로팅 빌리지로 가죠."

"그러면 돌아올 때는요?"

"민속박물관에서 호텔까지는 툭툭이를 타면 1달러밖에 안 되니. 툭툭이를 타고 오세요."

다들 당황해서 대답을 하지 못했다. 그렇다고 1달러밖에 안 되는 돈을 가지고 치사하게 굴 수도 없었다. 캄보디아에서는 1달러가 큰돈이었고, 그 버스는 우리의 정상적인 코스를 위해 준비된 관광용 버스였다.

그것을 눈치챈 인도 측 대표는 자기네도 돈을 더 내고 플로팅 빌리지에 간다고 말했다. 그런데 인도인들 중에서도 동행하지 않으려는 무리가 생겼다. 그들은 나머지 사람들이 함께하지 않는다면 더 많은 돈을 내야 하기 때문에 플로팅 빌리지에 가는 것에 대해 갈등하고 있었다. 약이 바짝 오른 인도인 대표는 돈을 얼마를 내든 가고야 말겠다는 의지를 보였다. 그 싸움은 주로 일본인 여자와 인도 측 대표인 파키스탄인이 이끌어갔다.

플로팅 빌리지는 앙코르아트에 오면 꼭 봐야 하는 코스 중 하나이긴 하다. 물론 여행 중에 남들이 꼭 가야 한다고 해서 가는 바보 같은 짓은 하지 않는 편이지만, 다투느라고 캄보디아가 자랑하는 톤레삽 호수에 가지 않는 쪽으로 정했으니 바보짓을 한 셈이었다.

어느 누구도 언성을 높이지는 않았다. 밥 때문에 불거진 어리석은 싸움이었다. 세상 모든 전쟁이 결국은 먹고사는 일 때문이라더니 밥 하나 제때 못 먹은 분함을 이렇게 푸는구나 싶었다. 그러나 막상 다음 날 우리가 전통 민속마을에 가려고 모였을 때 더 기막힌 일이 벌어졌다.

"일본인 부부는?"

"아 네, 그녀가 피곤하다며 쉬었다가 근처에서 쇼핑이나 하겠다네요."

그 싸움을 이끌었던 일본인 부부는 나타나지 않았고, 모두 할말을 잃었다. 우리 가족과 중국계 싱가포리안 노부부와 신혼부부, 인도 팀에서 빠져나온 한 인도계 싱가포리안 부부만 버스를 타고 민속마을로 향했다. 그녀가 싸움을 붙여놓고는 민속마을에 가지 않을 것이라고는 상상도 못했다. 그 일본인 부부가 호텔에서 쉬고 있는지 아님 변심하여 인도인과 함께 플로팅 빌리지로 갔는지 알아낼 길이 없었다. 의문을 풀지 못한 채, 각자의 여행을 마치고 모인 우리 관광단은 그 여행 중 가장 살벌한 분위기로 마지막 식사를 했다.

톤레삽 호수에 있는 플로팅 빌리지에 들르지 않았다고 하니 앙코르와트에 다녀온 사람들이 다 웃었다. 의도적으로 가지 않은 것과 다투느라고 가지 않은 것은 천지 차이다.

음식은 다민족 문제의 시작일 뿐이다. 여러 민족이 함께 살자면 서로 상충되는 게 많다. 각 민족의 이권과 권력, 기타 등등의 문제가 얽힐 때 과연 잡음 없이 쉽게 해결할 수 있을지는 의문이다. 같은 거리에 온갖 종교 시설이 사이좋게 나란히 있는 것 같아도 다민족이 어울려 산다는 건 쉽지 않은 일이다.

40~50년 동안 싱가포르에서 민족 간, 종교 간에 일어났던 수많은 난동과 폭력… 다민족이 모여 사는 삶이 얼마나 만만찮은 것이었으면 리콴유 수상이 민족 간의 융화를 모든 정책의 최우선으로 삼았겠는가?

겉은 동양인 속은 서양인

'Culture Shock(문화 충격)' 라는 시리즈의 여행 서적이 있다. 발간된 지 오래되어 현실성이 떨어지지만, 각국의 문화를 다룬 서적이 드문 만큼 아직도 많이 읽히고 있는 책이다. 싱가포르 편을 보면, 싱가포르 여성이 서양 사람과 눈도 못 맞추고, 'no' 라고 대답할 때 그 의미가 'no' 가 아닐 수 있으니 다시 한 번 권하라고 쓰여 있다. 그런 수줍음은 한국을 포함한 동양인에 대해 느끼는 서양인들의 감정이었다. 그러나 요즘의 한국 젊은이들도 더 이상 그런 모습이 아니다. 더욱이 싱가포르 남녀는 이전의 동양인이 아니다. 그들은 영어를 유창하게 한다. 영어를 유창하게 한다는 데는 특별한 의미가 있음을 알아야 한다. 그 언어가 가진 문화가 몸에 뱄다는 뜻이다. 싱가포리안이 영어를 잘한다는 것은 영어를 잘하는 만큼 영국인의 문화에 익숙해졌다는 뜻이다. 그들이 배운 것은 단지 영어라는 언어만이 아니었다.

그들은 실수를 했을 때나 중요한 대화를 할 때 웃는 것은 바보짓이라는 것을 몸으로 안다. 그들과 중요한 대화를 할 때는 반드시 정색을 하며 눈을 마주봐야 한다. 서양에서는 대화를 할 때, 뭔가 감추려는 것이 있으면 상대방의 눈을 똑바로 바라보지 못한다는 것을 그들은 알고 있었다.

언어만 학습해서는 절대로 외국인과 자연스러운 대화를 할 수 없다. 싱가포르 학생들은 다른 나라 학생들과 비교할 수 없을 만큼 얌전한 학습 분위기로 수업을 받지만, 어떤 문제를 두고 토론에 들어가면 다른 사람이 된다. 영국인이나 서양인처럼 토론하고, 차갑고 냉정하게 변한다. 엄한 규율과 제약에 찌든 모습은 없다.

나는 싱글리시로 싱가포리안들과 농담을 주고받다가도 문득문득 그들에게서 나오는 영국인의 냉랭한 태도에 깜짝깜짝 놀라곤 했다. 영국의 오랜 식민지 교육의 흔적이자 초 · 중 · 고교에 와 있는 외국인 교사에 의한 오랜 기간의 학습 효과일 것이다.

싱가포르 여성들은 더 이상 상대방의 눈을 마주하지 못하는 동양 여자가 아니다. 외모는 동양인이지만 속은 이미 서구인이다. 서양식 드레스를 입고, 왈츠를 추는 파티를 열고, 알파치노의 외동딸 같은 환상적인 결혼식을 한다. 그나마 변질된 영어 싱글리시는 영국의 문화에 흡수되지 않으려는 싱가포리안들의 처절한 몸부림의 흔적임을 기억해야 할 것이다.

싱가포르에서는 외국인을 어디서든 쉽게 볼 수 있다. 특히 외국인 거주지로 알려진 싱가포르 서쪽의 홀랜드 빌리지는 인종 전시장이라 할 만하다. 이름에서 짐작할 수 있듯이 이곳은 홀랜드(네덜란드) 사람들의 거주지였다. 동남아 국가들이 대영제국의 식민지로 알려져 있지만, 영국이 동남아에 진출하기 전에 이미 동남아에 자리를 잡은 나라가 네덜란드(홀랜드)다. 동남아 대부분의 지역이 네덜란드의 점령지였다. 세계 어느 나라에서든 차이나타운을 볼 수 있듯이, 동남아에서는 과거에 네덜란드의 해적들이 지나간 자취를 어느 나라에서든 볼 수 있다.

홀랜드 빌리지 근처에는 외국인 거주지와 더불어 식당, 술집, 쇼핑 거리가 생겼다. 멕시코식 식당 차차차(Cha Cha Cha)에서는 타코와 토르티야를 먹을 수 있고, 이탈리아식 식당 알 단테(Al Dante), 태국의 타이 익스프레스, 중동의 레바니즈 퀴진(Lebanese Cuisine), 일본식 스시테 등 각국의 음식을 먹을 수도 있고 호커 센터와 웻마켓(Wet Market)까지 없는 게 없다.

주말이 되면 홀랜드 빌리지 뒷골목의 도로는 자동차 통행이 금지되고, 각 식당이나 술집은 야외 식탁을 차리고 술을 마시는 손님들로 북적인다. 굳이 주말이 아니어도 저녁이 되면 홀랜드 빌리지 거리의 노천 카페와 술집, 레스토랑은 외국인들이 한잔 하며 떠드느라 거리가 시장 바닥처럼 시끄럽다. 그곳은 싱가포르가 아니라 프랑스 파리의 몽마르트르 언덕쯤 되는 곳이다. 동양인과 서양인 등 각 종족들이 함께

마리나 베이 샌즈 호텔 지하에는 전 세계의 음식점과 쇼핑몰이 있다. 52도로 비스듬히 기울어진 독특한 외관과 57층에 있는 하늘에 떠 있는 듯한 인피니티 수영장 때문에 싱가포르의 새로운 랜드마크로 부상하고 있다. © Kim Hyunjung

어울려 한잔하며 즐기는 마을이다.

그 마을에서는 인도인 남자와 중국인 아줌마가 손을 잡고 병원 대기실에서 순서를 기다리고, 싱가포르 여자와 영국 남자가 나란히 식사를 하는 모습을 쉽게 볼 수 있다. 홀랜드 빌리지에서 5분 거리인 우리 앞집에 살던 안주인은 프랑스인 엄마와 중국인 아빠 사이에서 태어난 싱가포리안이다. 그런 데다 남편은 미국인이다. 혼혈도 정도껏이지 그 정도면 정말 뿌리를 찾을 수 없는 가족력이다. 한국에서는 그 정도의 가족력이면 동네의 이야깃거리가 될 것이다. 그러나 앞집의 할아버지는 동네에서 존경을 받으며 행복하게 지내고 있었다.

중국계 가정에 들어가도 피부와 민족은 같지만, 할머니는 중국 본토의 만다린을 사용하고, 어머니는 싱가포르의 국어인 말레이어를 사용하며, 자녀는 싱가포르의 공용어를 사용하고 일꾼들은 인도네시아어를 사용한다. 그들에게는 이민족과 이국어가 특별한 역할을 하지 못하는 것이다. 싱가포르는 처음에 세 민족이 합쳐져서 만들어진 나라지만, 이제는 그보다 더 많은 민족으로 이뤄진 나라이기 때문이다. 물론 대부분이 같은 인종끼리 결혼하거나 살지만, 다른 인종과 결혼하는 일도, 함께 어울려 사는 일도 특별할 게 없고 거부감도 없다. 그래서 싱가포르는 국제결혼을 한 커플들에게는 남의 시선을 받지 않고 살 수 있는 좋은 나라로 손꼽힌다.

한류 열풍 때문에 싱가포리안들이 한국 사람에게 관심을 갖는 것도 사실은 별 특별할 게 없다. 그들이 받아들인 그 많은 인종과 문화에 하나 더 추가된 것에 불과하다.

싱가포리안들의 한국어 수강 붐도 유별난 사건이 아니다. 일본어는 한국어보다 먼저 싱가포르에 자리잡았고, 일본어 강좌가 한국어 강좌보다 더 많다. 그리고 일본어만 강의하는 학원이 있을 정도다.

내가 한국으로 귀국하기 전날 환송 파티를 해주던 싱가포르 학생들은 한국어 교사와의 이별도 아쉬웠겠지만, 그것보다는 한국이라는 나라와의 이별이 더 아쉬웠을 것이다. 그날 우리의 대화는 한국인의 일상에서 한국 드라마로, 그리고 한국 남자에 대한 관심으로 옮겨갔다. 싱가포르 여성들의 한국 남자에 대한 환상은 여전했고, 나는 여전히 노파심으로 한국 남자 무용론을 펼쳤다. 두 문화의 차이를 이야기하면서 말렸지만, 그녀들에게는 문화의 차이는 그다지 문제가 되지 않았다. 또 그녀들의 결론은 너무나 간단했다. "결혼한 뒤 마음에 안 들면 이혼하면 되지 뭐."

이혼에 대한 싱가포리안들의 생각은 서구인에 비해 아직도 보수적이지만, 서구 경향으로 많이 기울어 있음은 사실이다. 그녀들은 외국인과 대화와 정서가 통하는 만큼, 영어를 잘하는 만큼, 서구적인 사고방식을 가지고 있는 동양 속의 서양인이었다.

5부

더위를 잊은 적도의 나라

펄펄 끓는 아스팔트를 달리는 적도의 마라토너들

창이공항의 투명 유리문을 열고 나오면, 공항에서부터 시내로 들어가는 이스트 코스트 파크웨이(ECP)가 있다. 이스트 코스트 파크웨이는 이름대로 동쪽 해변공원을 따라 달리는 아름다운 도로다.

도로 변에는 두툼한 야자 열매를 두세 개씩 가슴에 품은 야자수와 우람한 팔 근육을 엮어 아치 모양의 그늘을 만드는 레인트리가 줄지어 서 있다. 그 새롭고 근사한 열대 가로수와 도로변의 풍경은 싱가포르를 방문하는 모든 이방인의 감탄을 자아내게 할 뿐만 아니라, 이국 땅에서 처음 만나는 낯선 손님과 함께 시내에 들어올 때까지 어색하지 않을 끝없는 이야깃거리를 제공한다.

남미와 아프리카산 열대 나무와 꽃들의 이름, 그 나무들이 싱가포르에 들어오기까지의 유래, 절대로 같은 모양으로 지을 수 없는 아파트를 비롯한 모든 건물 등에서 싱가포르를 만들어낸 리콴유 수상의 노력을 엿볼 수 있다.

그런 근사함도 잠시, 더운 날씨 때문에 아스팔트 위의 검은 타르는 녹아내릴 듯 위태하다. 불꽃 튀는 장작 더미에 찬물 한 바가지 확 뿌리듯 한 차례의 스콜이라도 퍼붓지 않으면, 도로가 다 흘러내릴 듯 강한 폭염이 무서울 정도다.

그런데 그런 도로 위를 뛰어가는 사람들을 볼 때가 있다. 검은 타르 덩어리가 운동화 밑창에 쩍쩍 붙을 만큼 펄펄 끓는 아스팔트 위를 달리는 사람들, 더위 속을 달리는 적도의 마라토너들이다.

처음 그 무리를 보게 된 것은 어느 일요일 아침이었다. 시내에 잠시 볼일이 있어 일찍 나가는데 싱가포르 경찰들이 고속도로 변(이스트 코스트 파크웨이)에 나와서 길을 정리하고 있었다. 마라톤 대회가 있다고 했다. '이런 폭염 아래 뛰겠다고 나설 선수가 몇 명이나 된다고 고속도로까지 막는담.' 마라톤 대회를 연다며 화끈거리는 고속도로 위에 설치한 안전판을 보면서, 별 볼 일 없는 일거리를 잘도 포장해 요란을 떠는 싱가포리안답다고 생각했다. 비밀경찰만 수두룩하게 깔린 싱가포르에서 정복을 입은 경찰을 보기란 쉽지 않은 일인데, 덕분에 싱가포르 경찰을 실컷 보게 되었다며 좋아했을 뿐이다.

일을 마치고 집으로 돌아가는 길에 한 무리의 마라토너를 만났다. 뜨거운 열기가 팍팍 올라오는 고속도로에는 마라토너의 행렬이 끊이지 않았다. 불타는 화염 속에서의 마라톤은 목숨을 건 짓 아닌가! 뛰라고 잡아다놓은 것도 아닐 텐데, 서 있기만 해도 땀이 비 오듯 흐르는 적도에서 왜 저런 짓을 하는지 이해가 되지 않았다.

집에 돌아와 텔레비전을 켜니 더 놀라운 사실이 기다리고 있었다. 그날 마라톤 참가자는 더운 싱가포르의 기후에 잘 적응된 동남아인들만이 아니었다. 세계 각지에서 온 마라토너도 꽤 됐다. 싱가포르에서 열리는 국제 마라톤 대회에 참가하려고, 유럽에서 온 아마추어 선수들은 뜨거운 적도의 나라에서 마라톤을 해보는 독특한 경험 때문에 얼굴이 발갛게 상기될 정도로 흥분을 감추지 못했다.

"어메이징~ 마블러스."

그들은 영어로 표현할 수 있는 온갖 찬사와 감탄을 쏟아내며 환호했다.

"싱가포르 아닌 다른 곳에서는~~ 헉헉~~ 절대~로 경험할 수 없는 마라톤이에요~ 헉헉."

유럽에서 온 20대쯤으로 보이는 아마추어 마라토너는 텔레비전 인터뷰를 하는 내내 숨을 헐떡였다. 가슴속에 남아 있던 아스팔트의 열기를 토하는 건지, 새로운 경험에 대한 흥분을 토하는 건지….

싱가포르에는 매년 많은 마라톤 대회가 열린다. 대표적인 싱가포르 마라톤으로 알려진 '스탠다드 차타드 마라톤 싱가포르'는 매년 12월 첫 번째 일요일에 싱가포르의 상징적 장소인 '가든스 바이 더 베이'나 '오차드'에서 출발한다. 42.195km의 풀 마라톤 코스로 2008년에는 지구에서 가장 험난한 마라톤(The Greatest Race on Earth) 중의 하나로 선정되었고, 2016에는 세계 엘리트 레이스(the world's elite races)에 선정되었다.

2016년에는 4만 6000여 명의 마라토너들이 새벽 4시 30분 오차드 쇼핑 거리의 크리스마스 트리가 반짝이는 불빛 아래에서 출발했다. 더운 날씨 때문에 이른 새벽에 출발한다. 오차드 거리에서 출발해 이스트 코스트 해변을 돌아 에스프로나드 극장까지의 코스다.

더위 때문에 기록은 늘 다른 마라톤 대회에 비해 좋지 않다. 2016년에 남성 우승자가 2시간 17분 17초, 여성 우승자가 2시간 43분 3초에 들어왔지만 아마추어 마라토너들에게는 완주 자체도 힘든 코스다. 2016년에는 남성은 1479명이 완주하고 여성은 420명이 완주했다. 하프 마라톤을 포함한 마라톤 전 코스의 완주는 8027명이었다. 아마추어 마라토너들도 평소 기록보다 길게 시간을 잡아야 완주가 가능할 듯하다. 2011년에는 6만 5000여 명의 참가자가 등록했다니 그 인기를 짐작할 만하다.

그 외에도 맥리치 공원에서 출발하여 이틀 동안 200km를 달리는 '몽스터 울트라 200 마라톤'이 있다. 2007년부터 시작한 '썬 다운 마라톤'은 밤에 출발하여 새벽에 도착하는 마라톤이다. 어둠 속에서 자신의 발자국 소리를 들으면서 뛰다가 여명을 맞이하는 적도에서나 볼 수 있는 낭만적인 마라

더운 날씨 때문에 아스팔트 위의 검은 타르가 녹아내릴 듯한 도로 위를 뛰어가는 사람들을 볼 때가 있다. 검은 타르 덩어리가 운동화 밑창에 쩍쩍 붙을 만큼 펄펄 끓는 아스팔트 위를 달리는 사람들. 더위 속을 달리는 적도의 마라토너들이다.

톤이다.

극한의 한계를 향한 도전 욕구는 닫힌 육체의 자유를 되찾으려는 인간의 원초적 갈망일까? 그래, 어쩌다 한두 번쯤 극한의 더위와 싸우며 땀을 흘리는 건 짜릿할 수도 있다. 사막만큼 위험하지 않으면서도 적도라는 적당한 위험 메리트를 지닌 도시국가 싱가포르에서의 마라톤은 한 번 도전해보고 싶다는 욕구를 일으키리라. 그래서인지 싱가포르의 마라톤은 서양인뿐만 아니라 한국의 아마추어 마라토너들에게도 소문이 나서 꽤 많은 한국인이 참가한다.

휴가까지 얻어서 대회에 참가한 한국의 아마추어 마라토너가 있었다. 그는 남편의 직장 동료였다. 싱가포르의 날씨에 대비해 몇 년째 삼복더위만 골라서 특별 훈련을 했고, 싱가포르 현지 날씨에 적응하기 위해서 대회 날짜보다 일주일이나 앞당겨 도착해서 훈련을 하고 있었다. 운동 중독은 마약 중독보다 무섭다더니, 마라톤을 향한 그의 열정 앞에서 직장 상사나 더위 따위는 무용담의 강도만 높여줄 뿐이었다.

"앞으로는 싱가포르와 유럽이 합작해서 마라톤 대회를 열 계획입니다."

TV에서는 마라톤 관계자가 나와 인터뷰를 하고 있었다. 그가 계획한 마라톤 코스는 더운 싱가포르에서 반을 뛰고, 나머지 반은 서늘한 유럽에서 뛰는 이색적인 코스란다. 더운 지방과 추운 지방과의 합작 마라톤을 열고 싶다는 포부를 장황하게 떠들고 있었다. 합작 마라톤이라니! 마라톤이 뛰다 말다 해도 되는가, 마라톤에는 문외한이니 할 말은 없다. 장사 수완과 머리가 좋은 싱가포리안이니까 아마 지금쯤 싱가포르에선 그 황당한 계획이 잘 포장되어 상품화되었을 것이다. '잘들 하세요.' 에어컨을 빵빵하게 튼 거실에서 TV를 보며 혼자 중얼거렸다.

나는 그 이후에도 적도의 마라토너들을 콘도의 창이나 TV로 보아왔다. 그들의 뛰는 모습을 보러 일부러 거리에 나간 적은 없다. 호기심은 있었지만 끓는 아스팔트에 나갈 엄두가 나지 않았기 때문이다. 차를 타고 가다가 우연히 마주친 게 고작이었는데 가끔은 차에서 내려 그들의 대열에 합류해야 될 것 같은 짧은 흥분에 빠져 차창을 열기도 했다. 그러면 여전히 훅하며 더운 바람이 덮쳐왔고, 그 더운 바람이 얼마나 센지 마치 한 대 얻어맞은 사람처럼 흠칫 놀라 창문을 닫을 수밖에 없었다. 싱가포르의 폭염은 쉽게 뛰쳐나가지도 못하고 창문만 몇 번 열다 말다 망설이게 만들었다.

덥지 않은 척 지내는 싱가포리안

싱가포르 국립환경청(NEA, National Environment Agency)에 의하면, 싱가포르는 북위 1.5도, 동경 104도에 위치해 있는 적도에 근접한 섬나라다. 기후는 덥고 습한 열대성 기후에 속한다.

연중 평균 기온은 23~34℃고, 연중 최저 기온은 19℃, 최고 기온이 36℃로 일 년 내내 더운 날씨다. 더운 데다가 몬순과 스콜의 영향으로 습하기까지 하다. 북동 계절풍(몬순, North-east Monsoon, 12~3월)과 남서 계절풍(South-West Monsoon, 6~9월)으로 인한 천둥과 번개가 잦다. 연평균 160여 차례의 천둥 번개가 친다. 계절풍 시즌이 아니라도, 3월부터 11월에는 슈마트라와 말라카 해협에서 불어오는 슈마트라 스콜(squall)때문에 갑작스런 돌풍과 엄청난 폭우가 자주 쏟아진다. 몬순은 오후와 저녁에 1~5시간 정도, 스콜은 오전에 1~2시간 정도의 비를 부른다. 몬순이든 스콜이든, 싱가포르는 일 년 내내 덥고 소나기와 천둥 번개가 잦다는 의미다. 그 중에서도 12월과 4월의 강수량이 연중 최고이다.

한국과 비교하면, 싱가포르의 연중 기온은 한국의 8월 날

화이트 겨울을 느낀답시고 시내 한가운데서 인공 눈을 뿌리긴 하지만 적도의 겨울도 겨울이었다. 덕분에 아무리 날이 더워도 겨울이 오면 옷가게에 겨울용 외투와 털옷이 꽤 진열된다.

씨와 비슷하다. 기상청에 의하면 한국의 8월은 기온이 23~26℃다. 북동 계절풍이 불어오는 12월은 몬순과 비 때문에 기온이 좀 떨어지지만, 여전히 한국의 여름 날씨다. 이런 한국의 8월 날씨와 비슷한 날씨인데도 겨울 왔다며 추위에 떤다.

싱가포리안이 더위를 이기는 방법은 꽤나 역설적이다. 겨울이 오면 쇼핑의 중심가인 오차드 거리의 백화점 매장에서 겨울 스웨터와 털옷을 입어보면서 호들갑을 떠는 싱가포리안도 있다.

"아! 이번 겨울은 왜 이렇게 추운 거야! 얼어 죽겠어!"

"그러게 말야. 이 스웨터 어때?"

12월이면 날이 좀 서늘해지기는 하지만 여전히 여름이다. 적도의 겨울은 아무리 서늘해도 최소 섭씨 23도다. 그 정도면 우리나라의 한여름 날씨다. 긴팔 셔츠를 입고 다니기도 덥다. 그런 날씨를 춥다고 엄살을 부리고 있으니, 아무래도 더위 때문에 정신줄을 놓은 듯하다. 남편이 어디서 듣고 온 소문인지 싱가포리안의 엄살을 두둔한다.

"개인 차가 있으니 남이 춥다면 추운 거지, 그걸 가지고 탓할 일은 아니야. 얼마 전 인도에서는 14도인데도 거지가 얼어 죽었대."

"영하 14도면 당연히 얼어 죽을 수 있지."

"아니, 영하가 아니라 영상 14도야. 인도처럼 더운 지방에선 그 정도면 예상치 못한 추위지. 얇은 옷을 입고 노숙을 하다가 얼어 죽는 게 특이할 수는 없지."

실제로 인도나 방글라데시에서는 영상 10도만 되어도 동사자가 수십 명씩 발생하고, 연간 발생하는 동사자는 수백 명에 이른다. 우리에겐 따뜻한 봄 날씨도 어떤 사람에게는 죽을 정도의 고통스러운 날씨일 수 있다. 적도의 동사자들은 우리의 느낌이나 감정의 편차가 얼마나 큰지를 여실히 보여주었다. 하긴 열대의 섬, 싱가포르에도 사계절이 왔다가 간다. 가을에는 나름 단풍도 낙엽도 있다.

춥다고 엄살 부리는 무리는 싱가포리안만이 아니다. 거리에는 적도의 폭염 속에서도 추위를 느끼며 떨어진 낙엽들이 호들갑스럽게 무리를 지어 쓸려 다닌다. 간혹 겨울을 알리는 나무도 있다. 화이트 겨울을 느낀답시고 시내 한가운데서 인공 눈을 뿌리긴 하지만 적도의 겨울도 겨울이었다. 덕분에 아무리 날이 더워도 겨울이 오면 옷가게에 겨울용 외투와 털옷이 꽤 진열된다. 더운 여름날, 땀을 찔찔 흘리며 적도의 길거리 쇼윈도에 걸려 있는 털옷을 상상해보라!

다행히 너무 강한 실내 에어컨 때문에라도 싱가포르에서는 긴팔 스웨터의 수요가 좀 있다. 싱가포르 방문자들에게 긴팔 옷을 준비해오라고 여행 안내서에 써 있는 것도 싱가포르의 밤낮의 기온 차 때문이 아니라, 실내나 차 안의 에어컨 바람 때문이다. 싱가포르의 택시나 공공장소에서의 에어컨은 상상을 초월할 만큼 춥다. 너무 강해서 감기에 걸리기 쉬우므로 싱가포르 방문자는 반드시 긴팔 옷을 준비해야 한다. 적도의 더위가 싫은 사람은 에어컨 설비가 잘된 실내로만 다녀도 싱가포르를 마음껏 즐길 수 있다. 적도를 방문한 묘미는 좀 떨어지겠지만….

또 북쪽 나라로 여행을 가거나 싱가포르의 겨울답지 않은 겨울을 나기 위해 털옷을 구입하는 사람들도 있긴 하지만 그다지 팔리지 않고, 에어컨 바람에 꽁꽁 얼어버린 채 매장에 걸려 있는 털옷이 많다. 덕분에 세일에 들어가면 구두쇠도 사고 싶어질 만큼 가격이 떨어지니, 북쪽에서 온 관광객에게는 절호의 찬스가 되기도 한다.

영상 20도가 넘는 날씨에도 춥다고 호들갑이니, 뜨거운 햇살 아래서의 조깅이나 마라톤은 싱가포르인에게는 별거 아닐지도 모르겠다. 마라토너뿐만 아니라 시민들도 더위 속에서 뛰거나 춤을 춘다. 동쪽 해변의 공원에는 이른 새벽부터 땀을 뒤집어쓴 채 조깅이나 운동을 하는 싱가포리안들로 북적인다. 더운 공원길을 자전거나 롤러블레이드를 타고 씽씽 지나가는 청년들도 제법 된다.

아스팔트에는 이글거리는 아지랑이와 축축한 신기루가 끝없이 펼쳐진다. 그러니 사막도 없는 나라에서 사막 한가운데에 서 있는 절망감에 빠질 수밖에 없다. 그 아지랑이와 신기루 사이를 아무 표정 없이 자전거를 타고 달리는 싱가포리안들. 그런 데다 무거운 짐을 메거나 가방을 들고 걷는 사람에게서 땀을 흘린 흔적을 찾을 수 없다. 그들의 표정과 얼굴에서는 더위를 전혀 느낄 수 없다. 신기하게도 싱가포리안들은 더위 아래서도 얼굴색이 좀처럼 변하지 않았고, 발갛게 익은 티도 나지 않는다. 덥다고 헉헉대지도 않는다.

나중에야 알았다. 그들이 발갛게 익을 수 없는 이유를. 이미 더위에 익숙해졌던 것이다. 까맣게 타고 변한 살색이 그

더운 공원길을 자전거나 롤러블레이드를 타고 씽씽 지나가는 청년들도 제법 된다.

깟 햇볕쯤에 새삼 부어오를 리가 없었다. 기름기가 쫙 빠진 바짝 말라붙은 피부에는 땀을 흘릴 만한 수분이 더 이상 남아 있지 않았던 것이다. 더위 때문에 모공이 커진다고 호들갑을 떠는 것도 처음 몇 년의 일이지, 한 10여 년 살다보면 피부가 더 이상 변할 수가 없다. 그만큼 덥다.

싱가포르를 떠나지 못하고 맴도는 서양인들도 싱가포르의 더위를 아무것도 아닌 것으로 여기게 하는 데 한몫한다. 일광욕이라면 공원이든 거리든 상관없이 웃통을 벗어던지고 즐거워하는 데다 마라톤 대회에도 참가하니 더 그렇다. 외곽 도로를 따라 달리는 자전거 하이킹과 조깅은 싱가포리안보다 서양인이 더 즐긴다. 언제 어디서나 등짝과 빰이 발갛게 익은 채로, 땀방울을 풀풀 날리며 활기차게 싱가포르 거리를 활보하는 서양인들을 볼 수 있다.

딸아이 학교의 물리 선생인 영국인 아저씨는 홀랜드 로드의 대로에서 이어폰을 끼고 웃통을 벗은 채 조깅을 즐겼다. 벌써 두 번이나 상담을 한 학부모인 줄 알면서도 전혀 개의치 않고 웃고 지나가는 그를 차마 보지 못하고 얼굴을 돌려버리는 쪽은 나였다.

언제나 햇볕에 굶주려 있는 서양인이니 질 좋은 싱가포르의 햇볕이 정말 만족스러웠을 것이다. 국립 난공원(The National Orchad Garden)으로 더 유명한 보태닉 가든(Botanic Garden)의 야외 콘서트장 앞, 잔디밭이 펼쳐져 있고 햇살이 내리쬐는 그곳은 백인 가족들의 행복한 피크닉 장소다. 한번 싱가포르에 발을 디딘 서양인이 좀처럼 이곳을 떠나지 못하고 눌러앉는 이유에는 적도의 햇살이 한몫했을 것이다.

싱가포르에는 동양인보다 서양인이 더 많다는 농담도 허튼소리가 아닐 듯하다. 2008년에는 연간 1000만 명의 관광객들이 왔는데 근래 들어 관광객이 더 늘었다. 2015년 기준으로 1500만여 명의 외국인 관광객이 방문한다.

고작 550만 인구(2015년 기준)에 1500만 관광객이라니. 게다가 550만 인구 중 실제 싱가포르 국민은 390만여 명에 불과하다. 연간 싱가포르를 방문하는 외국인의 수는 싱가포르 국민의 3~4배가 된다.

1500만 명의 관광객이 다 서양인은 아니지만, 그들은 주로 관광지이자 쇼핑의 거리인 오차드 거리나 시티, 홀랜드 빌리지 근처를 돌아다닌다. 싱가포르 시내에 동남아시아인보다 서양인이 더 많아 보이는 것은 당연한 일이다. 동남아의 쇼핑 중심지인 오차드 거리에서는 쇼핑을 즐기는 서양인은 물론, 벤치에 나란히 앉아서 휴식을 취하는 서양인 부부를 쉽게 볼 수 있다. 그들이 쇼핑백을 옆에 두고 쉬는 곳은 길가 벤치의 그늘이 아니라 땡볕 아래이다. 오차드 근처의 백화점과 상가들은 시원한 지하 도로로 연결되어 있어서, 굳이 더운 오차드 거리로 올라오지 않아도 쇼핑을 즐길 수 있는데도, 태양이 내리쬐는 오차드 거리엔 늘 사람들로 북적인다.

주말이면 쇼핑의 거리 오차드나 선텍시티는 발걸음을 뗄 수 없을 정도로 혼잡하고 수많은 인파로 인해 숨을 쉴 수가 없을 정도다. 많은 사람에게 갇혀 움직일 수 없어보기는 학창 시절의 만원 버스 속 이후로 이곳이 처음이었다. 이만한 더위라면 죽음의 거리처럼 텅 비어 있어야 하는데 늘 사람들로 북적거리니 그게 수상했다. 외국인 관광객이 이 불타는 적도의 햇살 아래서 쇼핑을 할 것이라고 상상이나 했겠는가!

그렇다고 싱가포르산 물건이 질이 좋은 것도 아니다. 디자인이나 품질은 한국에 비해서 떨어진다. 가격은 한국에 비해 약간 싸고 다른 동남아 나라에 비해서 비싼 편이다. 그런데도 한국에서까지 쇼핑객들이 몰려온다. 시내의 면세점에서는 한국어가 쓰인 할인권을 제공하고, 한국말 안내 방송을 할 정도로 한국인 관광객이 많다. 싱가포르는 세계 여행을 꿈꾸는 한국인들의 워밍업 장소이다.

"싼 맛에 사는 거지." "그다지 싸지도 않아, 못 입을 디자인인 걸 뭐." 예전에는 싸다는 소문이 있었지만, 요즘 들어서 '싸다,' '싸지 않다' 말이 많은 것을 봐서는 물건값이 그다지 싸지 않은 듯하다. 그런데도 면세점은 늘 한국 손님으로 바글거린다.

나는 자질구레한 가구를 파는 장사치에게서 '왜 이 물건을 사야 하며 지금 이 물건을 얼마나 싸게 팔고 있는지' 장황한 설명을 듣다가, 그만 순간적으로 귀가 멍해지고 눈앞이 아득해지면서 마치 홀린 듯 그의 주문에 말려든 적이 있다. 난생처음 더위를 먹어서 그런 것만은 아니었다. 싱가포리안의 물건 팔아치우는 솜씨가 대단해서였다.

물이 안 나는 싱가포르가 말레이시아에서 물을 수입해서 쓴 뒤 물을 정제해서 더 비싸게 되판다면, 그래서 세계 각국에서 정제수 만드는 법을 견학하러 온다면 싱가포르인들의 물건 팔아치우는 솜씨는 더 알아보고 말고 할 것도 없다.

말레이시아의 수상, 툰쿠 압둘 라만(Tunku Abdul Rahman) 수상이 싱가포르를 말레이시아 연방에서 가차 없이 내쫓을 때만해도 그랬다. 싱가포르라는 커다란 섬을 떼어 내버리는 일이 쉬웠을까? 말레이시아의 툰쿠 수상에게도 속셈이 있었다.

당시 말레이시아 연방에 속했던 싱가포르는 경제, 군사 모든 분야에서는 말레이시아에 의존하고 있었다. 싱가포르군은 말레이시아군 지휘 아래 영국군의 보호하에 있었고, 경제는 말레이시아에서 수입한 주석과 고무를 가공하는 일로 이루어졌다. 말레이시아는 물론 주변 국가들은 식수마저도 남의 나라, 말레이시아에서 사 먹어야 하는 나라가 독립한들 얼마나 버틸 수 있으려나 우려를 했었다.

그런 우려와 달리 싱가포르는 잘 해냈다. 싱가포르는 1966년 한 차례의 군 내부 폭동의 곤욕을 치른 뒤, 자국 군대의 통솔권을 확립했다. 싱가포르에서 영국군, 말레이시아군이 철수를 했다. 경제 발전도 빠르게 좋아졌다.

그러나 해결되지 않는 골칫거리가 남았다. 말레이시아에서 공급하는 식수가 없으면, 싱가포르 국민의 생존에 문제가 생긴다. 물 계약에 관해서는 어쩔 수 없이 말레이시아를 의존해야 했다.

그래서 생존을 위해서라도 싱가포르 정부는 물 개발을 위한 투자에 전력을 다하고 있다. 싱가포리안에게 물이라면 하수든 바닷물이든 상관없다. 다 유용하게 바꿔 사용해야 했다. 아직까지도 싱가포르 물 수요의 상당한 부분이 말레이시아의 조호루에서 수입된다. 그나마 다행히 싱가포르에서 생산된 물로 물 수요의 일부나마 공급할 수 있게 되었다. 현재 싱가포르는 3가지 종류의 물(그동안 늘어난 저수지에서 생산된 물, 하수를 정제한 뉴워터, 바닷물을 담수화한 물)을 개발했다.

그중에서, 쓰다 버린 하수를 모아서 정제한 뉴워터 사업은 세계적인 호평을 받고 있다. 싱가포르 국립 정수 관리소(PUB, National Water Agency)의 수질 검사 결과에 의하면, 뉴워터(정제수, New Water)는 일반 식수보다 더 깨끗하고 세균도 없어서 아주 성공적이라고 한다. 그러나 아직은 뉴워터를 식수보다는 산업용이나 에어컨용으로만 사용하고 있다. 가끔 건기 때만 저수지에 뉴워터를 첨가하여 수돗물로 사용한다. 그 뉴워터는 현재 싱가포르 물 수요의 30%를 공급하고 있다.

그런데 2060년에는 물 수요가 현재의 두 배 이상으로 증가할 것으로 예측되므로, 2060년까지는 뉴워터로 55%, 바닷물을 담수화한 물로 30%를 공급할 목표를 잡았다. 나머지 15%는 저수지 물과 수입한 물로 채울 계획이다. 베독, 주롱, 마리나 베이 지역에 공장을 세워 정수와 담수 작업도 계속하고 있다.

그런데 물 공급에 관한 싱가포르 정부 계획을 2060년까지로 정한 데는 그럴 만한 이유가 있다. 2061년에 말레이시아와의 물 계약이 만료되기 때문이다. 또 계약 기간 만료 후, 말레이시아와의 재계약이 순조롭지는 않을 것으로 예상되기 때문이다. 물론 말레이시아의 조호루 지역은 싱가포르와 경제적으로 관련이 깊어서 계속적인 관계 유지를 원하겠지만. 지금도 기존 계약에 대한 말레이시아 정부의 불만이 큰데, 재계약이 원만하게 이루어질 것을 기대하기는 어려울 듯하다.

첫 계약 때만 해도, 양국의 물 공급 계약은 파이프 라인과 관리비, 운송비까지 모든 기반 시설을 싱가포르 쪽에서 제공하고 말레이시아는 강으로 흘려버릴 물만 제공하므로 그다지 나쁘지 않은 계약이었다. 그런데도 끊임없이 분쟁이 생기는 이유는 계약 기간 때문일 것이다. 100년짜리 계약.

첫 계약은 1927년이고, 두 번째 계약은 1961년과 1962년에 이루어졌다. 1000갤론의 물을 3센트에 공급 받기로 했다. 계약 기간이 1961년과 1962년부터 각각 2011년과 2061년까지 계속되니, 대략 100년 간의 계약 기간이다. 1927년부터 치자면 100년도 한참 넘는 긴 시간이다. 물 값의 적절성 여부는 놔두더라도, 100년 간의 물가와 화폐 가치의 변화를 생각하면 말레이시아에서는 기가 막힐 노릇일 게다.

홍콩이 중국에서 수입하는 물 값을 1000갤론에 8링깃(2113원)을 지불하는 데 비해, 싱가포르가 말레이시아에 내는 1000갤론에 3센트(23원)는 너무 쌌다. 게다가 싱가포르는 말레이시아에서 3센트(23원)에 구입한 물을 정제해서 말레이시아에 50센트(412원)로 되판다. 싱가포르는 홍콩과 달리 물을 가져오는 모든 공정을 직접 싱가포르의 투자와 노력으로 하기 때문에 홍콩과는 계약 조건부터 다르다고 주장한다. 또 싱가포르에서 물을 정제하는 경비가 1000갤론에 2.40링깃(634원)이 들어가므로, 50센트(412원)에 팔면 오히려 적자라고 한다.

2000년대에 들어와서도 말레이시아 정부는 계약서와 관계없이 막무가내로 물 값 계약을 번복했다. 계약 기간 중인데도 3센트(23원)에서 45센트(370원), 60센트(494원), 3링깃(792원), 6.25링깃(1651원)까지 거의 7~8배로 수차례 물 값을 올렸다. 그나마 100년의 계약서 때문에 이 정도로 마무리

된 듯하다. 양국은 벌써 2061년의 계약 만료 후를 왈가왈부하고 있다. 앞으로도 두 나라의 물 계약 문제가 만만치 않을 듯하다. 싱가포르는 2061년까지는 정수든 담수든 만들어 내서 자급자족하든지, 새로운 공급처를 찾든지, 새로운 계약서를 쓰든지 해야 한다. 그래서 2060년을 기준으로 자국의 물 공급에 대한 계획을 세우는 것이다.

이 모든 이야기의 중심에 있는 100년 계약서. 생존의 문제이긴 하겠지만 그들의 장사 수완이 정말 대단하다.

또 싱가포르는 기원 후 2세기부터 지정학적 위치 덕분에 동서를 잇는 중계 무역항 역할을 해왔다. 까짓 물건 하나 팔아치우는 일은 식은 죽 먹기다. 싱가포르는 과거 해상 실크로드였다. 싱가포르 항은 인도에서 출항한 범선들이 계절풍 몬순을 기다리며 선박을 수리하고 식수와 식량 등 일용품을 보급받기 위해 잠시 쉬어가는 말라카 해협의 항구 중의 하나였다. 물도 자원도 없는 초라한 섬이지만, 지리학적으로는 동양과 서양을 잇는 요충지여서 사람들이 모여들었다. 중계 무역항에 모여드는 사람이라면 당연히 돈벌이를 위해서 온 노역자(쿨리)와 상인들이 대부분이었다. 이 땅은 수세기 전부터 장사꾼들의 섬이었다.

그 장사꾼들의 후예이자 싱가포르 인구의 80% 이상을 차지하는 화교는 어쩔 수 없이 상업적인 능력도 타고났을 거다. 중국 대륙에서 하루가 멀다하고 벌어지는 난리를 피해

멀리 떠나온 화교들은 긴 여정만큼이나 수완이 좋았다. 고스란히 난리를 겪은 사람들에 비해 박차고 떠날 수 있는 추진력과 재력, 능력이 있었으리라.

오죽하면 정치적 실력자인 리콴유 수상과 영리한 화교들에게 부담을 느낀 말레이시아의 툰쿠 압둘 라만(Tunku Abdul Rahman) 수상이 버리다시피 싱가포르를 떼어냈겠는가? 독도라는 작은 섬 하나 때문에도 온 국민이 흥분하는데, 싱가포르라는 커다란 섬을 떼어내려 했던 툰쿠 수상의 마음이야 오죽했으랴. 그즈음 툰쿠 수상은 극도로 피곤하거나 극심한 스트레스를 받을 때 걸리기 쉽다는 대상포진까지 앓았다니, 그의 고뇌를 짐작할 수 있다.

그런데 싱가포리안은 버림받은 땅, 물도 없고 자원도 없고, 있는 것이라곤 더위뿐인 이 조그마한 섬을 살 만한 마을로 바꾸어놓고 마라톤 대회도 열고 쇼핑도 하며 아주 재미있게 살고 있다. 그런 싱가포리안에게 더위가 무슨 대수랴!

열대야 속의 나홀로 왈츠

그들은 생뚱맞은 표정으로 마라톤을 하고, 어떤 싱가포리안은 밤마다 그 폭염 속에서 왈츠를 추었다. 주말 저녁만 되면 우리 집 콘도(아파트) 바로 옆 차이니스 수영장(Chinese Swimmimg Club)에서는 어김없이 패티 페이지의 '체인징 파트너', '테네시 왈츠' 가 흘러나왔다. "나의 사랑하는 여인과 왈츠를 추던 동창 녀석이 그녀의 마음을 훔쳐간 그 밤, 그 '테네시 왈츠' 를 나는 결코 잊을 수 없어…."

열대 나무에 가려 얼굴이 보이지 않는 싱가포리안 가수가 테네시 왈츠 등을 위시해 왈츠 곡을 몇 곡째 부르고 있었고, 싱가포리안들은 그 옆에서 왈츠를 추었다. 수영장 옆 야자수 사이에 자그마하게 차려놓은 야외 무대에서 싱가포르 남녀들이 왈츠 리듬에 흠뻑 젖은 몸짓으로 서로 당겼다 밀어내는 모습이, 17층 콘도의 창가 아래 저 멀리 보였다.

푹푹 찌는 무더운 열대야였다. 우리 가족은 싱가포르의 더위에 매일 밤잠을 설쳐 신경이 곤두서 있는데, 싱가포리안들은 그깟 더위쯤은 개의치 않는 듯 태연하게 춤을 추었다. 스테이지 옆에서는 몇몇 짝 없는 싱가포리안들이 허공에 팔을 맡기고 혼자 스텝을 밟으며 농염한 분위기에 취해 몸을 흔들고 있었다. 화려한 전구 불빛이 춤추는 이들을 더욱 고혹적으로 보이게 했다.

전구 불빛뿐만이 아니었다. 영화에서나 볼 법한 왈츠 의상의 하늘거림도 한몫했다. 춤동작에 따라 움직이는 옷자락, 가슴과 어깻죽지가 훤히 드러난 깊은 파임, 속살이 훤히 비치는 얇은 질감도 매혹적이었다.

일 년 내내 더운 여름 날씨인 싱가포르에서는 여성들의 옷의 파임이 깊을 만큼 깊어진다. 가슴이 깊게 파인 고혹적인 드레스나 탱크톱 셔츠는 거리나 가게 어디서든 볼 수 있는 평상복이기도 하다.

날씬한 몸매를 아슬아슬하게 가린 싱가포리안 여자들의 옷차림은 관광객들의 마음을 괜히 바쁘게 하지만, 관광객들은 벌금과 태형에 대한 소문 때문에 쓸데없는 수작을 부려볼 엄두를 내지 못한다. 그렇게 별 성과도 못 본 관광객들은 괜히 남쪽 나라 여자들이 문란하다는 소문을 퍼뜨린다. 날씨가 덥다보면 하나라도 더 벗게 마련인 것을. 더워서 겹쳐 입을 엄두를 못 내는 남쪽 나라의 의생활을 성생활에 빗댄 편견이다.

싱가포르 여자들에게는 그런 의상이 잘 어울린다. 몸매가 아름답기 때문이다. 싱가포르 여인들은 얼굴은 못생긴 편이지만 몸매는 참 아름답다. 긴 생머리와 날씬한 뒤태에 반해

뇨냐(Nyonya)들이 특별한 날에 입던 예쁜 자수를 놓은 전통 의상. 사롱의 일종. 뇨냐는 말레이 사람들과 결혼한 중국계 페라나칸(혼혈) 여자를 칭한다.

싱가포르 여자를 쫓아갔다가 세 번 기절했다는 오래된 농담이 있다. 못생긴 얼굴 보고 한 번 놀라고, 미소 지을 때 드러나는 썩은 치아 보고 또 놀라고, 찢어지는 목소리 듣고 그대로 기절한다는 이야기이다. 즉 몸매 외에는 볼 게 없다는 말이다.

그들의 날씬한 몸매와 작은 얼굴을 보면 하느님이 얼마나 공평한 분인지 깨닫게 된다. 얼굴 하나만 예쁜 북방계 여자들이 무척 부러워할 만한 신체 조건이다. 대체로 큰 바위 얼굴에 속하는 한국 여자들에게는 그들의 작은 얼굴과 팔등신 몸매가 선망의 대상이다. 같은 여자지만 그들의 뒤태를 보면 절로 감탄사가 나온다. 요즘 같은 세상에서는 몸매와 키만 되면 얼굴은 화장이나 성형으로 보완할 수 있다. 게다가 미의 기준도 많이 달라져 예쁜 얼굴보다는 멋있는 얼굴이 통하는 세상이니까. 몸매와 얼굴 중 하나만 택하라면 나는 몸매를 택하리라.

싱가포르에서는 이런 저런 분위기에 휩쓸려 여자라면 누구나 몸매나 나이에 상관없이 유혹적인 옷을 입어보고 싶은 욕구에 빠져들 수밖에 없다. 그래서 엄두를 못 내고 머뭇거리는 손길에게는 박리다매의 싼값까지 내세워 부추긴다. 드레스 한 벌에 최저 30싱달러 정도니 마음이 혹하지 않을 수 없다.

싱가포르에 살다보면 어느새 야한 드레스나 여름 옷 몇 벌을 갖추게 마련이다. 그러나 파티복이 대체로 그렇듯이 땀을 흡수하지 못하는 나일론 소재에 조잡한 레이스나 금 · 은박 장식 때문에 불편하기 짝이 없다. 더운 날씨에 입기는 최악이다. 폭염 속에서 땀에 젖어 몸에 감겨드는 나일론 드레스를 입고 추는 왈츠, 거북하고 더울 뿐이다. 그들의 왈츠는 멀리서 바라보는 것만으로도 목에 땀띠가 돋는다. 그런데도 그들은 주말만 되면 춤에 한이라도 맺힌 사람들처럼 왈츠를 춰댔다.

하지만 사스(SARS)와의 왈츠는 적잖은 충격이었다. 우리 가족이 싱가포르에 처음 도착하여 막 짐을 푼 그즈음 싱가포르에서는 사스라는 괴질이 돌았다. 싱가포르 정부는 '사스와의 전쟁(War on SARS)' 이라는 최후의 조치를 선포했고, 모든 공공장소가 텅텅 비기 시작했다.

그런 상황인데도 집 앞 수영 클럽에는 싱가포리안들이 몰려들어 '사스와의 왈츠(Waltz with SARS)' 를 추었던 것이다. 우스꽝스러운 싱글리시 발음의 생음악 '테네시 왈츠' 의 리듬에 맞춰, 사스가 옮거나 말거나 개의치 않는 듯 서로 엉켜 돌고 있는 싱가포리안들. 그들이 너무 태평해 보여서 현지 사정에 어두운 우리 가족만 불안에 떠는 것은 아닌지 의심이 들 정도였다. 우리 가족은 싱가포르에 도착한 직후부터 사스의 공포가 끝나는 몇 개월 동안 외출은 상상도 못한 채, 주말이면 아파트 창가에 기대어 서서 싱가포리안들의 왈츠를 지켜보고 있는데 말이다.

싱가포르 인구의 80%를 넘는 화교들이 춤을 즐긴다는 소문은 들었지만, 그들의 왈츠는 이국에 온 것을 실감 나게 했다. 싱가포르에서 이런 생소한 모습을 보리라고는 상상도 못했다. 싱가포르는 이야깃거리가 될 만한 문화유산은 고사하고, 통제와 질서로 만들어진 따분한 나라이다. 껌도 씹을 수 없는 자그마한 도시국가. 휴지 한 장 아무 데다 버릴 수 없을 만큼 청결하고 질서를 지키는 작은 섬나라에 무슨 낭만이 있겠으며 무슨 특별한 것이 있으랴.

나는 엄격한 법과 조잡한 규율에 얽매인 나라에서 지루한 몇 해를 적당히 보내다가 올 작정이었다. 그런데 싱가포리안들은 무모하면서도 대담한 왈츠를 추면서 싱가포르도 화끈한 뭔가를 기대해볼 만한 나라, 살 만한 나라라고 말하고 있었다.

싱가포르를 떠나왔음에도 패티 페이지의 가사에서처럼 '싱가포리안의 왈츠를 절대 잊을 수 가 없다.' 나에게 싱가포르에서 받은 가장 감동적인 추억을 말하라면 당연히 싱가포리안의 왈츠다.

적도에서의 대학 입시

주말마다 창밖에서 들려오는 왈츠 리듬이 꽤 감미로웠다. "적도에서의 로맨틱한 밤을 공짜로 제공받았어!" 처음 한두 번은 우리 부부도 거실에 앉아서 창밖에서 들려오는 왈츠 곡을 배경음 삼아 와인 잔을 기울이면서 분위기를 즐겼다. 왈츠와 댄스곡, 왈츠를 추게 하는 요상한 리듬, 속이 비치는 의상, 현란한 조명, 요란스러움, 웃음소리, 흥에 겨울 명랑한 대화….

그러나 하루 이틀 지나갈수록 불편함이 밀려왔다. 끄고 싶을 때 끌 수 없는 음악 때문이었다. 싱가포리안의 파티는 주말뿐만 아니라 건수만 있으면 주중에도 시시때때로 열렸다. 찜통 같은 밤에 반복해서 들려오는 느릿한 왈츠 리듬은 짜증을 돋우기 최고였다. 이런 들뜬 분위기 속에서 싱가포르 학생들이 제대로 공부에 집중할 수 있을까….

그건 남의 일이 아니어서 더 걱정이었다. 딸아이가 싱가포르에 오자마자 영국계 국제 고등학교인 UWC에 입학했기 때문이다. 대학 입학을 위해 주어진 시간은 겨우 2년. 외국 대학 입학 원서는 한국의 수시 입학 전형처럼 고등학교 3학년 초에 쓰기 시작하므로 고등학교 3학년이 되기 전에 최소한 대학교를 선택할 수 있는 점수를 받아놓아야 하기 때문에 속성으로 대입 작전에 돌입해야 했다.

남편의 싱가포르 주재 기간과 날짜를 맞추려고 고심한 끝에 중학교 3학년 과정 1년을 월반까지 했으니, 온 가족이 잔뜩 신경을 곤두세우고 있었다. 모처럼 독하게 공부 좀 해보려는 딸에게 창밖의 쿵짝거리는 왈츠 리듬과 소란스러운 파티는 최악의 방해꾼이었다. 한국에서는 고등학생이 있는 집은 초비상이라는데, 세를 잘못 들었다는 후회가 밀려왔다. 한편으론 그쯤 되면 싱가포르 학생들도 별 수 없을 거라는 생각이 들었다. 2000년대 들어서 싱가포르 대학의 숫자가 늘어 지금은 6개의 대학과 5개의 폴리 테크닉(Poly Technics, 2~3년 과정의 전문대학)이 있다.

그러나 당시에는 싱가포르에는 대학이 3개뿐이다. 그중 두 대학이 공과대학과 경영대학이니, 싱가포르에 종합대학이라고는 싱가포르 국립대인 NUS 하나뿐인 셈이다. 왈츠나 추고 정신 상태가 느슨한 사람들이 돌아다니는 열대 지방의 작은 섬, 하나뿐인 종합대학, 그러니 공부인들 제대로 할까 싶었다.

그러나 그건 착각이었다. 싱가포르행 비행기를 타는 한국의 조기 유학생들이 날로 늘어가는 데는 다 이유가 있었다. 싱가포르의 대학 입시는 싱가포르 국내에 국한된 것이 아니었다. 싱가포르의 대학 입시에는 세계 대학이 포함된다. 고등학교 과정에서는 영국 GCE 과정의 O레벨, A레벨의 수업과 시험을 치른다. 무엇보다도 싱가포르 학생들의 높은 세계 대학 진학률이 싱가포르 교육의 방향과 수준을 증명한다.

싱가포르의 최고 명문 고등학교인 래플즈 주니어 칼리지(Raffles Junior College)는 세계에서 미국의 몇몇 명문고 다음으로 아이비리그에 진학하는 학생 수가 가장 많은 것으로 알려져 있다. 이 학교에서는 연간 100명 이상의 졸업생이 아이비리그에 진학한다. 또 졸업생의 약 50%인 300여 명의 졸업생이 미국의 명문 대학에 진학한다.

또한 화청 고등학교나 테마섹 고등학교, 빅토리아 고등학교 등의 명문 공립 학교도 연간 60~70명의 졸업생을 미국의 아이비리그로 보낸다. UWC나 SAS 같은 국제 고등학교도 연간 200명이 넘는 학생을 미국의 명문 대학으로 보내고 있다.

미국뿐만 아니라 영국의 케임브리지나 옥스퍼드 대학에도 싱가포르 재학생이 100여 명이 넘게 있다. 영국 대학의 학업 성적 상위 그룹에는 싱가포르 학생들이 포진해 있다. 싱가포르 학생들이 학업 성적이 좋을 수밖에 없는 이유는 대부분 고국에서 장학금을 받는데 학업 성적이 나쁘면 불리하기 때문이다.

이처럼 많은 우수 학생이 해외 대학으로 진학하기 때문에 대학 입학 시험 시즌이 다가오면, 각국의 명문 대학에서 교수와 직원들이 찾아와 싱가포르 시내의 고급 호텔이나 컨퍼런스 홀, 고등학교 강의실에서 직접 학교 홍보를 한다. 영국의 케임브리지나 옥스퍼드 대학에서는 입학시험관이 직접 찾아와서 입학 시험과 면접을 치르고, 미국 대학 관계자들도 방문하여 면접과 장학금 지급을 약속한다.

이쯤 되면 싱가포르에 왜 종합대학이 하나뿐이고, 왜 싱가포르가 동남아 교육의 허브를 꿈꾸는지 눈치챘을 것이다. 명문고의 대다수 학생이 해외 유학을 가기 때문에 굳이 자국 대학의 수를 늘릴 필요가 없는 것이다. 물론 하나뿐인 종합대학 싱가포르 국립대(NUS)도 세계적인 수준이다. 한국의 서울대학도 진입하지 못하는 세계 대학 순위 20위 안에 들어간다. 난양 공과대학은 100위 안에 든다. 2000년에 세워진 SMU를 제외한 나머지 두 대학이 세계 대학 순위 100위 안에 들어가는 셈이다.

이런 사실은 한국인 학부모에게는 정말 고마운 일이다. 미국과 영국 본토에서 대입을 준비하는 것보다 싱가포르에서 대입을 준비하는 것이 세계의 명문 대학에 들어가기가 훨씬 쉽기 때문이다. 싱가포르의 국제학교나 고등학교에서 중위권 성적만 유지해도 세계의 웬만한 명문 대학에 입학할 수 있다. 즉 싱가포르 내의 명문 국제학교나 고등학교에 입학만 해도 세계적인 대학 입학을 보장받는 것이나 다름없다.

게다가 영국 · 미국식 수업을 하는 싱가포르 고등학교 교육을 제대로 마친다면, 외국의 명문 대학에서 학업을 수행하는 데 무리가 없다. 영어가 안 되거나 외국식 수업을 따라가지 못해 중도에 학업을 포기하는 불상사도 없으니 일석이조다.

그래서 싱가포르의 한인 교민들은 아이들을 싱가포르의 국제학교에 입학시키려고 초등학교 때부터 대기자 명단에 이름을 올려놓고, 학생들은 어떻게든 싱가포르의 명문 국제고나 고등학교에 입학하기 위해 과외를 받거나 학원에 간다. 그런데 최근에는 이런 소문을 들은 한국 유학생들이 몰려드는 바람에 그것도 쉽지 않게 되었다. 일부 명문 국제고등학교는 입학 시험 대기자 명단에 이름을 올리기 위해 기다려야 할 정도로 한국 유학생들이 급증하고 있다. 더 이상 한국 학생을 받을 수 없다며 문의까지 사절할 정도다.

그 영향이 싱가포르 초등학교에까지 미쳤다. "싱가포르 초등학교에 입학하는 데 필요한 서류가 미국 대학교 입학 서류보다 많은 이유가 뭐죠?" 아이를 싱가포르로 조기 유학 보내려는 한 학부모가 몇 사람 건너 내게 전화로 물었다. 국제고등학교에 부속된 국제초등학교 학생은 웬만하면 같은 재단의 국제 중 · 고등학교에 진학할 수 있다. 그래서 한국 조기 유학생들이 점점 더 늘어나고 있고, 학부모들은 싱가포르 초등학교에 입학하려고 미국 대학 입학 원서를 능가하는 서류를 준비하는 것이다.

하지만 싱가포르가 대학을 위한 해답은 아니라는 것을 기억해야 한다. 어디에서나 마찬가지지만, 잘못된 길을 가는 학생들이 종종 생기고, 그런 학생들은 타국이기 때문에 바로 잡기가 쉽지 않다. 그런 학생들을 옆에서 보는 것만으로도 같은 학부모의 심정으로 애가 닳을 때가 많다.

세계를 누빌 수 있는 학생들을 키워내는 싱가포르의 교육, 그들 학교의 커리큘럼이나 우수한 교사와 재정적인 후원은 종합대학이 하나뿐인 조그마한 섬나라 싱가포르가 한국 유학생들을 끌어들일 만한 충분한 이유가 된다. 주말마다 파티를 하고 더워서 늘어져 있는 것 같아도 싱가포르 학생들의 실력은 매우 뛰어나다.

적도의 서향집에서 살다

해외 생활의 첫 관문인 집 구하기부터 실수투성이였다. 우리가 싱가포르에서 처음 살았던 집을 구경하러 간 시간은 해가 뉘엿뉘엿 넘어가는 초저녁 무렵이었다. 며칠 동안 싱가포르 시내의 집들을 돌아보았지만, 마음에 쏙 드는 집이 없었다. 집이 좀 낡았다거나, 일본 사람이 너무 많이 살거나, 버스 정류장이 너무 멀다거나 아파트마다 한두 가지 흠이 있었다. 덥고 힘들어 지쳐 있던 중 부동산 업자 황 사장의 즉흥적인 추천으로 집을 보러 갔다. 황 사장은 우리와 함께 싱가포르 시내를 다니면서, 중개사 특유의 감각으로 우리 부부의 취향을 알아낸 것 같았다. 그녀는 2년 뒤 우리의 두 번째 집도 구해주었다.

한국에서 집을 구하려면 원하는 동네의 부동산을 찾아다니면서 좋은 곳을 알아보지만, 싱가포르에서는 원하는 곳과 방향과 가격을 이야기하면 부동산 업자가 알아서 싱가포르 전역의 매물을 체크해서 집을 구경시켜준다.

부동산 업자는 고객의 말과 전혀 다른 마음의 요구를 잘 파악해야 한다. 우리가 두 번째 세든 집도 황 사장이 구해줬지만, 폴린이라는 아주 활달한 부동산 업자를 통해서였다. 그집은 폴린하고만 거래를 했기 때문이다.

폴린은 고객과 돈독한 관계를 유지하며 고객 관리를 하고 있었다. 폴린이 집을 보여주러 동네에 나타나는 날이면 온 동네가 들썩인다. 앞집 할아버지와는 거의 30분을 속닥거린다. 옆집 할머니가 없으면 메이드에게 안부를 전하고 가는 소리가 들린다. 길 건너 집까지 빠뜨리지 않고 한 번씩 돌면서 소식을 알려주고 간다. 집집이 손자들의 근황과 아이들 이야기, 시시콜콜한 가정사까지 다 알고 있는 그 동네의 마당발이다. 이사 들어온 사람이 집들이를 할 때는 부동한 업자를 초대할 정도다. 그처럼 자세히 알고 있어야 세 놓은 집을 제대로 관리해줄 수 있고, 정확한 거래를 할 수 있다. 우리가 살던 집도 그녀를 통해서만 거래되었다. 나중에 우리가 그 집에서 이사를 나올 때 폴린은 새로 세 들어오는 싱가포리안에게 영국의 임페리얼 공과대학에 두 명이나 보낸 집이라고 귀띔하는 것을 들었다.

황 사장이 우리에게 처음 소개한 집은 시내에서 한참 떨어져 있고, 이스트 코스트의 동쪽 해변 가까이에 있는 탄정루로드의 콘도였다. 콘도는 한국식으로 말하면 민영 아파트 단지인데 대부분 고급 아파트이다. 콘도에는 최고급 시설의 헬스장과 수영장, 테니스 코트 등이 기본으로 갖춰져 있다. 주인용 엘리베이터와 일꾼이나 메이드가 사용하는 엘리베이터가 구분되어 있고, 대개 중산층 이상의 싱가포리안이나 외국인이 거주한다.

그에 비해 싱가포르 정부에서 지은 저렴한 HDB (Housing & Development Board) 아파트는 외국인에게 매매나 임대가 되지 않는다. HDB 아파트는 담보로 제공할 수 없고, 투기를 할 수 없는 순수 주거 목적의 아파트여서 몰래 임대했다가는 집을 통째로 빼앗길 수 있다. 전기 절감을 위해 엘리베이터 운행도 층별로 제한한다. HDB 아파트보다 고급형인 국영 고층 아파트도 있는데, 이는 HUDC(Housing & Urban Development Cooperation)라고 한다.

싱가포르도 영국이나 미국처럼 집을 월세로 빌려준다. 외국인이 사는 콘도의 월세는 매우 비싸다. 월세가 비싸다고 해서 선불리 집을 구입할 수도 없다. 우리가 처음 싱가포르에 갔을 때는 세계 경기가 풀리지 않은 2000년대 초반이라서 콘도 가격이 하락하고 있었다. 우리가 보러 간 콘도도 불황 탓에 빈집이 많아 따로 연락할 필요도 없이 쉽게 집 안을 구경할 수 있었다.

"그래도 한때는 최고의 명당이라는 풍수지리설에 힘입어 싱가포르에서 제일 비싸고 인기가 좋은 콘도였는데, 잠시 경제 한파를 맞아 빈 집이 많아진 것뿐" 이라고 황 사장이 말했다. 우리 부부는 그 집 거실 창으로 은은하게 밀려들어온 적도의 석양에 넋이 나갔다는 게 맞는 표현이겠다. 하지만 적도에는 석양이 없단다. 석양에 반해서 그 집에 세 들었다는 말에 친구들이 비웃었다. 바보도 아니고 석양도 없는 적도에서 석양에 반해 집을 구하다니….

해가 서서히 수평선 아래로 사라져가는 한국의 석양과 달리, 적도에서는 해가 수평선 가까이 내려오다가 갑자기 없어진다. 위도가 높은 지역에서는 해가 비스듬하게 사라져서 석양을 오래 볼 수 있지만, 위도가 낮은 적도 부근에서는 해가 수직으로 지기 때문에 사람들의 눈에는 해가 갑자기 사라지는 것처럼 보인다. 그래서 적도에는 석양이 없다고들 한다. 하지만 우리가 본 것은 틀림없는 석양이었다. 더위 때문인지 서쪽 하늘로 기울어지면서 타오르는 석양은 다른 나라에서는 볼 수 없는 화려하고 강렬한 색깔이었다.

그게 석양이든 아니든 그런 저녁놀은 태어나서 처음이었고, 적도에 온 대접을 받는 기분이 들었다. 특히 요란한 색으로 활활 타오르다 말고 갑자기 자취를 감춰버린 석양의 뒤끝에 잔잔하게 잦아들어가는 빛의 정적이랄까? 무척 매력적이었다. 집에 돌아왔는데도, 다음 날이 되었는데도, 너무나 강하게 그 석양의 잔영이 눈앞에 아른거렸다.

찰나의 마주침이었어도, 시간이 흐를수록 마음속에 잔영을 남기는 사람이나 장소, 음악이 있다. 잔잔한 듯, 별 힘이 없는 듯하면서도 마음속에 오래 파동을 남기는 그런 부류들. 은근히 사람 속을 복잡하게 만든다. 도무지 떨쳐낼 수 없는 알 수 없는 위력을 가진 그 존재 앞에서는 거부 의사를 표하기가 쉽지 않다.

존재하지도 않는다는 석양이 아름다운 것 외에는 조건이 맞지 않는 콘도였는데, 부부가 나란히 뭐에 홀린 듯 저항하지도 못하고 월세 계약을 했다. 흠이 한두 가지뿐인 아파트들은 다 제쳐두고, 존재하지도 않는 석양이 감동적인 것 빼고는 좋은 점이 거의 없는 집을 고르는 바보 같은 짓을 했다.

적도에서의 석양… 그러니까 서향집에 세를 든 것이다. 주말마다 콘도 앞에서 벌어지는 파티는 상대도 되지 않았다. 한국에서도 서향집은 피하는데 적도에서 서향집에 세를 들었으니, 눈물 나도록 아름다운 석양을 볼 수 있는 창은 로맨틱할지 모르지만, 적도의 오후 볕은 아파트를 통째로 구웠다.

거실에 있는 테이블 유리를 고정하는 고무받침대는 죄다 녹아내렸고, 뜨듯한 거실 벽은 밤이 새도록 식을 줄 모르다 아침이 되면 다시 달아올랐다. 수돗물의 찬물 꼭대기에서는 지열을 잔뜩 받은 뜨뜻한 물이 나왔다. 가슴을 찌르르하게 하는 시원함은 바라지도 않았다. 그저 찬물이라고 말할 수 있을 정도만 돼도 좋겠다 싶었다. 미지근한 수돗물로 밥을 짓고 국을 끓이는 마음이 갑갑했다.

게다가 그 아파트는 위치상으로도 싱가포르에서 가장 더운 지역에 있었다. 마름모꼴의 싱가포르는 동서로 나눠 기후 차가 좀 난다. 서울 크기밖에 되지 않는 작은 나라인데도 한쪽 지역에 비가 오는데 다른 쪽은 화창하다. 그래서 쇼핑을 하러 가거나 볼일을 보러 시내로 나가기 전에 콘도 창밖으로 서쪽 하늘을 확인하곤 했다. 외출 전에 시내 중심가가 있는 서쪽 하늘의 석양이나, 비구름을 확인하고 우산을 준비할 수 있다는 게 우리 콘도의 유일한 장점이었다.

동쪽은 날씨가 맑고 비가 자주 내리지 않는다. 그래서 비행기가 뜨고 내리기 좋아서 창이국제공항도 동쪽 끝에 있다. 대신 동쪽이 확실히 더 더웠다. 그에 비해 서쪽은 비가 자주 오고 날씨가 서늘하다. 웬만큼 괜찮은 주택가나 콘도는 대개 서쪽에 있고 주택 가격도 서쪽이 비싸다. 혹시라도 싱가포르에 정착할 일이 있으면 서쪽 지역에서 아파트를 구하면 좀 편하게 생활할 수 있다. 싱가포르 서쪽 지역의 실내에서만 산 사람이라면 싱가포르의 더위를 그럭저럭 참을 만하다고 말하기도 한다.

삼월인데도 더웠으니, 점점 다가오는 여름이 두려웠다. 그러나 싱가포르에 온 지 좀 되는 주재원 부인들은 땀을 뻘뻘 흘리면서 “여름이 오면 좀 나아질 거예요”라며 황당한 위로를 했다. 그녀들의 피부는 강한 자외선과 더위 때문에 시골 아낙네보다 더 늙어 보였다. 두터운 파운데이션으로도 뺨과 귀 밑까지 까맣게 내려앉은 기미를 감추지 못했다. 커다란 모공을 따라 파운데이션이 동그랗게 말려 있었다. 한

번 늘어난 모공은 턱뼈를 갈아 얼굴형까지 바꾼다는 현대 성형 기술로도 줄이기가 쉽지 않다. 그래서 그녀들은 더위보다는 더위 때문에 넓어져만 가는 모공 관리로 마음이 바빴다. 땀 때문에 화장이 먹지 않아서, 화장이 뭉쳐 흘러 내리는 것을 안타깝게 바라보며, 내가 싱가포르에 도착한 삼월부터 오월까지가 연중 제일 더운 달이라는 것을 어떻게 믿어야 할지 갑갑했다.

불행 중 다행은 2~3년 지나면 더위도 음악도 다 뒤로하고 싱가포르를 떠나야 하니까, 길어봤자 삼 년만 참으면 된다는 것이다. 그렇게 생각하자 복잡하던 머릿속 실타래가 술술 풀렸다. 인생도 그렇게 잠시 후면 다 버리고 가야 하는 거라고 마음먹으면 사는 게 좀 쉬워질까?

매력 없고 재미없고 지루한 더위

더위도 사람을 못쓰게 하는 데 한몫한다. 왈츠를 추는 더위라… 아무리 로맨틱하게 들려도 싱가포르 더위에서 낭만을 기대하면 안 된다. 싱가포르의 더위는 한마디로 말해 매력 없는 더위, 재미없는 더위다. 에어컨, 빌딩, 아스팔트… 그런 도회적인 환경에서 나오는 지루한 더위다. 처음 싱가포르의 더위를 맛보았을 땐 얼마나 덥고 지루한지, 차라리 사막의 더위가 나을 거라고 투덜거렸다. 끝이 보이지 않는 모래언덕과 우울한 낙타의 걸음, 목마름, 그런 데서 묻어나는 절망과 아득함이 주는 신비. 길을 바꿔버리는 거대한 모래바람 앞에서의 경이와 야자수 몇 그루 서 있는 오아시스의 기쁨. 그런 매력이 있는 더위라면 참을 만하리라고 떠들고 다녔다. 그러나 싱가포르에 1~2년을 살고 나니, 사막에 대한 막연한 환상 때문에 이런 불평을 한 것이 아님을 깨달았다. 싱가포르 더위의 문제점을 몸이 먼저 알아채서 하게 된 당연한 불평이었다.

사막은 일교차가 크다. 사막에서는 밤낮으로 바뀌는 기온의 곤두박질을 틈타 더위를 피할 여유가 있다. 반면에 싱가포르는 일교차가 작다. 아침, 저녁 어느 시간에도 더위를 피할 틈이 없다. 낮에 비해서 밤 기온이 조금 낮긴 하지만 낮 동안 모인 복사열과 높은 습도, 그리고 밤에 대한 기대치가 체감 온도를 확 높여놨다. 그래서 싱가포르에서는 하루 종일 뜨겁고 무거운 돌을 머리에 인 것처럼 갑갑한 더위 속에서 살아가야 한다. 밤새 더위에 시달리다가, 시원한 공기를 찾아 새벽부터 공원, 해변으로 돌아다녀봤지만 마찬가지였다. 새벽 6시부터 시간을 앞당겨보았다. 5시도 4시도 3시도 마찬가지로 더웠다. 낮도 덥고, 밤도 덥고, 새벽도 덥다.

순식간에 휩쓸고 가는 스콜과 12월경에 오는 계절풍의 몬순만이 유일한 탈출구였다. 스콜은 물을 쏟아 붓듯이 갑자기 짧게 내리는 소나기다. 그나마 동쪽 지역은 순식간에 지나가고 스콜 뒤의 습한 더위는 더 곤욕스러웠다.

하루 중 머리가 쉴 시간이 없다는 게 문제였다. 시간이 흘러갈수록 머릿속의 뇌가 서서히 익어가는 기분 나쁜 느낌이었다. 싱가포르에 처음 온 사람들은 이런 이상한 증세의 두통에 시달리다 못해 약을 복용했다. 두통약을 장기 복용하는 사람도 많았다. 약을 신뢰하지 않아서 40도 내외의 고열일 때도 진통제를 먹지 않고 잘 버텨왔던 나도 35도 내외의 더위 때문에 두통약을 복용해야 했다.

그러니 게으르고 바보가 될 수밖에 없다. 자기 관리를 조금이라도 소홀히 하면 게으르고 느려터진다. 도로변이나 공원, 아파트 단지의 일꾼들은 일을 하는지 놀러 나왔는지 구분이 되지 않을 정도로 행동이 굼뜨다. 빗자루로 한 평 바닥을 쓸어내는 데 한 시간을 잡아먹는다. 일을 하기보다는 꽃밭에 반쯤 드러누워 뒹구는 시간이 많다. 더운데 후다닥 해치우고 그늘에 가서 쉬면 될 일이지 싶었다. 그러나 더위를 피해보겠다고 서둘렀다가는 일사병에 걸려 죽을지도 모른다.

수퍼마켓의 점원들도 얼마나 행동이 굼뜬지, 꾸물대면서 봉투에 물건을 담는 행동이 너무 느려서 물건을 빼앗아 내가 담고 싶을 정도였다. 머리가 나빠서 계산이 느린 것은 이해할 수 있다. 머리를 쓸 필요가 없는 기초적인 손놀림조차도 제대로 못하는 것은 납득이 되지 않았다. 별 급한 일이 없어도 답답할 판인데, 좀 서둘러야 할 때는 거의 돌 지경에 이른다. 한국 점원더러 그렇게 천천히 일하라면 아마 손님보다도 점원이 먼저 미쳐버릴 것이다.

그처럼 느릿느릿하면서도 집에 와서 보면, 물건들을 어떻게 담았는지 식료품 수보다 식료품을 담은 봉지가 더 많을 때가 있다. 유리병이나 생선, 고기류가 있을 때는 꼭 그랬다. 장을 보면 몇 가지 안 되는 식료품에, 한국에서는 한 장에 50원 하는 비닐 봉지가 수두룩하게 딸려와 있다.

싱가포리안만 그러는 게 아니라 미국과 영국 등의 선진국에서도 마찬가지다. 대부분의 해외 교민들은 수퍼마켓이나 은행 등 공공장소에서 굼뜬 외국인들 때문에 뒤통수를 한 대 쥐어박고 싶을 만큼 속이 탈 때가 많다고 하소연을 한다.

미국과 영국에서는 거스름돈을 한국과 달리 거꾸로 센다. 한국인은 두어 번만 물건을 사면, 이 거스름돈 계산이 이미 머릿속에 나와 있다. 얼마를 거슬러 받아야 할지 알고 있는데, 거꾸로 세기 시작해서 내가 낸 돈 투웬티(20달러)까지 오려면 한참 걸려야 하는 서양 점원의 셈법을 두 눈 질끈 감고 기다리는 마음이 편하겠는가? 영어도 유창하지 않으면서 쓸데없이 독촉을 해댈 수도 없다.

외국인이 기억하는 한국어가 '빨리빨리'라는 것도, 한국인의 급한 성미가 드러나는 부끄러운 면도 있지만, 한편으론 전혀 다른 면도 있다. 한국인이 얼마나 부지런하고 영리한지 알 수 있다. 웬만한 나라의 국민들은 한국인이 갖고 있는 머리 회전 속도를 따라잡을 수 없다는 믿음은 외국에 살수록 더 확실해졌다.

일꾼들이 일하다 말고 꽃나무 그늘에서 노닥거린다고, 점원이 계산을 느리게 한다고, 손놀림이 둔하다고 야단치거나 감독하는 사람도 없다. 싱가포리안의 천성이 자비롭거나 느긋해서가 아니다. 마음에 들지 않는다고 일일이 참견하고 돌아다니다간 더위 때문에 제풀에 초죽음이 될 것이기 때문이다. 싱가포르 생활이 처음인 외국인 주인들은 이따금 성급한 제 성미를 이기지 못해 화를 내기도 하고, 일꾼을 세워

놓은 채 자기가 일을 해치우기도 한다. 그래봤자 사람 부릴 줄 모르는 주인으로 전락할 뿐이다.

3~4년 살다 갈 주재원들은 "일꾼들이 게으름 피우는 것을 보고도 그냥 지나칠 수 있으면, 이 남쪽 나라를 떠날 날이 왔다"라고 농담을 한다. 게으른 남쪽 나라 사람들에게 익숙해지는 데 몇 년이 걸린다는 뜻이다. 그만큼 게으른 싱가포리안들을 움직이게 하는 일이 쉽지 않다. 점원들은 주로 싱가포리안이고, 일꾼은 동남아의 가난한 나라에서 온 사람이 많다.

인도인과 중국인이 처음 싱가포르에 정착했을 때는 너무 약삭빨라 말레이계 원주민이 심한 거부감을 드러낼 정도였다. 그런 그들이 이제는 로컬 호커 센터에서 멍한 눈빛으로 넋을 놓고 앉아 있다. 세계 최고의 대학에 기록적으로 많은 학생을 입학시키고, 여전히 세계 경제와 정치의 중심에 서 있지만, 더위 앞에서 흐트러지는 것은 어쩔 수 없는 듯하다.

느리고 게을러야 정상

누구라도 더운 적도의 나라에 살다보면 게을러질 수밖에 없다. 4년 만에 귀국 이삿짐을 싸던 날이었다. 이삿짐에 쓸데없는 짐이 딸려 들어가도, 선물용으로 사야 할 몇 가지 용품이 떠올라도, 이삿짐을 좀 허술하게 싸도, 나는 거실 한가운데 있는 빈 소파에 넋 놓고 앉아만 있었다. 그러면서 이삿짐꾼들을 칭찬했다.

"어머나! 어쩜 이렇게 일을 잘하세요? 싱가포르에서는 보기 드문 일꾼들이네요! 사장님."

진심이었다. 이삿짐 회사의 사장은 기분이 좋았는지 장황하게 설명했다. "저희 회사에서는 정기적으로 특별교육을 시킨답니다. 한국 손님들 취향에 맞게요."

정말 그들은 싱가포르에서 보기 드물게 손 빠른 일꾼들이었다. 나는 이삿짐을 싸는 내내 제일 마지막에 싸기로 한 거실 소파에 앉아서 "세상에! 세상에!" 하면서 감탄만 하면 되었다. 세상은 날이 갈수록 살기 좋아졌다. 싱가포르도 많이 좋아졌고, 4년 전 한국에서 부친 이삿짐이 싱가포르에 들어오던 날과는 전혀 딴판이었다. 그때만 해도 소문으로 듣던 게을러터진 싱가포리안들의 일솜씨는 거의 졸도할 정도로 느렸다. 당시 나는 부엌이고 거실, 안방 할 것 없이 온 집안을 종종거리며 뛰어다니면서 일꾼들을 감독하고 지시하느라 바빴다.

6인용 식탁 유리 하나를 식탁 위에 맞춰 올리느라고 다섯 명의 장정이 들러붙었는데도 허둥지둥이었다. 옮기려는 순간 서로 방향이 맞지 않아서 유리를 깨뜨릴 뻔했다. 유리를 들고 선 채로 각기 다른 언어로 "어버버~~" "이~얼~" "완 투~~" 하다가 히쭉 웃었다. 다민족 국가라 서로 언어가 달라서 의사소통이 제대로 되지 않았다. 결국 그중 야무져보이는 한 사람의 제안으로 싱글리시로 "완 투 완 투"에 맞추기로 합의를 보는 것 같았다. 갑자기 그의 어투에 대단한 일을 해낸 듯 당당함이 넘쳤다.

그깟 식탁 유리 하나 맞추는 데 무슨 특별한 의논과 구령이 필요하냐고? 그 유리는 대전에서 잠시 살 동안, 한국인 사이에는 느리기로 정평이 난 충청도의 유리 장사 아저씨가 새로 갈아준 것이다. 아저씨가 혼자서 만들어 와서, 내 도움도 없이 혼자서 식탁 위에 척 놓아주면서 "6만원짜리 중국산하고는 질적으로 다른 국산 유리"임을 수십 번 강조하고는 내 손에서 8만 원을 채간 그 유리였다. 그걸 장정 다섯이 귀퉁이를 붙들고 서서, 방향과 구령조차 맞추지 못해서 낑낑대고 있었으니 기절할 수밖에.

또 부엌 짐을 푸는 싱가포르 일꾼은 랩으로 꼼꼼히 싼 유리 그릇을 풀기는커녕 손에 든 채로 그냥 서 있었다. 어찌할 지 몰라 멍청히 서 있는 일꾼을 잠시 지켜보다가 결국 그냥 보내고야 말았다. 아무것도 모른다는 순진한 얼굴을 한 일꾼에게 성질까지 내면서 일을 가르치느니, 혼자서 조용히 하는 게 나았다. 끈기 있게 기다려야 했는데….

기다림은 적도에 사는 외국인, 특히 한국인들이 넘어야 할 관문이었다. 일꾼을 부리는 법과 느리게 사는 법은 일맥상통했다. 기다림이 부족한 한국인, 그건 내가 넘어야 할 과제였다. 그런데 4년이 지난 지금, 알고 보니 변한 것은 그들이 아니라 나였다.

귀국 후, 인천항에 도착한 이삿짐을 집으로 가져온 날이었다. 한국인 일꾼 3명이 와서 거의 서너 시간 만에 이삿짐을 풀었다. 열 명이나 되는 싱가포르 일꾼이 한나절 걸려 싼 이삿짐이었다. 짐을 푸는 게 더 쉽다지만 그렇다 해도 너무나 극과 극의 상황이었다.

한국인 일꾼들은 이삿짐을 푸는 동안 내가 무엇을 했는지 기억이 없을 정도로 정신없이 짐을 풀어주고 가버렸다. 그들은 세관 통관이 늦어지는 바람에 짐이 늦게 도착했다고 투덜대며 서둘렀다. 누가 서두르라고 재촉도 하지 않았는데 말이다. 소중해 보이는 짐들은 농 안에 밀어 넣어주면서 나중에 풀라고 점잖게 꾀도 피웠다.

그들은 정신적 · 육체적으로 우리 부부의 혼을 싹 빼놓고는 이사 쓰레기와 저녁 식대 3만원까지 싸들고 '휙' 하니 가버렸다. 그 뒤끝은 토네이도 같은 강한 회오리바람이 내 몸을 돌아 가버린 것처럼 공허했다.

싱가포르 일꾼들의 손놀림이 좋아진 것이 아니었다. 4년간의 더위에 내가 변했던 것이다. 그놈의 더위 때문에 게으르던 몸이 더 게을러져서 예전 같았으면 마음에 차지도 않았을 싱가포르 일꾼들의 일솜씨가 대단해 보였던 것이다. 속도가 너무나 빠른 한국 생활에 적응하기가 쉽지 않았다.

싱가포르의 더위를 이길 장사는 없다. 한국에 돌아와 보니 사람들은 느리게, 여유 있게 살려고 나름대로 애를 쓰고 있었다. 확신하건데 그건 쓸데없는 짓이다. 한국인이 느리게 사는 것은 천재지변이 일어나야만 가능하다. 한국인을 아는 영국인 친구들조차 근면하면서도 쉴 새 없이 파닥거리는 한국인의 성품은 지금의 경제 성장을 이루기 위해 어쩔 수 없이 만들어졌다고 입을 모았다.

그러나 이제 보니, 그런 한국인의 성품은 국가 · 경제 · 정치적 요소에 의해 어쩔 수 없이 형성된 것만은 아니었다. 사는 땅과 기후가 제공하는 요소들에 영향을 받는다는 것을 싱가포르에서 알게 되었다.

지구에는 한국처럼 매몰찬 겨울 바람과 따가운 여름 햇살, 살을 에는 추위와 껍데기를 한 겹 벗겨내는 더위가 반복되는 나라가 얼마 없다. 그런 기후에서는 게으르면 살 수 없다. 그런 급변하는 계절 속에서도 게으르게 살 수 있는 사람은 타고난 게으름뱅이일 것이다.

싱가포르에 사는 한국 주부들에겐 더운 날씨가 그나마 고마울 때가 있다. 철마다 옷장의 옷을 넣었다 뺐다 하지 않아도 되니까…. 한국에서는 옷장에 옷 넣었다 빼는 사이에 주부들의 일 년이 다 가버린다. 봄이 되기 전에 봄옷을 꺼내 털어야 하고, 겨울옷은 드라이클리닝을 하거나 손질해서 옷장 안쪽으로 넣어야 한다. 방부제는 냄새가 나지 않는 나프탈렌으로 잘 골라서 사 넣어야 한다.

게다가 꽃샘추위나 이상기온까지 예측해서 옷장 정리를 해야 한다. 그렇지 않으면 넣어두었던 겨울옷을 몇 번 다시 꺼내야 하는 불상사도 생긴다. 여름, 가을, 겨울이라고 다를 게 없다. 옷 하나도 사계절에 따라 바쁘게 입어야 한다. 철마다 있는 집안의 대소사는 고사하고 이부자리, 냉난방 제품들을 챙기다보면 한국에서의 삶은 늘 바쁘다. 한국 주부들이 흔히 하는 "하는 일도 없는데 바빠요!"가 결코 인사치레가 아니다. 그러니 계절에 따른 인생사야 오죽이나 바쁘고 복잡할까!

한국에선 잘해야 이모작이다. 정신없이 급변하는 사계절의 운행을 따라 열심히 씨 뿌리고 거두어도 태풍이나 장마, 가뭄이 닥치면 한순간에 모든 것이 끝나버릴 수도 있는 게 한국의 기후다. 그 속에서 게을렀다가는 곧바로 도태될 것이다. 그러나 남쪽 지역에서는 가만히 있어도 삼모작, 사모

작까지 할 만큼 식물이 저절로 자란다. 나무와 풀에 맺히는 열매는 먹을거리가 되어 사방에 널려 있다.

초·중학교 지리 시간에 외우던 동남아시아 국가들의 이모작, 삼모작 지도가 오랜만에 기억 속으로 되돌아와서 새로운 사실을 알려주었다. 모를 한 번 더 심는다는 것은 수확량이 넉넉하다는 사실만 말하는 게 아니었다. 곡식이 풍부한 만큼 사람은 게을러져도 된다. 파종 때를 놓쳤다면, 두어 달 뒤에 다시 파종을 하면 된다. 농사 주기에 맞추느라고 파닥거릴 필요가 없다. 넉넉한 자연 아래서 곡식들이 열심히 자라주니까….

한국에서 가져온 봉숭아 씨는 채 자라기도 전에 첫 꽃을 피우더니, 일주일 간격으로 꽃을 피우고 지는 것을 반복하다가 꽃 피우는 일에 지쳐 말라 죽고 말았다. 일 년에 한 번 꽃을 피우던 식물이 따뜻한 날씨와 적절한 습도 때문에 한 달에 서너 번 피고 지고 했으니 힘겨울 수밖에.

그들의 기다림과 여유, 느림은 더운 나라에서는 어쩔 수 없이 습득되는 삶의 형태였다. 자연에서 얻어지는 본능이었다. 자연이 제공해주는 느릿함이었다. 사람이 자연을 떠나 따로 존재할 수 없다. 그 땅에서 제대로 살아가려면 적당히 느리고 게으름을 부릴 줄 알아야 했다. 갓 발령을 받고 온 신참내기 한국 주재원들은 더운 싱가포르에 와서 한국에서처럼 파닥거리다가 한 차례씩 큰 열병을 앓고나서야 정신을 차린다. "천천히, 천천히…."

낮을 더위에게 밤을 모기에게

싱가포리안은 사스의 전염률이 말라리라의 전염률보다도 낮다고 말했다. 난데없이 웬 말라리아냐 싶겠지만, 싱가포르에서는 말라리아가 대단히 중요한 의미를 지닌다.

늦은 밤, 우리는 무더위나 사스 때문이 아니더라도 싱가포리안과 함께 왈츠를 추러 나갈 수 없었다. 밤이면 나타나는 그 유명한 말라리아모기 때문이었다. 남편이 싱가포르로 발령났을 때부터 시작된 나의 고민은 이사 준비나 아이의 학교 문제, 미지의 나라에 대한 불안이 아니라 말라리아모기 때문이었다.

"말라리아 예방약을 먹고 가야 되는 거 아닌가요?" 싱가포르에 다녀온 사람이나 싱가포르를 좀 안다는 사람을 보면 죄다 붙잡고 말라리아 집착증에라도 걸린 사람처럼 묻고 다녔다. 내가 말라리아를 두려워하는 데는 이유가 있다. 영국에서 돌아오자마자, 아프리카도 아닌 서울 근교의 일산에서 말라리아모기에 물려 죽을 뻔했기 때문이다. 그 이후로는 모기에 대해 최대한의 방비를 했다. 자다가도 미세한 사이렌 소리가 들리면 벌떡 일어나서 밤을 새우며 모기와 전투를 벌였다. 얼마나 치열했는지 침대 옆의 벽은 항상 피로 얼룩져 있었다. 이런 고생을 아는 대부분의 친지들은 웃으면서 안심시켜주었다. "깨끗하기로 소문난 도시국가 싱가포르에 말라리아가 있다는 소리는 들은 적이 없어. 너무 걱정하지 마."

그러나 지도를 보며 연구한 결과 싱가포르가 아무리 깨끗한 섬나라라고 해도 지척에 낙후된 나라인 말레이시아가 있었다. 싱가포르에서 말레이시아까지는 긴 다리가 연결되어 있다던데 말라리아모기가 양쪽을 왕래하는 것은 아닐까? 모기에 관한 한 전문가만큼 많이 주워들은 나로서는 아무리 싱가포르가 깨끗하다고 해도 말라리아 환자가 없다는 사실이 믿어지지 않았다. 바로 다리 건너 말레이시아가 말라리아모기의 본부인데, 모기가 그 정도의 물을 건너지 못한다는 것은 내 상식으론 납득이 되지 않았기 때문이다.

"싱가포르에 말라리아 예방약 먹고 가는 사람은 이제껏 없었다니까!" 그렇게 핀잔을 들으며, 긴가민가하는 마음으로 도착한 싱가포르에는 걱정하던 대로 말라리아모기가 있었다.

"말라리아?" 그 한마디에 그에 얽힌 뜬소문과 사실들이 이곳 사람들의 입을 통해 쏟아져나왔다. 말라리아로 죽어나가는 사람들도 있고 시내 한가운데에 있는 포트 캐닝 공원에는 이미 수백 년 전에 싱가포르 요새를 지키러 왔다가 말라리아로 죽은 젊은 병사들의 묘가 있었다. 뿐만 아니라 요즘 새로 등장한 뎅기열모기는 한번 물리면 열과 고통이 너무 심해 죽음에까지 이른다.

뎅기열을 겪어본 사람 왈 "해산통 같아요. 하지만 해산통은 짧으면 두어 시간 길어야 하루만 참으면 되지만, 며칠씩 해산통을 앓는다고 생각해봐요."

제정신일 수가 없겠지. 게다가 뎅기열모기는 면역이 되지 않아서 한 번 걸렸던 사람이 다시 걸릴 확률도 꽤 높다. 두세 번 걸린 사람의 불운만큼 끔찍한 일은 없다.

나무줄기든 등걸이든 상관없이 아무 데나 뿌리를 내리는 번식력 좋은 열대 나무들과 하루에 한 번씩 쏟아 붓는 엄청난 스콜은 모기 유충이 서식하는 데 최적인 축축한 습지를 조성했다. 일 년 내내 무더운 여름인 이곳의 기후는 온갖 벌레에겐 천국 같은 날씨이리라. 아무리 깨끗한 나라라고 한들 세계적으로 유명한 열대우림이 도심 한가운데 떡하니 버티고 있는 나라에서 무슨 수로 작은 곤충을 퇴치할 수 있겠는가? 그것은 바람이 심하게 부는 날 바로 옆집에 불이 났는데 자기 집에 옮겨 붙지 않게 애쓰는 일과 같을 것이다. 하지만 싱가포르에서는 그 일을 하고 있었다. 그들은 말라리아라는 위협의 한가운데 있었지만, 말라리아 정도는 아무것도 아닌 것처럼 살고 있었다. 거기에 바로 오늘날의 싱가포르가 만들어진 비밀이 있었다.

최적의 습지에 둥지를 틀어 번식을 해야 하는 말라리아모기들, 화상을 일으킬 정도의 불볕더위, 이곳 외에는 갈 곳이 없는 화교와 그외 이민자들, 그 어느 누구도 물러설 수 없는 상황이었다. 말레이시아가 기꺼이 포기해버린 땅, 적도의 조그마한 섬이었지만, 싱가포르는 현재 싱가포리안들에게는 절대절명의 땅이었다. 낮은 더위에게, 밤을 모기에게 양보하면 살길이 없었다. 최선은 더위와 말라리아모기와 함께 사는 길뿐이었다. 덥다고 방구석에만 틀어박혀 살 수는 없는 일이다.

말라리아의 피해를 줄이기 위해 싱가포르 정부는 사람이 할 수 있는 최선의 노력을 했다. 정기적으로 집집마다 모기 퇴치를 잘하고 있는지 점검을 한다. 아무 집이나 급습하여 화분 밑의 고인 물이나 정원에 떨어진 축축한 잎사귀, 지붕 틈새 등에서 말라리아모기의 유충이 발견되면 유충의 수를 세어 벌금을 물린다.

한국 교민들이 말라리아에 걸린 후에는 한국 가정을 종종 급습했고, 그 때문에 벌금을 무는 교민들도 심심찮게 생겼다. 질서의 나라 싱가포르에서는 모기들도 질서를 꽤나 잘 지키는 듯싶다. 모기들에게도 벌금을 물리는지… 혹독한 훈련을 받은 모기들처럼 늦은 밤에는 정원에 나돌아 다니지 않는다.

알고 보니 싱가포리안들은 말라리아모기에 대해서는 나보다 전문가였다. 싱가포르의 모기는 이른 아침과 초저녁에만 활동할 뿐, 해가 중천에 떠 있는 대낮이나 늦은 밤엔 잘 나타나지 않는다. 시간만 잘 조절하면 모기에게 한두 번 물리는 정도로 밤늦은 바비큐 파티나 야외 활동을 즐길 수 있다. 그래서 싱가포리안들은 말라리아모기를 전혀 개의치 않고 밤늦도록 왈츠를 추며 야외 파티를 즐기는 것 같다.

밤뿐만 아니다. 그들은 낮에 돌아다니는 모기들도 별로 신경을 쓰지 않는다. 되레 매달 집 주위를 소독하면서도 정원에 자주 나오지 않고 창문을 꼭꼭 닫고 사는 우리 가족을 이상한 사람 취급을 한다. “모기가 어디 있다고… 이 동네에서 창문을 닫고 사는 집이 어디 있어요. 모기 걱정 말아요.” 창문만 열면 모기가 들어와서 밤잠도 못 자게 괴롭히는데, 어떻게 된 일인지 다들 창문을 열어놓고 지낸다. 담 너머 옆집의 탄 여사와 잡담을 나누느라 울타리 곁에 잠깐 서 있기만 해도 종아리며 빰이며 벌겋게 물리는데 그들은 끄떡없어 보인다. 싱가포르의 모기란 모기는 죄다 나에게만 덤벼드는 것 같았다.

모기에 시달리는 나를 비웃지만, 자세히 살펴보면 그들의 팔뚝이나 종아리는 벌레에게 물린 자국들로 온통 거뭇거뭇하다. 모기에게 물리지 않는 게 아니라 모기에 물리는 것을 별로 개의치 않는 것이었다. 그랬다. 그들은 까짓 일상적인 말라리아에 호들갑을 떨 필요가 없었다. 대륙의 끝까지 살 곳을 찾아온 이민자들의 섬에서는 더위나 말라리아 따위는 아무것도 아니기 때문이다. 이미 더위와 말라리아모기와 함께 사는 데 익숙한 듯하다.

싱가포르의 더위를 잡은 에어컨이라는 존재

"물길을 바꾸는 자가 이 땅의 왕이 되리라." 오래된 전설 때문에 강원도 한 마을의 강물이 몇 차례 바뀌었다는 이야기를 들은 적이 있다. 대권에 욕심 있는 사람들이 물길을 바꾸려고 온갖 권력과 돈을 들인다는 소문이 무성하다. 사실 여부를 떠나 농경 민족 한국인들에게는 그만큼 물의 흐름이 중요하다는 증거다.

"더위를 바꾸는 사람이 왕이 되리라." 더운 나라 싱가포르에 이런 전설이 있다면 아마 물길 대신 더위리라. 싱가포르에서 살아본 사람이라면 '더위를 조절할 수 있는 사람이 싱가포르의 진정한 리더가 될 것' 이라는 사실에 공감할 것이다. 그런데 놀랍게도 더위를 잡아서, 그 느리고 게으른 열대 지방 사람들을 움직인 사람이 있다. 싱가포르의 건설자로 알려진 전 리콴유 수상이다. 그는 게으르고 의욕도 없는 싱가포르인을 움직이게 해서 지금의 싱가포르를 만든 사람이다.

물론 그 유명한 채찍만 사용한 것은 아니다. 에어컨이라는 당근이 있었다. 물도 자원도 없고 덥기만 한 땅의 유일한 자산은 인간뿐이었는데 덥다고 길바닥에 늘어져 있으니, 그 인간들을 움직일 방도를 찾아야 했다. 채찍으로 질서를 세우고 싱가포르 섬 전체를 에어컨으로 덮다시피 하는 정책을 폈다. 싱가포르는 하늘 아래 에어컨으로 덮인 나라이다.

공중에 떠 있는 케이블카에도 에어컨이 있고, 동물원에서도 야외 에어컨 쉼터에서 유리창 너머로 야생 동물을 관람할 수 있다. 싱가포르 시내의 주요 빌딩은 지하로 연결되어 굳이 더운 지상에 나갈 필요가 없다. 쇼핑의 중심지인 오차드의 지하도로뿐만 아니라 에스플러네이드와 리츠칼튼, 선텍시티를 잇는 지하도는 싱가포르 강 남단의 쇼핑 센터와 호텔까지 시원한 에어컨 바람을 쐬며 다닐 수 있게 만들어놓았다.

빌딩과 주택에는 에어컨 시설을 갖추도록 했고, 한국에 지역 난방제가 있듯이 싱가포르에는 에어컨의 작동 경비 절감과 원활한 보급을 위한 지역 냉방제가 있다. 마음놓고 에어컨을 쓸 수 있도록 전기 요금까지 낮추어주었다. 그러다보니 에어컨이 너무 세서 실내에서만 지내면 싱가포르는 열대 지방이 아니라 북극이다. 사람뿐만이 아니다. 뜨거운 열기 때문에 자주 고장나는 첨단기계들까지 에어컨으로 냉각시켜 공장과 기업의 원활한 가동을 도왔다. 그래서 일할 의욕도 없이 열대나무의 그늘 밑에서 널브러져 있던 게으르고 나태한 국민들을 일터로 보내, 국민소득이 5만 달러가 넘는 지금의 싱가포르를 일구어냈다.

에어컨의 존재를 얼마나 소중하게 생각했는지, 리콴유 수상에게 오늘날의 싱가포르를 만드는 데 가장 공헌을 많이 한 사람을 꼽으라고 하니, 에어컨이라고 했단다. 에어컨이 아니면 오늘날의 싱가포르는 없었다고 한다. 더운 싱가포르의 날씨를 극복하게 한 에어컨. 에어컨이 사람이었다면 훈장이라도 내렸을 만큼 에어컨에 대한 싱가포르 정부의 애착은 대단하다고 한다.

"싱가포르 날씨가 어때요? 더워요?"

싱가포르를 방문할 친지들의 질문이 아니라 한국에서 갓 온 관광객이나 주재원들에게 내가 하는 질문이었다. 그들은 나의 괴상한 질문에 의아해했다.

"그게 아니라… 한국의 여름과 지금의 싱가포르 중에서 어느 쪽이 더 더운 것 같아요?"

그런 쓸데없는 질문을 한 것은 언제부턴가 싱가포르의 더위가 기억나지 않아서였다. 그때 내가 왜 그렇게 더워했는지. 그리고 왜 타이레놀 같은 알약을 먹어야 하루를 버틸 수 있었는지 도무지 이해가 되지 않았다.

버스 정류장에 서 있기만 해도 땀이 등줄기를 타고 흘러내렸는데, 그런 증상도 감쪽같이 사라졌다. 더운 나라에 가면 땀구멍이 넓어져서 땀이 많이 흐른다는데 그것도 잠시였다. 시간이 흐르면 더 이상 나올 수분도 없어지고, 피부는 까매져서 뺨이 더위에 발갛게 달아오를 일도 없다. 어느새 나도 모르게 싱가포르의 더위와 냄새, 독재가 만들어놓은 유리문 밖으로 한발 내딛고 있었던 것이다.

"싱가포르에 온 첫 해가 제일 더웠어요. 이상 기후 덕에 요즘에는 싱가포르도 살 만해요."

"온난화라더니 싱가포르는 거꾸로 가나봐요!"

먼저 온 주재원 부인들이 싱가포르의 날씨를 소개했을 때만 해도, 이상 기후로 싱가포르의 날씨가 시원해졌다고 생각했다. 우리가 머무는 동안에도 계속 이상 기후가 되어 서늘한 적도가 되었으면 좋겠다고 기대했었다. 다행히 시간이 지날수록 서늘해졌다.

그러나 '이상 기후로 싱가포르의 더위가 수그러들었다'는 건 외국인들의 착각이었다. 이상 기후로 싱가포르의 더위가 수그러든 게 아니라 사람들이 점점 그 더위에 익숙해졌을 뿐이다.

몸살기가 있거나 관절이 으슬으슬해지는 어느 날, 찜통같이 더운 오차드 거리를 싱가포리안처럼 카디건을 입은 채 걷고 있는 내 모습을 보며 흠칫 놀란 적이 있다. 그 카디건은 싱가포르에서 구입한 것이다. 아마 카디건을 사던 어느 날,

나는 싱가포르 백화점의 매장에서 이번 겨울은 너무 춥다고 호들갑을 떨었겠지.

신참내기 주재원이나 관광객은 삼복더위에 카디건을 입고 엉뚱한 질문을 하는 나를 이상하게 봤을 것이다. 동남아의 이상한 땀내를 풀풀 풍기면서, 적도의 날씨가 더운지 추운지 묻고 있는 내가 정상으로 보일 리 없었겠지.

땀내와 더위뿐이랴?

복잡한 도로 사정, 교통 정체, 사회 문제… 돌아온 한국은 변한 게 하나도 없었는데 내가 변해 있었다. 내가 너무 오래 물러서 있었던 탓이다. 오랜만에 온 한국에서는 두 발 물러날 때만 볼 수 있는 것들이 너무 잘 보였다. 철없는 십대의 비행, 분노, 무질서, 부정부패, 집단이기주의, 폭력….

많이 변해버린 고향에 와서 보니, 나도 모르게 싱가포르의 통제 속의 자유를 용납하는 나 자신을 발견하게 된다. 싱가포르에 여생을 맡긴 서양인들처럼 나도 나이가 들면 따뜻한 적도, 안전한 남쪽 나라 싱가포르에서 몸종 같은 메이드를 둘씩 거느리고 안전하게 살고 싶다는 생각을 얼핏 했다.

흐르는 시간은 왜 모든 것을 용납하게 만드는 것일까. 한국을 떠나 있었던 것과 똑같은 방법으로 이제 다시 두어 발 물러섰으니, 싱가포르의 다른 모습을 볼 수 있을 거다. 아무리 작은 나라라도 한 사람의 의지대로 바꿀 수는 없었겠지.

리콴유 수상이 세상을 뜬 지 3년이 되었다. 리센룽 수상은 카지노를 비롯한 새로운 시스템으로 그의 아버지의 업적을 지키기 위해 애쓰고 있다. 경제가 전만 못하다는 불평도 있지만 싱가포르는 아직까지는 활발하게 돌아가고 있다.

지금 싱가포르의 질서와 청결은 리콴유 전 수상 한 개인의 작품이 아니다. 묵시적인 동조자들 그러니까 그 섬이 필요했던 자들…, 그들이 기득권자들이면 기득권자대로, 소수민족이면 소수민족대로, 여성은 여성대로, 약자는 약자대로 각각의 몫을 챙긴 채로 유리벽 안에서의 행복을 만들어냈을 것이다. 지금의 싱가포르는 싱가포리안의 암묵적인 동의가 곁들여진 작품일지도 모른다는 의심이 들었다. 그들에는… 우리 외국인들도 포함되겠지.

그러나 내가 한국을 그리워했 듯이 그리움은 그런 것들과는 상관없었다. 그들의 싱가포르 왈츠가 그립다. 그 극한의 뜨거움이 그립다. 그 뜨거운 적도의 아스팔트 위에서 가을이라고 호들갑을 떨며 뒹구는 낙엽들이 그립다. 다시 싱가포르를 방문할 기회가 있다면 나는 싱가포르에서 제일 덥다는 사월에 가리라. 그리고 싱가포르인이 허풍을 떤 것처럼, 냄새가 고약한 로컬 호커 센터로 먼저 달려가서 해산물과 어묵을 듬뿍 넣은 미고랭과 시원한 아이스 까장을 먹으리라.